# WILDE IRISCHE HEXE

## GEHEIMNISVOLLE BUCHT: BUCH 6

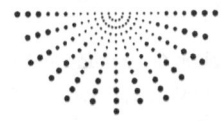

## TRICIA O'MALLEY

LOVEWRITE PUBLISHING

Wilde irische Hexe

Geheimnisvolle Bucht: Buch 6

Buchumschlag: Victoria Cooper
Übersetzung: Ulrike Bartz
Deutsches Korrekturlektorat: Annette Glahn

Lovewrite Publishing: 382 NE 191st, st#24553, Miami, FL, USA, 33179-3899

*Meinen Freunden gewidmet – ihr seid Teil dessen, was mich ausmacht*

„Weißt du, was das Problem mit dieser Welt ist? Jeder möchte eine magische Lösung für seine Probleme, aber alle weigern sich, an Magie zu glauben."

- Alice im Wunderland

# KAPITEL EINS

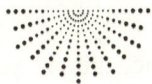

„Geh nicht", flüsterte Fiona und legte ihre Hand auf Johns Wange. Sie konnte fast seine Bartstoppeln unter ihrer Hand spüren, so wie es sich angefühlt hatte, als sie ihn das letzte Mal berührt hatte. Die Rasur war zwei Tage her, seine blauen Augen lachten, und sein dunkles Haar war gerade lang genug, dass es sich lockte.

In ihren Träumen waren sie immer jung. Natürlich, sie hatte John nur so gekannt. Jung, voller Leben, und doch zärtlich und sanft zu ihr in ihren intimsten Momenten.

Über die Jahre war er ihr immer mal wieder in ihren Träumen erschienen, aber in letzter Zeit passierte es häufiger. Obwohl ein Teil von Fiona wusste, dass sie in ihrem Haus unter verwaschenen Flanell-Laken zusammengerollt war, träumte sie in Gedanken von ihren glücklichsten Momenten. Nach all diesen Jahren schmerzte der Verlust von John immer noch. Fiona fragte sich, ob sie jemals über ihre Trauer hinwegkommen würde, aber es war fast ein halbes Jahrhundert her, seit sie zuletzt seine Lippen auf ihren gespürt hatte und ihr Schmerz war immer noch nicht verschwunden. Er war vielleicht etwas gemildert, aber er hatte sie niemals wirklich verlassen.

Fiona bewegte sich, als der Traum ihr entglitt und ihre Liebe mitnahm. Sie seufzte über den Verlust und blieb noch einen Augenblick still liegen. In ihrem Kopf war sie immer noch jung, beweglich und voller Lebensgeist. Als die Jahre vorbeizogen war Fiona leicht verwundert über die klaffende Zeitspanne, die sie vom letzten Mal, als sie mit John gesprochen hatte, trennte.

Es hätte nicht so passieren sollen.

Und doch hatte es nur so sein können.

Fiona wusste ohne jeden Zweifel, dass John ihr die Wahl, die sie getroffen hatte, nicht übelgenommen hätte.

Aber Fionas Schmerz war nie verblichen. Vielleicht war das einfach ihre Last, die sie zu tragen hatte. Sie bewegte sich wieder, rollte sich herum und zwang sich, ihre Augen zu öffnen. Ronan, ihr ständiger Begleiter, schlummerte an ihren Füßen. Obwohl er eigentlich der Hund ihrer Enkelin Keelin war, hatte er es vorgezogen, bei Fiona zu bleiben, als Keelin über den Hügel zu Flynn gezogen war.

Sie würde nie zugeben, wie froh sie insgeheim über seine Entscheidung war.

„Na komm, Junge, wir haben einen großen Tag vor uns", sagte Fiona und Ronan hob seinen Kopf, um sie anzusehen.

„Es ist Thanksgiving! Komm, komm, du weißt doch, dass wir in der Küche helfen müssen."

. . .

„ICH KANN NICHT GLAUBEN, dass ich ein Thanksgivingessen koche! Es ist mein erstes Thanksgiving", erklärte Fiona, während sie Keelins sorgfältig ausgedrucktem Rezept folgte, um die Füllung für die Pute vorzubereiten. Fiona war durch die starken Novemberböen über die Hügel gegangen, um Keelin zu helfen, ihren Lieblingsfeiertag vorzubereiten. Ronan war neben ihr gerannt, hatte den Wind angebellt und eingebildete Eindringlinge verscheucht.

„Vielleicht ist es ja dumm von mir, die Tradition in Irland fortzuführen. Ich bin schließlich die einzige Amerikanerin hier", sagte Keelin und biss sich auf die Lippe. Ihre hübschen brauen Augen waren besorgt zusammengekniffen.

„Es ist niemals dumm, die Familie zu einem guten Essen zusammenzubringen", sagte Fiona mit einem Lächeln und zwinkerte Flynn zu, der mit Baby Grace auf dem Arm seinen Kopf in die Küche steckte.

„Ich habe ein Feuer angezündet. Das sollte helfen, die Kälte etwas abzuwehren", sagte Flynn.

„Wie geht es Gracie?", fragte Keelin mit ihren Händen tief in einer Schüssel mit Preiselbeersoße.

„Alles klar. Du weißt, wie sehr sie mich liebt", sagte Flynn, ganz entspannt in seinem Vatersein, als er den Raum verließ. Grace warf ihnen beiden über seine Schulter einen Blick zu. Fiona zwinkerte sie an und das Baby zwinkerte sofort zurück.

„Es stimmt. Ich habe noch nie gesehen, dass ein Baby so schnell so von ihrem Vater angetan ist", kicherte Fiona, während sie eine Zwiebel schnitt.

„Na ja, man sollte meinen, sie würde ihre Mutter

lieben. Ich bin schließlich diejenige, die sie auf die Welt gebracht hat, oder? Trotzdem schreit sie die Hälfte der Zeit wie eine Furie, wenn ich sie halte."

Fiona verkniff sich ein Lachen. Seit dem Tag, als Baby Grace das Licht der Welt erblickte, hatte sie gewusst, dass sie Keelin zu schaffen machen würde. Das Baby war schließlich voller Magie. „Wir müssen einfach abwarten und sehen, welche Art Gaben die Kleine bekommt. Ich vermute, dass sie uns alle bald auf Trab halten wird. Ich bin sicher, wenn sie bei dir weint, hat es etwas damit zu tun, dass sie etwas kommunizieren will, das du noch nicht verstehst."

Keelins Kopf schoss hoch.

„Meinst du? Wirklich? Ich habe mir schon Sorgen gemacht, dass ich etwas nicht mitbekomme. Ich weiß einfach nicht, was sie mir sagen will."

„Alles zu seiner Zeit, meine Liebe. Es findet sich schon alles von selbst", sagte Fiona sanft und spürte, wie Wärme sie durchlief wegen Keelins Sorge. Sie war eine überraschend gute Mutter dafür, dass sie ohne Geschwister oder andere Kinder aufgewachsen war. Fiona war stolz darauf, wie sie ihre ersten Monate der Mutterschaft bewältigt hatte.

„Ich habe immer Angst, dass ich alles falsch mache", gab Keelin zu, während sie nach der Pute im Ofen schaute.

Fiona zog eine Schale mit Sahne aus dem Kühlschrank und fing an, sie zu schlagen. Sie konzentrierte sich auf die monotone Aufgabe, während sie über ihre Worte nachdachte.

„Ich glaube nicht, dass das jemals weggeht", gab Fiona zu. „Als Mutter wirst du ständig in Frage stellen, ob du alles richtig machst. Und du wirst auch nie aufhören, dir Sorgen zu machen. Aber ich finde immer, solange du deine Entscheidungen aus Liebe triffst, wird alles gut gehen. Das Beste, was du deinem Kind geben kannst, sind Liebe und sie auf den richtigen Weg leiten. Wenn sie größer wird und sich verändert, musst du zurücktreten und sie selbst entscheiden lassen. Auch wenn sie falsch liegt. Du glaubst, ihr Schreien und Weinen ist schwierig? Warte erstmal, bis sie aus der Tür geht und anfängt, ihre eigenen Entscheidungen zu treffen. Danach wird es nur noch komplizierter."

„So wie meine Mutter, als sie dich allein gelassen hat", sagte Keelin leise.

Fiona zuckte mit den Schultern.

„Ja, aber was willst du machen? Du kannst einen erwachsenen Menschen nicht zwingen, dir zuzuhören", sagte Fiona und schlug den Schneebesen gegen die Seite der Schüssel. „Aber genug damit jetzt. Holst du bitte den Whiskey, den ich mitgebracht habe? Der Kaffee ist gerade fertig und ich hätte gern einen schönen irischen Kaffee."

Fiona schüttelte ihren Kopf, als Keelin die geräumige Küche verließ, die an der Rückseite von Flynns großem Haus lag. Sie war ein Riesenunterschied zu ihrer eigenen kleinen Küche in ihrem Haus und Fiona liebte es, herzukommen und Scones zu backen, während Keelin stillte. Sie hatte die Gelegenheit verpasst zu helfen, als Keelin ein Baby war, also war sie entschlossen, diesmal dabei zu sein.

Fiona seufzte, als sie auf ihre Hände sah. Ihre Haut war dünn, aber begann erst jetzt, Altersfalten zu zeigen. Sie würde lügen, wenn sie behauptete, dass sie ihren Antifaltencremes nicht ein wenig Magie hinzugefügt hätte, um die Anzeichen des Alterns aufzuhalten. Aber an manchen Tagen fühlte sie es. So wie heute, wenn sie Keelin und ihr Baby ansah, so jung und frisch. Sie erinnerte sich an diese Tage mit Margaret. Sie war so jung und unschuldig gewesen, wenigstens für einen kurzen Moment. In dieser Zeit von Einfachheit und Liebe war Fiona so sorglos gewesen, so verliebt in ihren Mann und ihr Leben.

Manchmal wünschte sie mit ganzem Herzen, dass sie diese Tage zurückhaben könnte.

Und ihren John wieder in ihren Armen.

Fiona schüttelte über sich selbst den Kopf. Sie hatte vor langer Zeit gelernt, dass es nicht gut war, in der Vergangenheit zu leben. Nichts Gutes entstand daraus.

Sie lächelte Keelin strahlend an, als sie zurückkam und eine Flasche Whiskey schwenkte.

„Ich glaube, ich nehme auch einen. Das ist genau das richtige an einem Tag wie heute", sagte Keelin, als sie die Flasche auf die Arbeitsfläche stellte und in den Schrank griff für ihre Kaffeegläser.

„Es gibt nichts Besseres als einen irischen Kaffee vor dem Feuer. Das Essen ist fertig. Warum gehen wir nicht in das andere Zimmer und warten auf Margaret?", fragte Fiona, während sie Zucker abmaß und einen großzügigen Schuss Whiskey in jedes Glas goss.

„Das klingt gut", sagte Keelin und drückte Fionas Arm. „Und danke für den Rat. Ich weiß, dass es nicht immer einfach für dich war."

„Das Leben ist nicht immer einfach."

# KAPITEL ZWEI

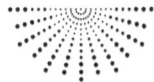

Fiona hatte Flynns Haus immer gemocht, und dieser Raum war wahrscheinlich ihr Lieblingszimmer, dachte sie, als sie sich in den Sessel vor das Feuer setzte, das in einem niedrigen Steinkamin leuchtete und prasselte. Auf der anderen Seite des Feuers waren zwei lange Fensterreihen, die den Grund dafür zeigten, warum Fiona nie aus dieser Gegend weggezogen war.

Sie trank ihren Kaffee, während sie den Ozean beobachtete, der heute grau und stürmisch war. Oh, sie liebte die See in all ihren Stimmungen. Es war so ein kurzlebiges und mächtiges Wesen. Sie wusste immer ganz genau, welche Laune das Meer hatte. Keine Tricks, kein Verstecken. Die See erklärte sich selbst rückhaltlos.

Das war in Grace's Cove sogar noch ausgeprägter.

Allerdings waren die Wasser hier verwünscht.

Fiona zwang ihren Blick weg von dem Punkt, an dem die rollenden Hügel ins Meer fielen und graue Wolken niedrig am Horizont hingen.

„Wann wird Margaret hier sein?"

„Sie sollten bald kommen. Ich fühle mich irgendwie schlecht dabei, ihnen zugemutet zu haben, quer durchs ganze Land zu fahren", sagte Keelin und trank ihren Kaffee, während sie ins Feuer starrte.

„Tu das nicht. Du weißt, dass Margaret jede Gelegenheit wahrnimmt, um Grace zu sehen. Eine vernarrtere Großmutter habe ich noch nie gesehen. Abgesehen vielleicht von mir", kicherte Fiona.

„Das ist sie, oder? Es hat mich etwas überrascht. Sie hat sich wirklich verändert, seit sie hierhergezogen ist...und, na ja, mit Sean zusammen ist. Es ist, als ob sie eine Leichtigkeit hat, die vorher nie da war. Liebe steht ihr gut", entschied Keelin.

„Sie steht den meisten Leuten", murmelte Fiona und drehte sich beim Geräusch von Stimmen an der Hintertür um.

„Wo ist das Baby?"

„Wenn man vom Teufel spricht", lachte Keelin und ging den Flur hinunter, um ihre Mutter zu begrüßen. Fiona blieb, wo sie war, da sie wusste, dass Besucher sowieso immer in diesem Raum endeten. Sie konnte es ihnen nicht verübeln. Nachdem Keelin und Flynn geheiratet hatten, hatte Keelin dem Haus ihren Stempel aufgedrückt und das große offene Bauernhaus hatte sich von einer Männerhöhle in ein warmes und einladendes Heim verwandelt. Grün karierte Sofas wurden von Ledersesseln komplimentiert und dunkle Holzregale umringten den Raum. Ein gewebter Teppich in Erdtönen lag vor dem Feuer, genau der richtige Platz, um sich in den kälteren Monaten mit einem guten Buch zusammenzurollen. Oder mit Baby Grace auf dem Boden zu spielen, dachte Fiona, als Margaret mit Grace auf ihrer Hüfte ins Zimmer kam.

„Da ist ja das kleine Puppenbaby. Flynn hatte sie aus der Küche herausgehalten, während wir das Essen fertiggemacht haben", sagte Fiona und sah das Baby mit schräg gelegtem Kopf an.

Und sie war ein Puppenbaby. Sie hatte die gleichen sherrybraunen Augen wie alle Frauen in Fionas Familie, aber ihre dunkelbraunen Locken waren ihre eigenen. Mit einer kecken Nase und einem rosa Mund war Baby Grace eine wahre Schönheit.

„Es tut mir leid, dass ich nicht eher gekommen bin", sagte Margaret und setzte sich mit Grace, die mit ihren Haaren spielte, auf ein kariertes Sofa. Fiona fühlte, wie eine Welle der Schuld von ihrer Tochter ausging.

„Unsinn. Du führst ein gut gehendes Unternehmen. Mach dir keine Gedanken darüber", sagte Fiona mit einer wegwerfenden Handbewegung und einem Lächeln.

„Wirklich? Weil ich das Gefühl habe, ich hätte hier sein sollen, um zu kochen. Wir haben Nachtisch mitgebracht", sagte Margaret mit einem schuldigen Gesichtsausdruck.

„Ich hoffe inständig, dass du ihn nicht selbst gemacht, sondern von der netten Frau geholt hast, die den Laden in deiner Straße hat", sagte Fiona und sah Margaret mit erhobener Augenbraue an.

Margaret lachte und drückte Grace enger an sich.

„Du hast mich erwischt. Ich habe nichts gebacken. Aber nur, weil ich euch alle so liebe und euch nicht vergiften möchte."

„Und das ist sehr zuvorkommend von dir", sagte Fiona

mit einem Lachen und erhob sich mit ihrer leeren Tasse in der Hand von ihrem Sessel. „Kümmere du dich mal um Prinzessin Grace. Ich gehe und schau nach dem Essen."

„Bist du sicher, dass ich nicht helfen kann?", fragte Margaret mit einem besorgten Gesichtsausdruck.

Fiona küsste die Wange ihrer Tochter, als sie an ihr vorbeiging.

„Als ob du wüsstest, wie eine fertige Pute aussieht."

Sie verkniff sich ein Lachen, als Margaret etwas murmelte, das verdächtig klang wie „du bist eine fertige Pute", und ging in die Küche, um nach dem Essen zu sehen.

Es war wirklich der perfekte Abend für ein Thanksgivingessen.

# KAPITEL DREI

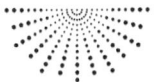

Stunden später saß Fiona lächelnd an ihrem Platz am Kopfende des Tisches. Flynn und Sean standen an der Spüle und blödelten herum, während sie den Abwasch machten. Keelin war nach oben verschwunden, um Grace zu baden und ins Bett zu bringen.

„Das war perfekt. Wahrscheinlich eines der besten Thanksgivings, die ich je erlebt habe", gab Margaret zu, lehnte sich zurück und klopfte auf ihren Bauch unter ihrer roten Seidenbluse.

„Es ist das einzige Thanksgivingessen, bei dem ich je war", sagte Fiona mit einem Lächeln.

„Und das ist meine Schuld", sagte Margaret. Aber wo sonst ein Stachel in ihren Worten gewesen wäre, war jetzt nur ein Gefühl von Bedauern.

„Niemand hat Schuld. Es ist einfach so", sagte Fiona. Was war mit der Melancholie heute Abend? Alle wollten immer wieder die Vergangenheit hochbringen.

„Du bist eine sehr liebe und vergebende Mutter", sagte Margaret mit einem Lächeln.

Also was sollte sie dazu wohl sagen?

„Natürlich bin ich das. Ich bin die Beste", witzelte Fiona, und dann entfernte sie sich vom Tisch, um das Badezimmer zu nutzen, bevor sie feuchte Augen bekam. Heiliger Strohsack, selbst *sie* wurde heute Abend rührselig. Das kam wohl mit dem Alter, dachte sie. Familienzusammenkünfte ließen sie über vergangene Zeiten grübeln.

Nur schade, dass diese Zeiten nicht immer gut gewesen waren.

Fiona sah sich selbst im Badezimmerspiegel an. Trotz all ihrer Magie und Tinkturen hatte sie die Zeit nicht aufhalten können. Die Zeichen waren klar auf ihrem Gesicht zu sehen in den Linien, die ihre vorher glatte Stirn in Falten legten und in den ehemals vollen Augenbrauen, die nun dünn waren. Aus Eitelkeit hatte sie ihre Haare lang gelassen und weigerte sich, sie abzuschneiden wie die meisten Frauen in ihrem Alter. Fiona war überzeugt, dass es ihr Erscheinungsbild verbesserte, und sie lächelte sich selbst im Spiegel an. Die Linien taten ihr nicht leid; sie hatte hart für sie gearbeitet. Selbst wenn Eitelkeit sie dazu gebracht hatte, zu versuchen ihr Erscheinen zu verhindern, zeigte ein faltiges Gesicht ein gut gelebtes Leben.

„Wir sind im Wohnzimmer", rief Keelin, als Fiona aus dem Badezimmer kam. Sie hielt in der Küche an, um sich einen Whiskey einzuschenken, dann ging sie den Flur herunter, um sich zu den anderen zu gesellen.

Flynn und Sean standen mit Zigarren und Bieren in ihren Händen an der Tür.

„Wir gehen nach draußen. Ihr Damen genießt eure Zeit", sagte Sean und Fiona lächelte.

„Machen die Männer in den Staaten das so? Die Frauen nach dem Essen loswerden?", fragte Fiona.

„Nein, sie gehen ins Wohnzimmer und schauen Football", sagte Keelin, die sich mit kuscheligen Socken an den Füßen in einer Ecke des Sofas zusammengerollt hatte. Sie hatte eine bequeme Hose angezogen, als sie mit Grace oben gewesen war. Das Licht des Feuers tanzte über die Wand hinter dem Sofa und brachte Wärme ins Zimmer.

Flynn prustete. „Amerikanischer Football. Als ob das ein Sport wäre."

Die Männer gingen, bevor Keelin mit ihnen streiten konnte.

„Ich mag Football", beschwerte sie sich.

„Du wirst hier keinen Mann finden, der über irgendeinen anderen Sport redet als Hurling oder Rugby", sagte Fiona, während sie sich in einen Sessel kuschelte und von der Rückenlehne eine Decke zog – eine Decke, die ihre eigene Mutter vor Jahren gewebt hatte.

„Hat Papa Rugby gespielt?"

Fiona erstarrte bei Margarets Frage. Sie redeten nicht oft über John. Eigentlich nie. Manchmal tat es einfach zu weh, um sich zu erinnern.

„Ja, ich möchte von ihm hören. Du redest nie über ihn", beschwerte sich Keelin.

Fiona fühlte, wie sich ihr Herz für einen Moment zusammenzog, als sie an die Liebe ihres Lebens dachte.

„Du hast versprochen, dass du mir eines Tages die ganze Geschichte erzählen würdest. Von der Entscheidung, die du treffen musstest? Jetzt ist der Zeitpunkt genauso gut wie jeder andere", erklärte Margaret.

„Aber nur, wenn du willst", sagte Keelin sofort. Ihr

Blick ging zwischen Mutter und Tochter hin und her. „Ich möchte dich nicht aus der Fassung bringen, Fiona."

Fiona atmete tief ein. Sie hatte gewusst, dass sie Margaret und Keelin eines Tages die Geschichte erzählen musste. Sie hatten das Recht, dieses Stück ihrer Vergangenheit zu kennen. Es war nur nichts, was sie gern wieder erweckte.

Fiona starrte ins Feuer, dessen Flammen tanzten, während sie das Holz verbrannten. Es war ähnlich wie die Gefühle, die in ihr loderten, wenn sie über ihre Vergangenheit nachdachte.

„Macht es euch bequem. Das wird eine Weile dauern", sagte Fiona und nahm einen großen Schluck von ihrem Whiskey.

„Moment", sagte Margaret. Sie sprang auf, rannte fast aus dem Zimmer und kam mit Fionas Whiskeyflasche und zwei weiteren Gläsern zurück. Sie schenkte Fiona nach und füllte dann für sich und Keelin auch je ein Glas.

Margaret lehnte sich herüber und stieß mit ihrem Glas gegen Fionas.

„Sláinte."

# KAPITEL VIER

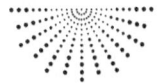

„Wisst ihr, das Dorf war damals anders", fing Fiona an und schloss ihre Augen, als sie zurückdachte an die Zeit, als sie neunzehn war. „Es war viel kleiner. Und ich meine nicht nur die Größe. Die Leute waren auch engstirnig, versteht ihr? Fernsehen war hier noch eine Neuheit. Die Kirche kontrollierte alles in der Stadt, auch soziale Ereignisse. Es war einfach eine andere Zeit."

„Womit haben denn deine Eltern ihren Lebensunterhalt verdient?", fragte Keelin.

„Meine Eltern? Also mein Vater war ein Fischer, wie die meisten Leute in dieser Gegend. Meine Mutter hat sich um mich gekümmert und wunderschöne Wandbehänge gewebt, die sie verkauft hat, um ein bisschen extra Geld zu verdienen. Sie hatte eine Vereinbarung mit einem nahegelegenen Bauernhof. Sie gaben ihr die Wolle und sie hat gewebt. Sie war eine intelligente Frau und hatte sehr viel mehr Geschäftssinn als mein Vater. Ihre Textilien waren in ganz Irland beliebt. Tatsächlich sprachen viele Leute den Anstieg des Tourismus im Dorf ihr zu."

„Wie alt warst du, als du Papa kennengelernt hast?", fragte Margaret und nahm einen Schluck von ihrem Whiskey.

„Oh, ich kannte John mehr oder weniger schon Jahre. Aber ich glaube, das erste Mal, als ich ihn wirklich als die Person erkannte, die er war, da hat er versucht, einem Lamm zu helfen, das sein Bein gebrochen hatte."

Fiona schüttelte ihren Kopf, als das Bild in ihren Kopf kam, so perfekt und klar, als wäre es gestern.

Fiona mochte nie Tiere leiden sehen. Die Wellen ihrer Schmerzen schienen durch sie hindurchzugehen. Sie war auf dem Weg zurück von einem Spaziergang in den Hügeln, um Moos und Wurzeln zu sammeln, als sie John am Straßenrand knien sah. Sie konnte gerade so das weiße Fell eines jungen Lamms unter seinen Händen sehen. Das Tier schrie hysterisch, während John es auf den Boden drückte.

„Was ist ihm passiert? Was machst du da?", rief Fiona, klemmte ihren Korb unter ihren Arm und eilte den Weg herunter zu John.

Fiona kannte John O'Brien aus der Schule und dem Dorf. Zwei Jahre älter als sie, war er einer von der ruhigen Art, die immer als Führer endeten, egal in welcher Gruppe sie sich aufhielten. Ob es seine Größe war oder seine strahlend blauen Augen, John strahlte Autorität aus und zog die Aufmerksamkeit auf sich, wo immer er war. Fiona schaute ihm oft nach, wenn er über den Schulhof ging. Sie sah ihn jetzt nicht mehr so oft, nachdem sie beide mit der Schule fertig waren, aber hier und da begegneten sie sich.

„Ich mache gar nichts. Der kleine Kerl hat ein gebrochenes Bein. Ich versuche, ihn still zu halten, während ich eine Schiene zusammenbinde, aber ich fürchte, hier können wir nicht mehr viel machen. Mama wird ihn fürs Essen kochen, wenn ich in so zurückbringe."

Fiona zog bei dem Gedanken eine Grimasse. Es war nicht, dass sie kein Fleisch aß. Es war schwierig, in einem Dorf voller Bauern und Fischer zu leben und nicht zu verstehen, wo das Essen herkam. Aber es war etwas ganz anderes, einem Tierbaby in die Augen zu sehen und es als potentielles Abendessen zu betrachten.

Sie kniete neben John und legte ihre Hände auf das schreiende Lamm. Sie konnte seine Panik durch sie pulsieren fühlen und schickte sofort einen Schub beruhigende Energie durch seinen kleinen pelzigen Körper.

„Gehört er dir?", fragte Fiona und streichelte das Lamm, das unter ihrer Berührung ruhiger wurde. Sie blickte John an, der sie mit seinen blauen Augen offen musterte.

„Ich denke schon. Der Kleine mag mich. Er folgt mir ständig über den Hof. Das ist der Grund, warum er sein Bein gebrochen hat. Er hat versucht, mir durch das Tor zu folgen und ist dann von dem kleinen Kliff heruntergefallen." John zeigte hinter sich. Seine Wangen erröteten etwas, als er über das Tier redete. Fiona konnte seine Sorge spüren.

Sie biss sich auf die Lippe, als sie darüber nachdachte, was sie tun würde. Sie hatte noch nicht viel Erfahrung mit Heilungen, und die kürzliche Entdeckung und Entwicklung ihrer Kräfte war etwas, das sie langsam erforschte. Wenn sie das Lamm vor John heilen würde – würde er dem ganzen Dorf von ihr erzählen?

Fiona sah in seine Augen.

Sie schob ihre Bedenken beiseite und hielt seinen Blick fest. „Ich würde gern etwas ausprobieren. Aber du musst mir versprechen, nicht darüber zu reden."

John nickte einmal mit dem Kopf aber sagte nichts.

Fiona schüttelte ihren Kopf. „Du musst es versprechen."

„Ich verspreche es", sagte John, und seine Mundwinkel verzogen sich kurz nach oben. Dann ging sein Blick zurück zu dem strampelnden Lamm.

Fiona suchte Johns Gedanken mit ihren eigenen ab, um zu sehen, ob seine Antwort ehrlich gemeint war. Nachdem sie fand, was sie brauchte, drehte sie sich wieder zum Lamm zurück.

Sie strich mit ihrer Hand leicht über das gebrochene Bein und das Tier zuckte bei ihrer Berührung.

„Sch, alles wird gut", sagte Fiona und schloss ihre Augen. Sie fand den Bruch mit ihrem Geist. Sie konzentrierte sich, begann den Knochen mental wieder zusammenzuflicken und flüsterte verhalten ein keltisches Gebet. Das Lamm hörte auf zu schreien, sein Blick war auf sie gerichtet, als sie sein gebrochenes Bein heilte. Als sie überzeugt war, dass alles repariert war, zog Fiona ihre Hände zurück und wischte sie an ihrem Rock ab. Sie setzte sich auf ihre Fersen zurück und schaute auf das Lamm.

„Ich glaube, es geht ihm jetzt gut", sagte Fiona leise. Sie hatte Angst, John in die Augen zu sehen.

„Und du erwartest, dass ich das glaube?" Johns

Stimme irritierte Fionas Nerven und sie fühlte, wie sich ihr Rücken versteifte.

„Es ist nicht meine Aufgabe, dich an irgendetwas glauben zu lassen", sagte Fiona ärgerlich.

John starrte sie einen Moment an, bevor er seinen Blick nach unten fallen ließ und seine Hände vom Lamm nahm, das sich abmühte aufzustehen. Seine Kinnlade fiel nach unten, als das Lamm sich rollte, aufstand und seinen kleinen Kopf gegen sein Knie stieß. Johns Lippen bewegten sich, aber es kam kein Geräusch hervor.

„Also, das wäre dann geschafft", sagte Fiona unbeholfen, als sie aufstand. Es war das erste Mal, dass sie jemandem ihre Kraft gezeigt hatte, und Bedauern durchlief sie. Es war unmöglich, dass John so etwas geheim halten würde.

„Ich...ich...", sagte John, stand auf und trat etwas zurück. Fiona konnte die Angst spüren, die durch ihn ging.

„Es ist eine Gabe. Ich bin eine Heilerin", sagte Fiona und straffte ihre Schultern, als sie in seine Augen sah.

„Eine Heilerin? Aber, aber das gibt es nur in den Sagen." John schüttelte ungläubig seinen Kopf.

„Ja, und es ist Teil des Lebens. *Meines* Lebens. Das ist, wer ich bin. Ich kann es nicht ändern", sagte Fiona leise.

„Ist es das Werk des Teufels?", fragte John mit erhobenem Kinn, als er ihr in die Augen sah.

„Oh natürlich, du meinst, der Teufel würde ein kleines Lamm retten, richtig?", prustete Fiona zwischen Wut und Lachen.

„Nein, vermutlich nicht", sagte John, nahm seine Kappe von seinem Kopf und drehte sie in seinen Händen.

Das Lamm sprang in Kreisen um Johns Füße herum und blökte fröhlich.

„Hör mal, ich weiß, dass ich anders bin. Aber ich bin immer noch ich, einfach ein Mädchen aus dem Dorf. Bitte sag nichts. Du weißt, wie das Dorf reagieren wird – sie werden mich verjagen und dann kann ich nirgends hin", sagte Fiona und versuchte verzweifelt, den bettelnden Ton aus ihrer Stimme herauszuhalten. „Ich wollte einfach nur helfen."

„Und das hast du. Du hättest überhaupt nichts machen müssen, du hättest einfach weitergehen können", sagte John und schob seine Hand durch sein Haar, als er darüber nachdachte.

„Ich mag keine leidenden Tiere sehen. Und du kamst mir sehr aufgewühlt vor. Also habe ich gedacht, ich versuche es mal und sehe, ob ich helfen kann. Nur...bitte sag nichts", sagte Fiona, ging an ihm vorbei und streichelte das kleine Lamm über den knubbeligen Kopf.

Das Lamm sah sie an und blökte etwas, das Fiona als Dankeschön verstand. Sie streckte sich und mit einem letzten Blick über ihre Schulter ließ sie John mitten auf der Straße stehen. Er starrte ihr hinterher, während ein gesundes kleines Lamm um seine Füße herumsprang.

Sie hoffte verzweifelt, dass sie keinen tragischen Fehler gemacht hatte.

# KAPITEL FÜNF

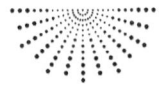

F iona eilte den restlichen Weg mit einem Angstgefühl
im Magen nach Hause. Sie bog auf der Straße, die
ins Zentrum von Grace's Cove führte, um die Kurve. Auf
der westlichen Halbinsel Irlands lag Grace's Cove
zwischen einer kleinen Bergkette und dem Ozean
versteckt. Die atemberaubenden Klippen und Sandstrände
boten einen dramatischen Kontrast und im Sommer kamen
oft große Mengen Touristen. Das war die Zeit, wenn
Fionas Mutter Bridget richtig Geld damit verdiente, ihre
gewebten Waren zu verkaufen.

Als sie über den Hügel kam, pausierte Fiona – wie
immer – um die Schönheit ihres kleinen Dorfs einzusau-
gen. Häuser lagen verstreut über den Hügeln, verbunden
durch enge kurvige Straßen, und alles vereinte sich am
Eingang des Hafens. Die Sonne kam gerade hinter den
Wolken hervor und ihr Licht strahlte auf das Wasser, wo
die Boote mit dem Tagesfang hereinkamen. Kinder rannten
am Strand entlang, dankbar für die Sonne nach einem
besonders schweren Winter.

Dies war ihr Lieblingsplatz in der Welt und Fiona betete, dass John es nicht für sie ruinieren würde.

Obwohl sie es ihm nicht wirklich übelnehmen könnte, wenn er etwas sagen würde, dachte Fiona, als sie durch die Stadt ging. Es war nicht so, als ob über ihre Familie im Dorf nicht schon geflüstert wurde. Bridget hatte ihr Bestes versucht, Fiona als normales Kind großzuziehen, obwohl sie alles andere als normal war. Selbst mit all der Fürsorge von Bridget – die Gerüchte zogen trotzdem durchs Dorf.

Fiona seufzte, als sie das Tor zum Hinterhof des kleinen Hauses ihrer Eltern oben auf dem Hügel aufschob. Sie war das einzige Kind einer Weberin und eines Fischers; ihre Familie war klein und ihre Bedürfnisse waren simpel, wie man an dem Drei-Zimmerhaus, das ihr Vater für sie gebaut hatte, erkennen konnte. Fionas Kindheit hatte daraus bestanden, mit ihrer Mutter die Hügel zu erforschen und an der Seite ihres Vaters fischen zu lernen. Es hatte immer zu essen gegeben, auch wenn Fiona wusste, dass das mehr dank ihrer Mutter war als ihres Vaters.

Fiona schob die Hintertür auf und hielt inne, um eine der Hofkatzen zu streicheln, bevor sie in den Hauptraum des Hauses trat. Licht filterte durch die Sprossenfenster und zeigte einen Raum, der in drei Bereiche unterteilt war: eine kleine Küche, ein Tisch zum Essen und ein paar weiche Sessel in der Nähe eines kleinen Kamins. Bridgets Webarbeiten hingen an den Wänden und belebten den Raum mit ihren knalligen Farben. Ein abgetretener Teppich hielt die Kälte des Steinbodens ab. Zwei Türen führten von diesem Raum zu den Schlafzimmern und ein kleines Badezimmer war zwischen ihnen platziert.

Fiona sah hoch, als sie vom Dachboden über ihr ein Rumsen hörte. „Mama?"

„Hier oben, Liebling", rief Bridget aus ihrem Webzimmer und Fiona hörte noch ein Rumsen, als Bridget durch eine weitere Garnreihe an ihrem Webstuhl knallte. Fiona zog sich an der Leiter zum Dachboden hoch und ging zu einem kleinen Holzstuhl, der neben dem Webstuhl ihrer Mutter stand, der fast den ganzen Platz einnahm. Die Garne waren auf die feinste Art verwoben und ihre Mutter konzentrierte auf das Bild, das sich vor ihr entfaltete.

Fiona liebte es hier oben. Es war, als ob die Kreativität und Wärme ihrer Mutter überall explodiert wären. Spulen mit Fäden in jeder vorstellbaren Farbe waren eng aneinander in Körben und auf Regalen verstaut in diesem kleinen Bereich unter den Giebeln. Fiona musste sich etwas ducken, als sie zu dem Stuhl ging, aber die Kleinheit des Raums erhöhte den Charme des Dachbodens. Im Winter, mit dem Torfmoosfeuer unten und einer Laterne über ihr, arbeitete Fionas Mutter stundenlang und erschuf wunderschöne Wandteppiche und Decken, die sie in ihrem Geschäft und im Sommer auf dem Markt verkaufte.

„Ich habe das Ampferblatt gesammelt, das du haben wolltest", sagte Fiona und ging herum, um den Wandbehang anzuschauen. Bridget Morrigan war eine kräftige Frau mit sherrybraunen Augen und honigblondem Haar mit grauen Strähnen, das in einem Zopf zusammengehalten wurde. Sie lächelte Fiona mit Fältchen in den Augenwinkeln an.

„Das ist lieb, danke", sagte Bridget. Ihr Blick ging wieder zum Webstuhl.

„Der hier ist schön", murmelte Fiona und bewunderte

das moosgrüne Tuch, das mit einem goldenen Ton verwoben war.

„Danke. Fiona, stimmt etwas nicht?" Bridget hielt inne, nahm ihren Blick vom Webstuhl weg und drehte sich, um die Hand ihrer Tochter zu ergreifen.

Natürlich konnte ihre Mutter ihre Emotionen laut und deutlich lesen. Fiona zuckte mit den Achseln und haderte damit, wie sie antworten sollte.

„Ist Vater hier?"

„Du weißt, wo er ist", sagte Bridget.

Im Pub. Wie immer. Cian Morrigan war im Moment mehr im Pub als anderswo. Grace's Cove hatte nur zwei Pubs, und abgesehen von der Kirche waren sie das gesellschaftliche Zentrum der Stadt. Ihr Vater hatte immer weniger Fang in letzter Zeit und verbrachte mehr Zeit im Pub damit, seinen Kumpels Geschichten zu erzählen. Daher musste Bridget das Geld verdienen.

„Es tut mir leid, Mama. Ich weiß, wie sehr du ihn vermisst", flüsterte Fiona.

Bridget zuckte mit den Schultern.

„Er ist ein guter Mann. Er hat ein gutes Herz. Aber das Trinken wird ihn noch umbringen. Daran können wir aber nicht viel tun. Nur er kann seinen Weg im Leben verändern." Ihre Worte kamen abgehackt und Fiona empfand Mitleid für ihre Mutter.

„Wir werden diesen Sommer eine gute Verkaufssaison haben. Ich habe viele neue Cremes und Tinkturen, an denen ich gearbeitet habe. Es wird uns gut gehen", sagte Fiona und setzte sich auf den Stuhl, während ihre Mutter wieder die Wolle aufnahm.

„Es wird schon gut werden. Das wird es immer, Schatz",
sagte Bridget und glitt wieder in ihren Rhythmus. „Jetzt
erzähl mir, was dich so aufgewühlt hat, bevor du kamst."

War sie aufgewühlt gewesen? Fiona vermutete, dass
sie etwas durcheinander war, aber ihre Mutter konnte ihre
Energie lesen, daher hatte es keinen Zweck, etwas vor ihr
verstecken zu wollen.

„Ich habe John O'Brien auf dem Nachhauseweg von
den Hügeln gesehen", fing Fiona an. Bridget lächelte
etwas.

„Er sieht gut aus, oder?"

„Darüber habe ich nicht nachgedacht, als er fast
heulend bei einem Lamm mit einem gebrochenen Bein
saß", sagte Fiona und wich der Frage ihrer Mutter aus.

„Wirklich? Das überrascht mich", wunderte sich
Bridget.

Rums! Der Webstuhl knallte und bebte, als Bridget
eine neue Reihe begann.

„Das fand ich auch, wenn man bedenkt, dass sie auf
einem Bauernhof leben. Aber er hat gesagt, der Kleine
mochte ihn and folgte ihm anhänglich überall hin", sagte
Fiona achselzuckend.

„Du hast das kleine Ding geheilt, oder?", fragte
Bridget und sah Fiona in die Augen.

„Das habe ich. Und er hat mich angesehen, als wäre
ich ein Monster", sagte Fiona und verschränkte wütend
ihre Arme über ihrer Brust.

„Hat er das? Das überrascht mich auch", sagte Bridget
schob ihren Zopf über ihre Schulter zurück.

„Na ja, eigentlich hat er mich nicht als Monster

bezeichnet. Aber er hat mich gefragt, ob es das Werk des Teufels war", gab Fiona zu.

Bridget sah sie mit einem kleinen Lächeln und einer erhobenen Augenbraue an.

„Hast du etwas anderes erwartet? Du weißt doch, wie diese Stadt ist."

„Er musste mir versprechen, dass er nichts sagt, und dann bin ich einfach weggelaufen. Es gab sonst nichts mehr zu sagen und ich wollte nicht stehenbleiben und von ihm verurteilt werden", sagte Fiona und schob eine Hand durch ihr Haar.

„Also Fiona, du selbst hast ziemlich viel Zeit gehabt, dich an deine Gabe zu gewöhnen. Du kannst nicht von anderen Leuten erwarten, dass sie dich einfach so über Nacht verstehen oder akzeptieren. Das braucht Zeit", sagte Bridget.

Fiona schnaubte. „Ich würde drei Jahre nicht unbedingt ‚ziemlich viel Zeit' nennen." Zu Fionas 16. Geburtstag hatte Bridget ihr ein Buch mit Ledereinband gegeben und sie zur Bucht mitgenommen.

Die Bucht, die ihr Leben für immer verändern würde.

„Er wird es verstehen. Er ist ein netter Junge", sagte Bridget.

„Ich weiß nicht, ob ich ihn einen Jungen nennen würde."

„Wahrscheinlich ist er das nicht mehr, oder?" Bridget zuckte mit den Achseln. „Wir werden schon sehen, was daraus resultiert."

„Das ist einfach für dich zu sagen. Dich haben alle hier schon akzeptiert. Mich noch nicht. Was nicht fair ist", sagte Fiona verärgert. Sie war in der Schule immer diejenige gewesen, die ruhig war und oft übersehen und bei Teeparties oder Spielen nicht einbezogen wurde, als ob die Kinder an ihr eine Andersartigkeit gespürt hätten. Sie hatte gewusst, dass sie anders war; es hätte geholfen, wenn Bridget sie früher aufgeklärt hätte.

„Das Leben ist nicht fair", sagte Bridget.

Es war einer der Lieblingssprüche ihrer Mutter, der ihr von früh an eingebläut worden war. Der Bauernhof der Brogans war heruntergebrannt? Das Leben ist nicht fair. Der Eimer mit Eiern ist umgefallen? Das Leben ist nicht fair. Fiona wurde nie zum Ausgehen gefragt? Das Leben ist nicht fair.

„Was passiert, wenn er es im Dorf erzählt? Ich werde verstoßen werden", sagte Fiona leise und rieb sich mit ihren Händen die Arme.

„Fiona Morrigan, um uns aus dieser Stadt zu verjagen, braucht es mehr als ein bisschen Dorfklatsch. Mach dir über Tratsch keine Sorgen. Sie wissen schon lange, dass ich etwas Besonders habe. Es sollte sie nicht überraschen, dass du es auch hast. Ich werde mich darum kümmern, wenn es dazu kommt", sagte Bridget und hielt inne, um ein neues Knäuel Wolle aus dem Korb an ihrer Seite zu nehmen.

„Es war das erste Mal, dass ich jemandem gezeigt habe, was ich tun kann", sagte Fiona schulterzuckend. „Ich weiß nicht, wie ich mich daran gewöhnen soll."

„Warum, wer sagt denn, dass du dich daran gewöhnen sollst? Ich glaube, du solltest jedes Mal, wenn du deine Gabe verwendest, die dir geschenkt wurde, staunen. Und wenn die Menschen um dich herum sich nicht geehrt fühlen, weil du beschlossen hast, ihnen zu helfen, dann ist

das ihr Problem. Nicht deins. Verstehst du den Unterschied?" Bridget war ehrlich verwirrt über Fionas Angst.

„Aber Mama, deine Gabe ist anders als meine. Heilen
ist...na ja, die Leute werden denken, dass ich eine Hexe
bin", flüsterte Fiona und sah um sich.

„Ja, und in gewisser Hinsicht bist du wahrscheinlich
eine." Bridget lehnte sich zurück und sah in Fionas Augen.

Scham pulsierte durch Fiona bei Bridgets Eingeständ-
nis. Fiona wusste, dass sie keine Hexe war; na ja, wenigstens nicht im schlechten Sinne – aber sie konnte die Jahre
der katholischen Schulerziehung nicht abschütteln. Für die
religiösen Leute in der Stadt war das Wort ‚Hexe' mehr
oder weniger das gleiche wie ‚der Teufel'. Und Fiona
wusste genau, was damit verbunden war.

„Ich fange mal an, das Essen zu machen", sagte Fiona
leise, als sie von ihrem Stuhl aufstand, aber ihre Mutter
war schon wieder in ihrer eigenen Welt. Der Webstuhl
bebte und rumste, als die Fäden für immer zusammenge-
webt wurden.

Genau wie ihr Leben, dachte Fiona, als sie die Leiter
nach unten kletterte. Ein Faden in den nächsten gewebt,
aber das Muster und die Tiefe waren für sie immer noch
unersichtlich.

# KAPITEL SECHS

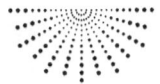

Am nächsten Morgen packte Fiona in ihrem kleinen Schlafzimmer ihren Beutel. Schlaf war in der vorherigen Nacht schwierig gewesen – zwischen ihrem Vater, der spät aus dem Pub nach Haus kam und dem darauffolgenden Streit mit Bridget, und ihren Ängsten darüber, dass John ihr Geheimnis verraten würde, hatte Fiona sich den größten Teil der Nacht hin und her gewälzt.

In den frühen Morgenstunden hatte sie schließlich aufgegeben. Sie rollte sich auf ihrer kleinen dünnen Matratze herum und griff nach unten, um ihr Lederbuch hervorzuholen.

Sie glitt mit ihren Fingern über den Einband und fühlte Kraft aus dem Inneren herausstrahlen. Sie fragte sich, ob andere Leute Kraft so spüren konnten wie sie. Tatsächlich wunderte sie sich, wie sie es je geschafft hatte, als normal zu erscheinen, selbst nur für die Hälfte der Zeit. Überall, wo sie ging, pulsierten Kraft und Launen für Fiona. Sie konnte die Energie von jemandem auf der anderen Seite des Dorfs lesen und es war einfach für sie zu wissen, wenn jemand wütend war oder wenn etwas Schlechtes plante. Diese Mischung aus Energie und Emotion hatte sie verrückt gemacht, bis Bridget ihr das Buch geschenkt hatte. Es war durch die Generationen weitergegeben worden und jede Person, die etwas von Grace O'Malleys Kraft besaß, hatte über die Jahre Einträge hinzugefügt.

Der Ledereinband war alt, zerknittert durch Öl und rissig vom Alter. Die Seiten waren aus Pergament und Fiona war immer sehr bedacht darauf, sie mit dem weichen Tuch, in dem das Buch eingeschlagen war, umzudrehen und niemals mit ihren Fingern zu berühren.

Im Inneren des Buchs fand sich eine eigene Welt. Es enthielt Zaubersprüche, Rituale, Heiltrank, Tinkturen und sogar historische Erzählungen über Heilungen. Zwischen diesen Seiten war jede Menge Geschichte und Fiona hatte es wieder und wieder gelesen, bis ihr die Worte vertraut waren. Sie hatte die Lektionen absorbiert, bis sie fast das ganze Buch Wort für Wort nachsprechen konnte.

Es war das Geschenk, das ihr Leben für immer verändert hatte und sie von anderen unterschied.

Gestern Abend war Fiona über ihre Mutter verärgert gewesen, als sie Fiona gesagt hatte, sie sollte ihr Schicksal im Leben einfach akzeptieren. Aber jetzt wurde ihr klar, dass Bridget das nicht abweisend gemeint hatte. Die Wahrheit war, dass Fiona die Gelegenheit hatte, ihren eigenen Weg zu gehen, mit der Gabe, die sie bekommen hatte, anderen zu helfen und ihr Leben zu ändern. Sie konnte entweder dazu stehen oder sie verstecken. Dazwischen gab es nichts.

Beklemmung macht sich in ihrem Bauch breit, als Fiona darüber nachdachte, der Welt zu offenbaren, dass sie eine Heilerin war. Die meisten 19-jährigen dachten über Dates und Hochzeiten nach und hier war sie und überlegte, wie sie anderen helfen und die Welt ändern könnte.

Ab und zu wünschte Fiona sich verzweifelt, dass sie normal sein könnte.

Fiona nahm einen Scone aus dem Korb in der Küche, wickelte ihn in ein Tuch ein und zog einen Glasbecher mit Wasser aus dem Kühlschrank. Sie steckte beides in ihren Beutel und verließ leise das Haus. Sie war zu aufgedreht, als dass sie bleiben und mit ihrer Mutter oder ihrem Vater reden könnte. Stattdessen würde vielleicht ein guter Spaziergang über die Hügel und zur Bucht etwas von der nervösen Energie wegnehmen. Fiona nahm leise ihr Fahrrad vom Haken im Hinterhof und rollte es vom Hof.

Licht erschien gerade über den Hügeln hinter dem Dorf. Ein dünner Streifen Hellblau beleuchtete ihre sanften Spitzen und das Dunkelblau des Nachthimmels wurde von der Sonne vertrieben. Der Morgen war frisch mit Tau in den Hügeln und dem Geruch von Frühling in der sanften Morgenbrise. Fiona schob das Fahrrad den Hügel hinunter zum Hafen. Die Männer, die ihre Fischerboote beluden und der Bäcker waren die einzigen Menschen, die so früh wach waren.

Fionas Vater sollte eigentlich wach und bei der Fischercrew dabei sein. Sie fühlte Traurigkeit durch sie schneiden, als sie sein altes Boot sah, wie es sanft am Dock schaukelte und darauf wartete herauszufahren. Sie fragte sich, ob das Boot überhaupt diese Woche den Hafen verlassen würde.

Fiona winkte den Fischern; ein paar nickten ihr zu, da sie wussten, dass sie die Tochter eines Fischers war. Sie fragte sich, was sie über sie oder ihren Vater dachten. Sie wusste, dass es keinen Zweck hatte, sich darüber zu sorgen, was andere Leute von ihr dachten, war aber trotzdem nicht in der Lage, diese Gedanken loszulassen. Fiona schüttelte über sich selbst ihren Kopf, als sie den Anfang der asphaltierten Straße erreichte, die sich um die Hügel zur Bucht wand.

Fiona schwang ein Bein über das Fahrrad und begann die Fahrt zur Bucht. Heute trug sie Khakihosen im Hinblick auf das Fahrradfahren, eine Hemdbluse und einen weichen grauen Pullover, den ihre Mutter gestrickt hatte. Sie hatte ihre langen Haare in einen Zopf geflochten und einen Schal um ihren Hals gewunden. Obwohl es theoretisch Frühling war, war es am Morgen noch recht kühl.

Fiona trat stärker in die Pedale, als sie sich einem Hügel näherte, entschlossen, genug Geschwindigkeit aufzubauen, um an dem Haus vorbeizuflitzen, von dem sie wusste, dass es oben auf dem Hügel war.

Der Bauernhof der O'Briens.

Wenn sie Glück hatte, waren sie noch nicht aufgestanden und sie käme vorbei, ohne die Familie grüßen zu müssen.

Die O'Briens waren eine der reicheren Familien in der Stadt. Durch viel Farmland und einer Familie von Fischern hatten die O'Briens mehrere Einkommensquellen von Wolle bis zu Meerestieren. Fiona hatte immer gedacht, dass es in Anbetracht der wackligen Wirtschaftslage des Dorfs klug von ihnen war zu streuen – so hatten sie immer ein Auskommen.

Zu Hause wurde nicht viel gestreut, dachte Fiona und

war entschlossen, das mit ihren neu entwickelten Tinkturen und Heilmitteln zu ändern.

„Scheiße", murmelte Fiona sich selbst zu, als sie über
den Hügel kam und John sah, der zwei Eimer zu einem
eingezäunten Stück Land trug. Das kleine Lamm von
gestern folgte ihm fröhlich.

Er hatte ihr seinen Rücken zugedreht und Fiona konnte
ihn einen Moment betrachten. Mit den kurzen, dichten
dunklen Haaren, mit von der Farmarbeit starken Schultern
und dem langen, schlanken Körperbau war John wirklich
gut anzusehen. Es war nicht das erste Mal, dass sie ihn aus
der Ferne bewunderte, wobei sie sich oft gewundert hatte,
warum er nicht mehr Verabredungen hatte.

Das Lamm sah sie und blökte. John drehte sich sofort
um und hielt inne, als er sie auf ihrem Fahrrad sah.

Fiona pausierte für einen Moment, unsicher, was sie
sagen sollte und mit Furcht in ihrem Magen. Der Moment
schwebte zwischen ihnen, bevor Fiona in die Pedale trat
und das Fahrrad vorwärtsbewegte. Gerade, als sie kurz
davor war, über den Hügel und außer Sicht zu fahren, legte
John seine Hand an seinen Kopf und salutierte.

Ein Lächeln breitete sich auf Fionas Gesicht aus, als
sie den Hügel herunterfuhr. Ihr Zopf flatterte hinter ihr im
Wind und sie fühlte, wie sich Freude in ihr aufbaute, bis
sie schreien wollte.

Und ein Empfinden von Leichtigkeit in ihrem Herz.

# KAPITEL SIEBEN

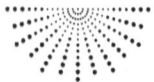

Fiona lehnte ihr Fahrrad gegen eine bröckelnde Steinmauer hoch über der Bucht. Sie konnte nur so weit radeln, bevor sie den Rest des Wegs zum Wasser zu Fuß gehen musste.

Sie hielt inne und sah sich um, niemals überrascht von der Sehnsucht, die sie erfüllte, als sie über die Hügel blickte, die um sie herum lagen.

Das war das Land, das sie unbedingt eines Tages ihrs nennen wollte.

Fiona wusste, dass es nicht praktisch war, so weit weg von der Stadt zu wohnen. Aber wen scherte es schon, praktisch zu sein, wenn das Land seinen Willkommensteppich für dich ausrollte?

Fiona lächelte, als sie ihre Finger über die Steinmauer strich und auf die sanft rollenden grünen Hügel blickte, die in dramatischen Klippen endeten, die ins Meer hinausragten. Sie konnte es genau vor sich sehen – ein kleines Häuschen am Fuße der Hügel, die hinter ihr hochgingen, die

Fenster so gelegen, dass sie die Brise erhaschten und den besten Ausblick auf das Wasser boten.

Sie fühlte sich hier mehr zu Hause als im Dorf – und auch ständig von den Hügeln angezogen, die diese Kliffe umringten. Vermutlich hing es mit ihrer Verbindung zur Bucht zusammen.

Fiona stoppte oben an der Bucht, nahm ihre Schönheit in sich auf und schätzte ihre Stimmung ab. Sie war immer anders und Fiona hatte vor langer Zeit gelernt, den Launen des Wassers in der Bucht zu vertrauen. Obwohl ihre Magie und die der Bucht dieselbe waren, wurde ihr beigebracht, ihr Respekt zu zollen.

Die Bucht war ein Geheimnis, das sich in den dramatischen Klippen dieser Küste versteckte. Die Stadt war nach ihr benannt und die, die sie verwünscht hatte, lag tief in ihren Gewässern. Alle wussten, dass Grace O'Malley in das Wasser der Bucht gegangen war, um ihr Leben zu beenden, statt ihrer Krankheit zu erliegen. Damit hatte sie das Wasser der Bucht für immer verzaubert und den Frauen ihrer Blutlinie wirkliche Magie vermacht.

Das war der Grund, warum Fiona eine Vielzahl von Talenten und Gaben hatte und warum ihr Blut anfing zu summen, sobald sie in der Nähe der Bucht war.

Der scharfe Halbkreis der Bucht lag unter ihr und schnitt in die beeindruckenden Klippen, die aus dem Wasser ragten und sich am Eingang der Bucht fast berührten. Ein perfekter Sandstrand lag unberührt, abgesehen von ein paar Vögeln, die am Ufer herumpickten, am Fuß des Pfades, der die Kliffe herunter führte. Wenn die Sonne unterging, schoss ein Lichtstrahl zwischen die beiden

Kliffe, erleuchtete die hinteren Felswände und legte den
Rest der Bucht in Dunkelheit.

Die Bucht lag heute morgen im Schatten, die Sonne
stand noch nicht hoch genug, um das Wasser zu erreichen.
Fiona ließ ihren Geist schweifen, prüfte die Energie des
Wassers und fand, dass es ruhig war – nichts störte es
heute morgen.

„Gut. Ich möchte etwas von dem Moos probieren",
sagte Fiona laut. Sie drehte sich noch einmal um, um auf
die Weite der grünen Hügel hinter sich zu schauen und
stellte sich vor, wie es sein würde, jeden Morgen hier
aufzuwachen.

Fiona begann den Abstieg zur Bucht und strich dabei
mit einer Hand an der Steinmauer entlang. Sie hielt auf
dem Weg zwischendurch an, um Steine und eine Blumen-
knospe zu sammeln. Als sie unten ankam, zögerte sie
einen Moment, bevor sie auf den Strand trat.

Sie fühlte sich so viel kleiner hier, die riesigen Felswände schlossen sich um sie, so dass sie sich wie ein
kleiner Kiesel am Strand vorkam. Kraft drückte gegen sie,
der Zauber der Bucht kam hoch, um seinesgleichen zu
begrüßen.

Fiona trat nach vorn und zog mit einem Stock einen
Kreis in den Sand. Sie trat hinein und hielt ihre steinigen
Gaben hoch in die Luft.

„Ich komme zu dir mit nichts als dem reinsten
Respekt. Ich bin hier, um etwas heilendes Moos aus
deinem Wasser zu ziehen, um anderen mit ihren Krank-
heiten zu helfen. Ich biete dir diese Geschenke als
Zeichen meiner Ehrfurcht", rief Fiona und warf die
Steine ins Wasser. Sie wusste, dass die Steine nicht wirk-

lich richtige Geschenke waren, wie andere Leute sie sehen würden, aber der Bucht war es egal, was du ihr gabst.

Solange etwas gegeben wurde.

Fiona lächelte, als sie aus dem Kreis trat und begann, am Strand entlangzugehen. Sie wurde nie müde über die Schönheit hier zu staunen – ihr eigenes privates Paradies.

Seit Jahren warnten die Dorfbewohner Menschen vor der Bucht. Es wurde allgemein so verstanden, dass hier etwas *nicht normal* war. Obwohl es offiziell hieß, dass die Leute sich wegen einer gefährlichen Strömung fernhalten sollten, war das keine ausreichende Erklärung für das, was am Strand passierte, wenn jemand keine Gabe anbot. Fiona schauderte, wenn sie daran dachte.

Sie konnte es Grace auch nicht wirklich übelnehmen. Fiona würde es wahrscheinlich auch wollen, dass ihr letzte Ruhestätte unberührt blieb. Es ging in erster Linie um Respekt.

Gedankenverloren kam Fiona zu einer Gruppe von schroffen Felsen, die mehrere kleine Flutbecken bildeten. Sie hatte mit dem Moos, das hier auf den Steinen wuchs, etwas experimentiert, es den Handcremes beigefügt oder eine Prise in einen Hustensaft getan. Sie fand, dass es einige wunderbare Heilungskräfte hatte und wollte mehr sammeln, damit sie die Serie ihrer Pflegeprodukte, an denen sie arbeitete, erweitern konnte. Sie hatte noch nichts davon verkauft, aber es sprach sich herum, nachdem sie angefangen hatte, kleine Tiegel hier und da zu verschenken. Fiona konnte das Etikett schon in ihrem Geist sehen: Ein hübsches weißgrünes Logo, das um die kleinen weißen Gläser gewickelt war, die sie im Großhandel kaufte. Wenn alles gut lief, könnte sie ihre Waren diesen Sommer neben denen ihrer Mutter verkaufen.

Und eine weitere Einkommensquelle schaffen, die sie dringend brauchten.

Fiona beugte sich über einen Stein, zog ein Messer und ein Glas aus ihrem Beutel und begann, Stücke des schwammigen Moos vom Stein zu kratzen und sanft in das Glas zu legen. Erst, als die Wellen höher wurden und in die Becken schlugen, sah sie auf und merkte, dass sie schon seit Stunden arbeitete. Die Sonne hing hoch am Himmel, bedeckt von ein paar weißen Wolkenfetzen. Als Fiona ihre Augen beschattete und über den Strand schaute, wurde ihr klar, dass das Wasser aus einem bestimmten Grund launisch wurde.

Oben auf den Kliffen stand John mit seiner Hand als Schutz über seinen Augen, das dumme kleine Lamm an seiner Seite. Fiona fluchte, als er anfing, den Pfad herunterzukommen. Das Lamm kletterte ihm hinterher.

„Dieser Mann hat wohl gar keinen Sinn für Selbstschutz? Er weiß doch, dass er nicht in die Bucht soll", grummelte Fiona, während sie den Strand entlangrannte. Ihre Füße vergruben sich im Sand und ihr Herz schlug mit Angst und Unsicherheit. Sie wollte das Schutzritual nicht im Beisein von John durchführen. Sie hatte ihm schon genug gezeigt, dass sie merkwürdig war.

Fiona kletterte gleichmäßig hoch, ihre muskulösen Beine machten raschen Fortschritt. All die Jahre, die sie auf diesem Pfad und in den Hügeln umherwanderte, hatten sie schnell und leichtfüßig gemacht. Sie war in wenigen Augenblicken bei John. Er war stehengeblieben, als er ihren Aufstieg sah, und jetzt stand sie ihm auf dem engen Pfad gegenüber.

„Was machst du hier?", fragte Fiona mit erhobenem Kinn.

„Es ist ein freies Land, oder?", sagte John und stemmte seine Hände in seine Hüften.

„Du weißt doch, dass es nicht sicher ist für dich, in die Bucht zu gehen", fauchte Fiona und sah herunter auf das kleine Lamm, das nach vorn gekommen war und sie anschaute.

„Ich weiß nicht, ob ich das Gerücht je geglaubt habe", sagte John.

„Oh? Und da hast du gedacht, das Intelligenteste ist es, das allein auszuprobieren? Und ich habe gedacht, du hättest ein Hirn im Kopf", brummelte Fiona.

„Na ja, ich wäre ja nicht allein, da du am Strand warst, oder?" fragte John mit erhobener Augenbraue.

„Ja, aber..." Fiona verstummte. Sie konnte nicht sagen, dass es okay war für sie am Strand zu sein, aber nicht für ihn. Das letzte, was sie wollte, war darauf hinzuweisen, wie verschieden sie waren.

Wieder.

„Wenn es so schlimm ist, solltest *du* dann allein hingehen? Vielleicht bin ich gekommen, um dich zu retten." Johns Lächeln ging über sein attraktives Gesicht und Fionas Atem stockte für einen Moment in ihrer Kehle.

„Mir geht es gut, danke. Es sieht nicht so aus, als ob ich gerettet werden müsste, oder?", fragte sie leichthin und trat nach vorn, um John dazu zu bewegen, dass er sich umdrehte und den Pfad wieder nach oben ging. Stattdessen blieb er stehen, wo er war, und zwang Fiona, mit ihrem Gesicht nur Zentimeter von seiner Brust entfernt anzuhalten. Sie schluckte mit trockenem Mund, als sie zu ihm aufsah.

„Du kannst jetzt gehen", sagte Fiona, während sich die Sekunden zwischen ihnen dehnten.

„Die Dame zuerst", sagte John mit einem Glitzern in den Augen.

„Na gut, dann geh ich halt", murrte Fiona, schob sich an ihm vorbei und ignorierte, dass ihr Körper kribbelte, während sie auf dem engen Pfad an ihm vorbeiging. Sie rollte ihre Augen und zwang sich, normal zu atmen, während sie den restlichen Weg nach oben wanderten. Das einzige Geräusch waren die aufschlagenden Wellen unter ihnen und das Blöken des Lamms, das ihnen nachlief.

Wenn Zeit in Herzschlägen gezählt würde, dann dauerte es 111 Herzschläge, um den Gipfel zu erreichen. Die Bedeutung der Schnapszahl entging Fiona nicht. Sie zwang sich dazu, sich zu konzentrieren, trat vom oberen Pfadende zurück und drehte sich zu John um.

Und ertappte ihn dabei, wie er auf ihren Hintern schaute.

Sie legte ihre Hände in ihre Hüften und sah ihn mit erhobener Augenbraue an.

Ein rosa Hauch zog über Johns Gesicht und er zuckte verlegen mit den Schultern, während das Lamm wegging, um das grüne Gras zu fressen.

„Wieso kannst du in die Bucht gehen?", fragte John und lenkte Fiona davon ab, wie seine Schultern sein Hemd ausfüllten.

„Weil ich es kann", sagte Fiona einfach, ohne mehr zu erklären.

„Hat es was damit zu tun, was du gestern gemacht hast?", fragte John. Er wich ihrem Blick aus und sah stattdessen über ihren Kopf hinweg.

„Es geht dich gar nichts an, warum ich etwas in meinem Leben machen kann oder nicht", sagte Fiona erhitzt und John hielt seine Hände hoch.

„Hey, langsam, ich hab nur gefragt."

„Und? Ich schulde dir keine Erklärung, oder? Ich tue niemandem weh. Tatsächlich habe ich spezielles Moos ausgegraben, um es meinen Heilmitteln zuzufügen, wenn du es wissen musst. Alles, was ich will, ist Menschen helfen. Es ist mir egal, ob du denkst, ich bin anders oder komisch – ich bin nicht da, um dir zu gefallen, oder? Und es wäre nett, wenn du mich nicht ins Kreuzverhör nehmen würdest und mir hinterherschleichen, als wäre ich eine verdächtige Kriminelle", sagte Fiona. Ihr Herz schlug schneller, während Wut durch sie ging. Tränen drohten ihr in die Augen zu steigen, was sie noch wütender machte. Sie drehte sich von John weg und trat mit ihrem Zeh nach dem Gras.

„Ich wollte dir keine Angst machen", sagte John hinter ihr. „Ich war nur neugierig, das ist alles. Ich geh dann jetzt." Fiona drehte sich nicht um, sondern hielt ihren Blick auf dem Horizont. Sie hörte, wie die Rufe des Lamms leiser wurden, als sie weggingen. Augenblicke später wusste Fiona, dass sie allein war.

Es war besser so. Allein. Weniger Fragen. Keine Erwartungen.

Plötzlich schnappte Fiona nach Luft und riss ihren Blick vom Horizont weg, gerade rechtzeitig, um ein leuchtend blaues Licht blitzen zu sehen, das aus der Tiefe der

Bucht kam, als ob das Wasser freudig singen würde. Sie stand wie erstarrt, ihre Augen fixiert auf den Anblick, als der Wind stärker wurde und ihre Wangen küsste. Er schien ihr ein Lied der Liebe und Versprechungen zuzuflüstern.

Schade nur, dass Fiona vor langer Zeit aufgehört hatte, an Versprechungen zu glauben.

Sie drehte der Bucht den Rücken zu und ging davon.

# KAPITEL ACHT

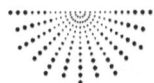

Der Tag an der Bucht war zwei Wochen her und Fiona hatte das Gefühl, sie sah John jetzt überall. Sie tat ihr Bestes, um ihm aus dem Weg zu gehen, aber manchmal war das Universum einfach so mit dem Gesetz der Anziehungskraft. Je mehr sie an ihn dachte, desto öfter kreuzte John ihren Weg.

Die Art, wie er sie ansah, war nichts, woran sie gewöhnt war. Als ob er eine Frage hatte, die nur sie beantworten konnte.

Ihre Angst darüber, dass er über ihre Heilungsfähigkeiten reden würde, war mit der Zeit verschwunden. Das Dorf war einfach zu klein. Wenn er etwas gesagt hätte, hätte Fiona davon gehört.

„Ist der Platz hier okay für dich?", fragte Bridget und Fiona kam zurück zur Realität. Sie bereiteten sich für den Markt vor, denn heute war das erste schöne Wochenende seit langem und Touristen würden kommen.

Der Markt war entlang der Hafenpromenade unter ein paar Bäumen aufgebaut, die Schatten spendeten. Die

Tische standen verstreut und boten eine reiche Vielfalt an selbstgemachten Waren zum Verkauf, aber Fiona merkte, dass niemand seinen Tisch in die Nähe von Bridgets stellte.

„Ja, das ist gut, Mama. Ein guter Platz", sagte Fiona und sah die Blicke von zwei Frauen, die über Gläsern mit Honig standen, ihre Köpfe eng aneinander gelehnt, damit sie sich flüsternd unterhalten konnten. Als sie merkten, dass Fiona sie anstarrte, lenkten sie ihre Aufmerksamkeit zurück zu ihren Gläser. Fiona rollte mit den Augen.

„Ob die Leute uns jemals akzeptieren werden?"

„Wer? Was ist passiert?", fragte Bridget und schob ihren Zopf über ihre Schulter, als sie um sich blickte.

„Nichts. Nur zwei Frauen, die über uns gelästert haben, das ist alles", sagte Fiona und stellte ihren Korb auf den Tisch.

„Das ist ihr Problem, nicht unseres", sagte Bridget, als sie einen Wandbehang nach dem anderen aus dem Seidenpapier herauszog und begann, sie in einer farbenfrohen Zusammenstellung auf den Tisch zu legen.

„Sie sind wahrscheinlich neidisch. Guck dir nur deine Arbeit an! Mama, du hast dich selbst übertroffen", schwärmte Fiona, als sie ihre Hände über einen besonders strahlend blauen Wandbehang strich.

Das gleiche Blau wie das Licht aus der Bucht.

Fiona hatte niemandem erzählt, was sie gesehen hatte. Nicht, dass sie jemanden hätte, dem sie überhaupt Geheimnisse erzählen könnte; ihre Mutter war so ziemlich die einzige, der sie sich anvertraute.

„Du bist mit deinen Gedanken heute ganz woanders, oder?", fragte Bridget und Fiona schüttelte ihren Kopf. Sie merkte, dass sie nicht gehört hatte, was ihre Mutter gesagt hatte.

„Tut mir leid. Was war das?"

„Ich habe gesagt, danke – ich habe es der Bucht nachempfunden."

„Das kann ich sehen, es ist atemberaubend", sagte Fiona und strich noch einmal mit ihren Händen über den Teppich, bevor sie sich zu ihrem Korb drehte und das Handtuch wegnahm. Eingebettet darin war ihre erste Serie von Cremes und Elixieren. Sie hatte beschlossen, ihr Angebot einfach zu halten und hatte vier Sachen dabei: Eine Gesichtscreme, eine Handcreme, eine Creme für schmerzhafte Gelenke und etwas für Erkältungen. Wenn sie sich gut verkauften, plante sie, es auf andere Bereiche auszuweiten. Aber sie hatte von ihrer Mutter gelernt und wusste, dass es am besten war, klein anzufangen und sich allmählich einen Ruf aufzubauen.

Sie zog die Gläser aus dem Korb und summte leise vor sich hin, während sie sich auf die Lippe biss und über die beste Präsentation grübelte. Ihre hübschen handgezeichneten Etiketten ließen sie lächeln; sie hatte Stunden spätabends damit zugebracht, das Aussehen zu perfektionieren, bis es genau so war, wie sie es sich vorgestellt hatte.

*Fionas Magische Gesichtscreme.*

Am Anfang hatte es Fiona widerstrebt, das Wort ‚magisch' auf ihre Etiketten zu setzen. Aber Bridget hatte darauf bestanden und erklärt, dass ihr Ruf vielleicht zu ihrem Nutzen war. Und wer würde keine Gesichtscreme haben wollen, die magisch verzaubert war? Bridgets Hartnäckigkeit hatte sich bezahlt gemacht und das Wort war auf die Etiketten gekommen.

Fionas Magen drehte sich, als sie ein paar Leute näher-
kommen sah, um zu schauen. Was, wenn das Wort ‚Magie‘
auf dem Etikett die falsche Entscheidung gewesen war?
Fiona hatte Angst, dass sie geächtet werden würde. Jetzt
konnte sie aber nicht mehr ändern, was sie ins Rollen
gebracht hatte, und lächelte die zwei Frauen, die an ihren
Tisch traten, freundlich an.

„Sinead, Mrs Brogan, wie geht es?" Fiona lächelte und
fühlte, wie sich ihre Schultern anspannten, als das beliebteste Mädchen aus ihrer Abschlussklasse und deren Mutter
vor ihrem Tisch standen. Natürlich mussten es ausge-
rechnet die beiden sein, die als erstes zu ihrem Stand
kamen. Sie konnte fast spüren, wie sie schrumpfte.

„Es geht uns gut, danke", sagte Mrs Brogan automatisch. Ihre Lippen waren missbilligend zusammengekniffen, als sie eines der Gläser mit Gesichtscreme hochhob
und das Etikett las.

„Magische Creme?", kicherte Sinead und rollte ihre
Augen. „Wunderbar, als ob wir eine Hexe in der Stadt
brauchen, die magische Tinkturen verkauft. Wahrscheinlich werden alle einen furchtbaren Ausschlag bekommen."

Fiona fühlte, wie ihr Blut anfing zu kochen, während
dieses blöde Mädchen all ihre Stunden harter Arbeit kalt-
herzig abtat und ihre Niederlage vorbereitete. Sie öffnete
den Mund, um etwas zu sagen.

„Oh, Gott sei Dank, du verkaufst wieder deine magische Creme", unterbrach sie eine Stimme und Fiona sah
schockiert auf.

John stand vor ihr mit einem Lächeln auf seinem
schönen Gesicht.

„Ach, brauchst du Gesichtscreme, John?", lachte

Sinead und lächelte John flirtend an. „Was willst du denn überhaupt mit dem Hexengebräu? Davon bekommst du wahrscheinlich Warzen oder so."

John schüttelte seinen Kopf, als er auf Sinead herunterblickte. „Es ist nicht für mich. Es ist für den Laden meiner Tante in Dublin", sagte er etwas lauter als notwendig. „Die Creme ist ständig ausverkauft. All die feinen Damen kaufen sie; meine Tante hat eine ellenlange Warteliste. Ich habe versprochen, dass ich schaue, ob Fiona mehr gemacht hat."

Fiona hätte den Mann umarmen können. In nur einem Augenblick hatte er ihren Ruf bei den Klatschtanten im Dorf gerettet und ihrer neuen Pflegeserie eine Chance gegeben.

„Stimmt das?" In Mrs Brogans Augen erschien ein gieriger Ausdruck und sie griff in ihre kleine Tasche. „Ich nehme von jedem eins. Machst du noch mehr? Vielleicht sollte ich zwei kaufen." Sie biss sich auf die Lippe, als sie die Gläser begutachtete und Fiona erstickte fast an einem Lachen, als sie sah, wie Sineads Gesicht vor Wut dunkel wurde.

„John, gib das hier deiner Mutter, ja?", sagte Fiona, lächelte ihn an und formte ein unhörbares ‚danke' mit dem Mund, als sie ihm ein Glas ihrer Gesichtscreme gab. Ein Kribbeln schoss ihren Arm hoch, als seine Hand ihre berührte. „Und ich habe schon Vorrat für deine Tante hergestellt, er ist zu Hause abholbereit."

„Ich bin sicher, sie wird es dir danken", sagte John, zwinkerte ihr zu und steckte das Glas in seine Tasche. Er drehte sich um und lächelte die Brogans an. „Meine Damen, ich wünsche einen guten Tag."

„Fiona, du hast meine Frage nicht beantwortet – wirst du mehr herstellen? Ich bin nicht sicher, dass ich warten sollte. Vielleicht sollte ich zwei von jedem kaufen."

„Ja, das ist wahrscheinlich besser. Ich arbeite sehr sorgfältig, wenn ich diese Cremes produziere. Nur die frischesten handgepflückten Inhaltsstoffe werden mit Liebe ausgewählt und verwendet. Es kann eine ganze Weile dauern, bis ich die nächste Serie fertig habe, vor allem, falls ich Schwierigkeiten habe, einige der Bestandteile zu finden", sagte Fiona und zog braunes Papier hervor, um die Gläser einzuwickeln.

Sie konnte sich das Lächeln kaum verkneifen, als weitere Frauen hinter Mrs Brogan anstanden und einander zuflüsterten, dass dies *die* Creme war, die alle Damen in Dublin benutzten.

Fiona könnte John küssen.

Und genau das würde sie vielleicht tun.

# KAPITEL NEUN

F iona fühlte sich, als würde sie auf Wolken gehen. Sie konnte kaum glauben, dass ihr Tag so gut ausgegangen war. Sie hatte ihr gesamtes Sortiment in weniger als einer Stunde verkauft und hatte schon eine Liste mit Vorbestellungen für die nächste Serie. Sie drückte den Zettel mit den Namen ihrer Kunden an ihre Brust und Aufregung durchströmte sie. Sie könnte wirklich ihren Lebensunterhalt damit verdienen und helfen, etwas Last von den Schultern ihrer Mutter zu nehmen.

Sie rollte sich mit dem uralten Buch in ihrem Bett zusammen und strich liebevoll mit einem weichen Tuch über den Einband. So viele Generationen weiser Frauen hatten zu diesem Weg, auf dem sie sich befand, beigetragen. Fiona hoffte, sie konnte ihnen gerecht werden.

Sie lehnte sich im Bett zurück und kreuzte ihre Arme über ihrem Kopf, während sie über die Vergangenheit nachdachte. War es genug, ihre Gabe zu nutzen, um Gesichtscreme und Hustensaft zu verkaufen? Fiona fragte sich, ob sie ihr Potential wirklich erfüllte oder ob sie nicht mehr tun könnte. Sie dachte an die Gabe ihrer Mutter. Sie lag im Bereich der Kunst, nicht der Heilung, und Bridget konzentrierte sich voll und ganz darauf. Sie rettete mit ihren Wandbehängen nicht die Welt, aber sie erschuf ganz bestimmt Freude. Fiona fragte sich, ob das genug war. War es möglich, dass sie glücklich damit wäre, einfach ein paar Cremes und Zaubersprüche zu verkaufen?

Ein Teil von ihr wusste, dass sie es nicht wäre – wusste, dass sie dem Erbe von Generationen starker Frauen nicht gerecht wurde, die vor ihr gelebt hatten. Es würde eine Zeit kommen, wenn sie sich der Frage stellen musste, wer sie als Heilerin war und es auf eine Art annehmen müsste, mit der sie im Moment nicht ganz im Einklang war. Aber jetzt würde sie erstmal den heutigen Erfolg genießen.

„Fiona?" Bridget klopfte leise an ihre Tür.

„Komm rein", rief Fiona und setzte sich in ihrem Bett auf. Ihr Zimmer war klein, es gab nur ein Einzelbett unter dem Giebel versteckt, einen Nachttisch und einen Holzstuhl in der Ecke. Aber ihre Mutter hatte es mit lebhaften Wandbehängen und einer Bettdecke in Erdtönen dekoriert. Es war heimelig und Fiona hatte nie etwas vermisst.

Bridget ging am Stuhl vorbei und setzte sich neben Fiona auf das Bett.

„Liest du das Buch?", fragte Bridget und nickte zu dem Buch, das auf dem Nachttisch lag.

„Ich habe es nur für einen Moment angesehen. Ich habe das Gefühl, dass ich mehr tun könnte...ich meine nicht, dass ich nicht froh bin über das, was ich heute verkauft habe", fügte Fiona hastig hinzu. Sie wollte nicht, dass ihre Mutter dachte, dass es unter ihrer Würde war, ihre Waren zu verkaufen.

Bridget lächelte. Linien zogen sich über ihr Gesicht und das warme Licht betonte den Sherryton in ihren Augen. Sie strich mit der Hand über Fionas Arm.

„Du solltest stolz darauf sein, was du heute verkauft hast. An deinem ersten Tag hattest du einen gewaltigen Erfolg", sagte Bridget und hob einen Finger, um Fiona zum Verstummen zu bringen, als diese ihren Mund öffnete. „Aber ich weiß auch, dass du zu Höherem bestimmt bist. Trotzdem musst du ja irgendwo anfangen, da nichts über Nacht passiert. Du bist auf einer Reise zu wahrer Größe. Jeder Schritt führt zum nächsten. Dein erster Schritt war wahrscheinlich der schwierigste – und das war, öffentlich die Magie auf deinen Etiketten anzuerkennen. Ich bin wirklich stolz auf dich."

Fiona schluckte an einem Klumpen in ihrer Kehle vorbei, als ihre Gefühle alle auf einmal in ihr hochzukommen schienen.

„Ich mache mir nur Sorgen, dass ich nicht genug tue. Ich..." Fiona zeigte auf das Buch. „Ich möchte diese Frauen stolz machen. Unser Erbe stolz machen. Und dich stolz machen."

Bridget lehnte sich zu ihr und strich Fionas Haare aus ihrem Gesicht, bevor sie sich herüberlehnte, um einen sanften Kuss auf ihre Stirn zu legen.

„Du hast mich schon stolz gemacht. Vergiss das nicht. Die einzige Person, der du irgendetwas beweisen musst, bist du selbst. Niemals ich."

Mit diesen Worten stand Bridget auf und ging durch

das Zimmer. Sie hielt an der Tür an und drehte sich zurück zu Fiona.

„John O'Brien scheint ein sehr netter Mann zu sein", sagte Bridget und ein Lächeln glitt über ihr Gesicht.

„Das ist er. Obwohl ich glaube, dass ich ihn nicht gut behandelt habe", sagte Fiona und blickte auf ihre Hände herunter, die verkrampft in ihrem Schoß lagen.

„Und doch kam er rüber und war dir gegenüber sehr nett. Güte in einem Mann ist bemerkenswert. Es war offensichtlich, dass Sinead versucht hat, mit ihm zu flirten, aber er hatte nur Augen für dich. Ich würde dem Aufmerksamkeit schenken", sagte Bridget.

„War das für dich auch so? Mit Vater?", fragte Fiona. Ihr Gesicht errötete vor Verlegenheit; sie sprachen normalerweise nicht über die Beziehung ihrer Eltern.

Bridget lächelte wehmütig. „Ich habe deinen Vater vor langer Zeit kennengelernt. Es war damals anders, mein Kind. Es war nicht so, als ob ich viele Möglichkeiten gehabt hätte. Ich habe ihn immer geliebt und er ist ein guter Mann. Aber er ist nicht die Liebe meines Lebens."

Fiona hatte das Gefühl, dass ein Eimer kaltes Wasser über ihrem Kopf ausgeschüttet wurde.

„Wirklich? Du hast eine Liebe deines Lebens?"

Ein Ausdruck von Traurigkeit ging über Bridgets Gesicht, bevor sie einmal nickte.

„Das hatte ich. Vor langer Zeit. Ich hatte auf meinem Lebensweg nicht viel zu sagen, verstehst du? Nicht so wie du. Ich würde dich niemals in eine Ehe zwingen, mein Kind. Nicht, wie ich es wurde." Bridget schüttelte ihren Kopf einmal, dann schlüpfte sie aus dem Raum, als sie hörte, wie ihr Mann ins Hinterzimmer kam.

Fiona hörte einen Moment zu, wie sie miteinander redeten. Bridgets Stimme war ein leises Murmeln, während das Lachen ihres Vaters laut erschallte. Es war nicht, dass sie eine schlechte Beziehung hatten – aber jetzt, nachdem Bridget es offenbart hatte, konnte Fiona es sehen, wie es war: Eine ruhige Art von Liebe, geboren aus Zeit und Toleranz. Eine beständige Ehe, aber ganz bestimmt keine leidenschaftliche Liebesaffäre.

Und war es das, was sie wollte? Eine leidenschaftliche Liebesaffäre? Ihre Gedanken gingen zu John, wie er sie angelächelt hatte, als sie am Tisch saß, und wie seine Nähe sie mit Wärme erfüllte.

Da waren zu viele Fragen, die Fiona nicht beantworten konnte.

# KAPITEL ZEHN

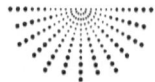

„Fiona, Schatz, wach auf." Bridget weckte Fiona aus einem unruhigen Schlaf, es war noch dunkle Nacht hinter Fionas Fenster.

„Mama, was ist los?" Fiona blinzelte mit den Augen und sah verschwommen das besorgte Gesicht ihrer Mutter.

„Du wirst im Dorf gebraucht", flüsterte Bridget und warf einen Blick über ihre Schulter. Fiona fragte sich, worüber sie sich sorgte. Das Schnarchen ihres Vaters hallte durch das kleine Haus.

Fiona erhob sich aus ihrem Bett, glitt unter der Bettdecke hervor und ging zur Kommode, um eine Hose, einen weichen Wollpullover und dicke Socken herauszuziehen. Obwohl der Frühling in Irland in voller Blüte war, war es morgens noch immer frisch. Sie ging auf Zehenspitzen ins Badezimmer, warf sich etwas Wasser ins Gesicht und flocht ihre Haare schnell in einen langen Zopf, während ihr Fragen durch den Kopf schossen. Was war passiert, dass man sie so dringend brauchte? War es möglich, dass sie eine Heilung durchführen müsste? Ihr Magen verknotete sich vor Nervosität.

Fiona kam aus ihrem Zimmer und ging durch das schwach erleuchtete Haus zu Bridget, die auf sie wartete und ihr einen Scone hinhielt, den sie in ein kleines Handtuch gewickelt hatte.

„Mrs Brogan wartet im Hof", flüsterte Bridget, warf einen Schal über ihren Hauskittel und trat durch die Tür.

Fiona merkte, dass sie sich nicht von der Stelle rühren konnte. Wenn Mrs Brogan hinter der Tür stand, dann bedeutete das, dass wahrscheinlich mit Sinead etwas nicht stimmte. Und abgesehen davon, dass sie das beliebteste Mädchen der Stadt war, war Sinead auch die größte Tratschtante. Es war eine Sache, still und heimlich ein Lamm für John zu heilen, aber es war etwas ganz anderes, sich dem Dorfklatsch auszuliefern. Fiona spürte, wie ihr Widerstand wuchs.

Der Moment dehnte sich aus, während Fiona mit sich haderte. Sie umklammerte den Scone fest in ihren Händen.

Bridget steckte ihren Kopf durch die Tür.

„Fiona, was machst du? Wir müssen los", zischte Bridget mit einem wilden Ausdruck in ihren Augen.

„Ich weiß nicht, ob ich das tun kann", zischte Fiona zurück.

Bridget warf einen Blick über ihre Schulter in den Hof, bevor sie ins Haus marschierte und ganz dicht vor Fiona stand. Fiona trat fast einen überraschten Schritt zurück, da ihre Mutter sonst nicht so konfrontationswillig war.

„Ich habe doch meine Tochter nicht dazu erzogen, egoistisch zu sein, oder? Du kannst mir nicht sagen, dass du dir Sorgen darüber machst, was andere von dir denken werden, wenn eine Mutter im Hof steht und betet, dass ihr eigenes Kind nicht stirbt? Es ist ein kalter Tag in der Hölle, wenn die Morrigans nicht helfen, wo sie gebraucht werden", zischte Bridget und umklammerte Fionas Arm mit ihrer Hand. „Jetzt erklär mir, dass du mit dir leben könntest, sollte Sinead heute Nacht sterben, weil du Angst hast, dich der Welt zu zeigen."

Fiona schloss ihre Augen, als Bridgets Worte sie trafen. *Könnte* sie mit sich selbst leben, wenn Sinead heute Morgen starb? Sie schüttelte den Kopf über sich selbst, atmete tief ein und öffnete ihre Augen.

„Du hast recht. Ich werde helfen", flüsterte Fiona. Bridget strich ihrer Tochter mit ihrer Hand über die Wange.

„Vertrau auf dich selbst. Der Rest kommt dann schon."

Fiona hielt diese Worte eng an ihrem Herzen, als sie in den Hof trat und Mrs Brogans blasses Gesicht sah, ihre Haare zerzaust und Blutstreifen auf dem weißen Nachthemd.

„Bitte, mach irgendetwas, egal was", bettelte Mrs Brogan. „Sie haben schon nach Vater Patrick geschickt, um die letzte Ölung vorzunehmen."

Der Zweifel verflüchtigte sich aus ihrem Kopf, als sie die verstörte Frau sah. Oder vielleicht war es der Schock des roten Bluts, das das strahlend weiße Baumwollnachthemd befleckte. So oder so, Entschlossenheit ersetzte den kalten Ball der Furcht, der sich in Fionas Bauch angesiedelt hatte.

„Bring mich zu ihr."

# KAPITEL ELF

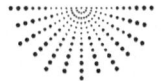

Es war schlimmer, als sie erwartet hatte.

Fiona war außer Atem am Haus der Brogans angekommen, nachdem sie vor dem Morgengrauen durch die Straßen des Dorfs gerannt waren, bis sie das wohlhabend aussehende Backsteinhaus im Zentrum erreicht hatten. Alle Lichter im Haus strahlten und wenn Fiona es nicht besser gewusst hätte, hätte sie es als Willkommensgruß betrachtet.

Aber helle Lichter in den frühen Morgenstunden bedeuten selten etwas Gutes. Der Tod stand hier an der Türschwelle und Fiona befürchtete, dass sie zu spät war.

Ein Gedanke blitzte durch ihren Kopf, so schnell, dass Fiona ihn fast nicht registrierte, bevor sie hereingezerrt und hastig die engen Holztreppen nach oben geschoben wurde.

*Woher hatte Mrs Brogan gewusst, dass sie zu ihrem Haus kommen und nach ihr fragen musste?*

Eine Frage für ein andermal, dachte Fiona, als Mrs

Brogan sie fast in ein kleines, hell erleuchtetes Schlafzimmer hinten im Haus schubste.

„Vater Patrick, bitte warten Sie", keuchte Mrs Brogan.

Vater Patrick drehte sich um, eine Bibel in einer Hand,
aufgeschreckt durch Mrs Brogans Worte. Ein Mann,
vermutlich Mr Brogan, da er noch im Schlafanzug war,
und der örtliche Arzt standen neben dem Bett, Kummer
auf ihren Gesichtern. Fiona registrierte vage ein Schluch-
zen, das aus einem anderen Zimmer kam, bevor sie sich
selbst am Priester vorbeischob.

„Warte mal einen Moment, junge Frau", sagte Vater
Patrick schroff, offensichtlich verärgert durch Fionas
Vermessenheit.

„Das werde ich ganz bestimmt nicht." Fiona drehte
sich um und starrte ihn an. „Gebete werden sie jetzt nicht
retten."

Vater Patricks Augen weiteten sich und seine Lippen
wurden dünner, als er an seiner großen roten Nase entlang
auf Fiona herunterschaute.

„Was hast du hier vor?" Vater Patrick schrie fast.

„Ich werde versuchen, ihr zu helfen. Etwas, was Sie
nicht können", zischte Fiona, bevor sie ihre Aufmerksamkeit auf den Arzt lenkte. „Erzählen Sie mir, was mit ihr
passiert ist."

Der Arzt war Anfang vierzig und jemand, den Fiona
recht freundlich fand. Er hielt Sineads Handgelenk in
seiner Hand und ließ seinen Blick über Fiona streifen.

„Ich glaube, dass es eine Eileiterschwangerschaft ist.
Sie verblutet. Und sie würde die Fahrt zum Krankenhaus
im Nachbarort nicht überleben."

Mrs Brogan ließ ein Wehklagen hinter ihnen heraus

und Fiona zuckte bei dem Geräusch zusammen. Sie lenkte ihren Blick auf Mr Brogan und straffte ihre Schultern.

„Alle raus hier. Nehmen Sie Mrs Brogan mit, nehmen Sie Vater Patrick mit, alle außer meiner Mutter", sagte Fiona kurzangebunden.

„Ich werde ganz sicher nicht gehen", plusterte sich Vater Patrick auf und umklammerte die Bibel an seiner Brust.

Mr Brogan sah Fiona abschätzend an.

„Kannst du sie retten?"

„Ich kann nichts versprechen. Aber ich weiß, dass ich nichts tun kann, wenn alle im Zimmer sind und mich stören."

„Dann müssen wir es versuchen", sagte Mr Brogan, ergriff den Arm des Priesters und zog ihn über seinen Protest hinweg aus dem Raum. Mrs Brogan folgte und weinte in ihr Taschentuch.

Jetzt musste Fiona nur noch den Arzt davon überzeugen zu gehen.

„Ich würde gern zusehen, wenn das okay ist", sagte er leise. Respekt klang in seinen Worten. Fiona hielt inne und sah ihn mit erhobener Augenbraue an.

„Und warum sollte ich Sie zusehen lassen? Woher weiß ich, dass Sie nicht über das hier in der ganzen Stadt reden werden?", fragte Fiona.

„Du hast mein Ehrenwort. Ich habe einen Schwur abgelegt zu heilen. Ich bin jemand, der Heilung respektiert – in allen Formen", sagte der Arzt sanft.

Fiona sah ihn näher an. „Sie sind Dr Collins, richtig?"

„Ja, Miss, das bin ich", sagte Dr Collins weiterhin respektvoll.

Fiona atmete tief ein und schickte ihre Gedanken aus, um die des Arztes zu lesen und zu sehen, ob sie eine Täuschung fand. Endlich nickte Fiona, nachdem sie nur wirkliche Neugier und sonst nichts gefunden hatte.

„Mutter, mach die Tür zu", sagte Fiona über ihre Schulter, bevor sie sich umdrehte und Sinead ansah.

Das Mädchen sah so anders aus als vorher, es war ein Unterschied wie Tag und Nacht. Es war, als ob jemand das Licht ausgeschaltet hatte. Statt der Lebendigkeit der Jugend und Schönheit war ihre Haut blass – sie sah grau aus und die weißen Laken um sie herum waren mit Blut getränkt. Die Lage war mehr als schlimm und Fiona war nicht sicher, ob überhaupt noch Leben in ihrem Körper war. Sie streckte ihre Arme aus, schob sie unter Sinead und bewegte sie so, dass sie ihre Hüften auf das Bett schieben und das Mädchen gegen ihre Brust halten konnte. Fiona schloss ihre Augen und ging nach innen.

Sie fand das Problem sofort. Ihr inneres Auge konnte die tödliche Schwangerschaft schnell finden und Fiona scannte die kleine Gruppe Zellen, um zu sehen, ob da ein Lebenszeichen flackerte. Ihre Lippen verdünnten sich in Traurigkeit, als sie merkte, dass da keine Hoffnung für den Fötus war, aber würde sie die Mutter retten können? Fiona untersuchte Sineads Körper und suchte verzweifelt nach einem Schimmer ihrer Seele, der an ihrem Körper hang.

Dann krümmte sie sich fast erleichtert, als sie tief in Sinead das schwächste Licht fand, da langsam zu einem kleinen Flecken Blau verblasste, von der Farbe des heißesten Teils eines Feuers.

„Sie ist noch hier", flüsterte Fiona und Dr Collins richtete sich neben ihr auf.

„Was kann ich tun?"

Fiona sah in seine Augen.

„Beten, dass welcher universelle Gott oder Energie mir diese Gabe anvertraut hat, heute Nacht auf meiner Seite ist", sagte Fiona, bevor sie ihre Augen wieder schloss und ihre Arme um Sineads bewegungslosen Körper legte.

Sie suchte erneut das Flackern des blauen Lichts und in ihrem Geist begann sie vorsichtig, die Flamme anzufachen, blies mit sanfter Liebe darauf und gab ihr Stärke zu wachsen. Als die Flamme höherschlug, änderte Fiona die Richtung ihrer Kraft zur Schwangerschaft und schickte Energie hinein. Mit einem Schock von Licht zuckte Sineads Körper auf, während Fiona sie heilte. Eine Lampe in der Ecke zerbrach in Stücke, als Fiona den Schmerz aus Sineads Körper herausleitete.

„Heilige Mutter...", sagte Dr Collins und machte das Kreuz, als Sinead in Fionas Armen anfing zu husten und ~~ihren~~ Kopf hin und her drehte, während sie etwas murmelte. Fiona entfuhr ein erleichterter Seufzer.

„Sie braucht Wasser und sollte eine Weile ruhig bleiben. Ihr Körper muss sich erholen. Aber sie sollte jetzt von der Schwangerschaft geheilt sein", sagte Fiona. Sie schob sich unter Sinead hervor, legte das Kissen richtig unter den Kopf des Mädchens und legte eine Hand auf ihre warme Stirn.

Sineads Augen öffneten sich einen Spalt.

„Fiona. Du hast etwas mit mir gemacht", flüsterte Sinead.

„Du bist jetzt sicher", sagte Fiona.

„Erzähl...erzähl es niemandem", flüsterte Sinead. Ihre

Augen glitzerten mit Tränen, als sie sich voller Scham umdrehte, um die Wand anzustarren.

„Es ist nicht mein Geheimnis zu erzählen", sagte Fiona sanft, erhob sich vom Bett und stand vor Dr Collins. Ihr Körper zitterte, als ob sie ihre eigene Lebenskraft verwendet hätte, um die einer anderen Person zu heilen. Sie würde später lernen, dass es der Preis der Heilung war, aber in diesem Moment wollte Fiona sich einfach nur hinlegen und zwölf Stunden schlafen.

„Was hast Du mit ihr gemacht?", fragte Dr Collins mit Verwirrung in seinen Augen.

„Ich habe auf das Licht ihrer Seele geblasen und es wieder zu einem Feuer angefacht", antwortete Fiona ehrlich, zu erschöpft, um zu lügen und wunderte sich, was er damit wohl anfangen würde.

„Ich...ich...ich weiß nicht, was ich dazu sagen soll", antwortete Dr Collins. Fiona konnte zumindest seine Ehrlichkeit schätzen.

„Sie und ich auch, Doktor; Sie und ich auch", murmelte Fiona, als sie durch den Raum ging und ihre Mutter an der Tür traf.

„Das hast du gut gemacht, Baby. Ich bin so stolz auf dich", flüsterte Bridget, küsste Fionas Wange und strich ihr die Haare aus dem Gesicht.

„Ich muss mich hinlegen", sagte Fiona und lehnte sich für einen Moment an die Schulter ihrer Mutter.

„Lass uns gehen. Und wenn wir nach Hause kommen, mache ich dir eine gute Tasse Brühe", sagte Bridget sofort, legte ihren Arm um ihre Tochter und führte sie aus dem Zimmer. Sie stoppten an der Schlange Leute im Flur.

„Ist sie...ist sie von uns gegangen?", fragte Mrs

Brogan, ihr Taschentuch in ihren Händen festgeklammert und an ihre Lippen gepresst. Ihre Augen waren glasig vor Tränen.

„Nein, ist sie nicht. Sie braucht aber eine Zeitlang Ruhe", sagte Fiona sanft.

Mrs Brogan kreischte und rannte an Fiona vorbei in das Zimmer. Sie fiel am Bett ihrer Tochter auf die Knie und fing an zu beten. Mr Brogan trat vor Fiona.

„Unsere Familie dankt dir. Wenn du je etwas brauchst...sag es einfach. Wir stehen in deiner Schuld", sagte er schroff.

„Sie schulden mir gar nichts", sagte Fiona leise. „Ich habe nicht geholfen, damit Sie uns etwas schulden oder irgendeine Schuld abarbeiten müssen. Ich habe geholfen, weil es das ist, was ich bin."

Mr Brogan nahm ihre Worte auf, nickte und trat zurück.

„Und wir sind dankbar. Wir schätzen uns glücklich, dich zu haben."

Fiona nickte noch einmal, aber fand, dass es immer schwieriger wurde zu reden. Zwischen der Heilung und den Emotionen im Haus, die auf sie eindrückten, wollte sie einfach nur ihr Bett. Fiona ging an Sineads Brüdern und Schwestern vorbei, ohne ihnen auch nur ins Gesicht zu sehen. Sie war nicht bereit zu versuchen, die Ausdrücke zu interpretieren, die sie da sehen würde. Sie stolperte die Treppe hinunter, wollte nur raus, wurde aber vom Priester aufgehalten.

„Vater Patrick, bitte gehen Sie mir aus dem Weg. Ich möchte gehen", sagte Fiona matt, die Stärke ihrer Mutter das Einzige, was sie aufrecht hielt.

„Hexe", zischte Vater Patrick, machte das Kreuz vor ihr und schwenkte eine Flasche heiliges Wasser vor ihrem Gesicht.

Fiona lachte auf, zu müde, um sich darum zu scheren, was er sagte.

„Vater Patrick, Sie sollten sich schämen", zischte Bridget und rügte den stockigen Priester. „Fiona ist ein gutes Mädchen, und was sie heute Nacht gemacht hat, war, einem sterbenden Mädchen zu helfen. Nicht für Geld. Nicht für Anerkennung. Für nichts außer der Güte in ihrem Herzen. Sie sollten sie schätzen, statt sie zu verurteilen. Wie können Sie es wagen!"

Aber Vater Patrick wollte nichts davon hören.

„Hexe, weg mit dir", sagte er wieder, bekreuzigte sich und hielt sein Kruzifix vor sich.

Fiona wollte es ihm aus der Hand reißen und durch den Raum werfen – ihm sagen, dass Symbole sinnlos waren, während Lebenskraft und absolute Macht universell waren. Das würde er aber nie verstehen – nicht bis zu seinem Todestag. Es war nicht ihre Aufgabe, ihm das beizubringen. Fiona beschloss, dass sie genug hatte für heute und schob sich an ihm vorbei.

Und betete, dass es kein schwerwiegender Fehler gewesen war hierherzukommen.

# KAPITEL ZWÖLF

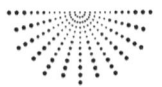

Fiona schlief den ganzen nächsten Tag und bis spät in den Abend, bevor ihre Mutter sie aufweckte.

„Fiona, Liebes, du musst etwas Wasser trinken", flüsterte Bridget mit Sorgenfalten im Gesicht, als sie auf ihre Tochter herabsah. Fiona blinzelte den Schlaf aus ihren Augen und schluckte gegen eine trockene Kehle an.

„Wie lange habe ich geschlafen?", krächzte Fiona, als sie sich aufsetzte, um sich gegen die Wand zu lehnen. Sie nahm das Glas Wasser von ihrer Mutter dankbar entgegen.

„So an die vierzehn Stunden", sagte Bridget und presste ihre Lippen in einer dünnen Linie zusammen.

„Ich fühle mich, als hätte mich ein Pferd plattgedrückt", sagte Fiona leise und bewegte vorsichtig ihren Körper, wobei ihre Muskeln protestierten.

„Ja, das ist das Heilen. Du kannst nicht jemanden vom nahen Tod zurückbringen, ohne dabei selbst fast zu sterben", sagte Bridget.

„Ist das wahr?", fragte Fiona und wunderte sich

darüber, wie sie das Detail im Buch überlesen hatte. Vielleicht stand es gar nicht darin und war einfach bekannt?

Zu schade, dass Fiona keine Lehrerin hatte.

„Ich erinnere mich jetzt – mir wurde einmal gesagt..." Bridget schüttelte angewidert ihren Kopf.

„Von wem? Was wurde dir gesagt?", fragte Fiona, stellte das leere Glas auf ihren Nachttisch und sah ihre Mutter an.

„Eine Frau, die ich vor langer Zeit kannte. Sie hatte auch etwas Besonderes an sich. Sie hat mich immer vor Heilungssituationen gewarnt, die Tod oder Leben bedeuteten. Du musst vorsichtig sein, Fiona. Manchmal, wenn du zu weit gehst, um jemanden zu retten – wirst du den ultimativen Preis bezahlen. Du musst lernen zu erkennen, wo diese Grenze ist."

„Ich bin nicht ganz sicher, ob ich weiß, wie ich das machen soll", gab Fiona zu und strich mit ihrer Hand über eine Falte im Laken.

„Du wirst es herausfinden. Es gibt zu viele Leben, die du berühren wirst, um dich bei einer unvorsichtigen Heilung zu verlieren", sagte Bridget.

„Aber...was ist, wenn ich in diese Situation gebracht werde? Wenn ich entscheiden muss, mein Leben zu geben, um ein anderes zu retten? Würdest du dann immer noch wollen, dass ich mich zurückziehe?", fragte Fiona und war sich ehrlich nicht im Klaren darüber, ob sie in der Lage wäre, das zu entscheiden.

„Oh, mein liebes Kind, ja, ich würde wollen, dass du dein eigenes Leben wählst. Das musst du sogar. Du hast eine viel größere Bestimmung für deine Zeit auf dieser Erde."

„Ich verstehe nicht, wie ich diese Linie erkennen soll", sagte Fiona und biss sich auf die Lippe.

Bridget setzte sich auf die Bettkante und streckte ihre Hand aus, um eine Strähne von Fionas Haar aus ihrer Stirn zu streichen.

„Fiona, du bist mit einer wunderbaren Gabe gesegnet. Eine der größten, ganz abgesehen von der Vielfalt deiner anderen intuitiven Begabungen. Gott hat dich nicht auf diese Erde gebracht, damit du dich an einem Leben ausbrennst. Du bist hier, um vielen zu helfen. Denk daran, solltest du jemals an diesem Rand stehen."

Fiona fühlte sich, als wäre sie in nur einem Tag erwachsen geworden. Gestern hatte sie sich Sorgen darüber gemacht, was die Leute über ihre Gesichtscreme dachten, auf dessen Etikett das Wort ‚magisch' stand. Heute Abend war sie besorgt über die Wirkung ihrer Heilungskraft und wo die Linie zwischen Leben und Tod lag. Plötzlich schien das triviale Zeug nicht mehr so wichtig zu sein.

„Mama, Vater Patrick wird darüber reden. Er hasst mich", sagte Fiona. „Aber nach dem, was ich heute gemacht habe, ist es mir wirklich egal. Es war so eine Wucht von Macht...nein, nicht mal Macht. Es fühlte sich einfach gut an, etwas *tun* zu können."

„Selbst wenn er redet, na und? Du hast heute eine gute Tat vollbracht, Fiona. Du kannst deinen Kopf hochhalten in dem Wissen, dass du ein Leben gerettet hast. Mach dir keine Gedanken über Vater Patrick. Er ist deine Energie nicht wert."

Fiona fragte sich, ob das der Punkt am Erwachsen- werden war – sich nicht darum zu kümmern, was andere über dich dachten. Wenn sie ehrlich war, war sie stolz auf sich, wie sie mit dem Priester umgegangen war. Es war gut zu wissen, dass sie unter Druck nicht nachgab.

„Hast du von den Brogans gehört? Wie geht es Sinead?"

„Es geht ihr gut. Sie haben eine ganze Mahlzeit für dich herübergeschickt, wenn du meinst, dass du etwas essen kannst."

Fionas Magen grummelte als Antwort und sie merkte, dass sie großen Hunger hatte. Sie bewegte sich vorsichtig und warf ihre Arme um ihre Mutter.

„Ja, ich sterbe vor Hunger. Danke, dass du mich heute in die richtige Richtung geschoben hast, Mama."

„Es ist das Beste, das ich tun kann", murmelte Bridget, als sie vom Bett aufstanden.

# KAPITEL DREIZEHN

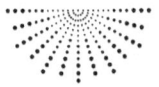

Trotz allem, was sie darüber gesagt hatte, wie stolz sie auf ihre Fähigkeit zu heilen war, übte sich Fiona in der folgenden Woche etwas in Zurückhaltung. Es war nicht so, dass es ihr peinlich war, aber sie musste noch ihre eigenen Gefühle und Reaktionen auf die Heilung verarbeiten. Mit der Meinung von Außenstehenden über das, was sie gemacht hatte, umzugehen, war sie noch nicht bereit.

Sie dachte in der Woche an John – öfter, als sie wollte. Sie fragte sich, ob seine Mutter die Creme gemocht hatte, die sie geschickt hatte. Oder ob er an sie dachte, so wie sie an ihn.

Fiona war weit draußen in den Hügeln auf einer ihrer Wanderungen, um Zutaten für ihre Pflegeprodukte zu sammeln, als sie etwas blöken hörte. Sie blickte aus ihrer knienden Position über ihre Schulter in den Sonnenschein und versteifte sich.

Hatte sie jetzt wirklich die Zauberkraft, den Mann erscheinen zu lassen, weil sie an ihn dachte?

Fiona fühlte, wie ihre Wangen warm wurden, als John selbstbewusst über das Feld schritt, einen Wanderstock in seiner Hand und das dumme kleine Lamm – größer jetzt – das fröhlich hinter ihm hertrottete. Was für ein Bild er abgab.

Kein Wunder, dass sich die Leute zu ihm hingezogen fühlten. Er ging mit einer Eleganz und einem Selbstvertrauen, die ganz natürlich waren. Seine breiten Schultern waren zurückgeworfen und sein freundliches Lächeln ließ Fionas Lippen zucken.

Verdammt, der Mann war so gutaussehend.

Fiona erhob sich und ließ ihre Tasche auf dem Boden liegen.

„Ein schöner Tag für einen Spaziergang", sagte Fiona und lächelte John an. Das Lamm hüpfte herüber, bumste mit dem Kopf an Fionas Knie und blökte ein kurzes Willkommen. „Hallo, du süßes Tierchen." Fiona bückte sich und streichelte den Kopf des Lamms, bevor es davontänzelte, um an einer Blume zu knabbern.

„Das verdammte Viech folgt mir überall hin", grummelte John, aber Fiona ließ sich nicht täuschen. Er mochte das Lamm. Sie fand es niedlich, obwohl sie ihm das nicht sagen und seinen männlichen Stolz verletzen würde.

„Wahrscheinlich, weil es dir vertraut", sagte Fiona. John zuckte nur mit den Achseln. Die Sonne fing sich in dem Blau seiner Augen, so dass sie zu glitzern schienen – dem blauen Licht der Bucht sehr ähnlich.

„Was machst du hier draußen?", fragte John und sah sie mit zusammengekniffenen Augen an.

„Ich sammle dies und das. Zutaten für meine Cremes

und Heilmittel", sagte Fiona und fühlte sich etwas blöd, dass er sie im Schlamm grabend fand.

„Meine Mutter mag die Creme, die du ihr geschickt hast. Sie sagte, ihre Haut fühlte sich viel jünger an."

Fionas Lächeln wurde bei seinen Worten breiter. Sie schlug die Augen schüchtern nieder und grub ihren Zeh verlegen in den Boden.

„Danke, es ist nett von ihr, das zu sagen."

„Ist es wirklich Zauberei?", fragte John geradeheraus.

„Fragst du mich, weil du dich über mich lustig machen willst, oder fragst du mich, weil du es wirklich wissen willst?", fragte Fiona, stemmte ihre Hände in ihre Hüften und hob ihr Kinn. Verdammt, er steckte aber auch immer seine Nase dahin, wo sie nicht hingehörte.

„Ich frage, weil ich es wirklich wissen will. Ich würde dich gern etwas besser kennenlernen. Besser verstehen..." John ließ seinen Arm schweifen und zeigte auf die Tasche an ihren Füßen.

„Na, John, da du so nett gefragt hast, werde ich es dir sagen", sagte Fiona, unsicher, warum sie sich über seine Fragen so ärgerte. „Ja, ich denke, du kannst sagen, dass ein bisschen Magie in meinen Cremes und Heilmitteln ist. Es sind jahrhundertealte Rezepte, die von einer Generation zur nächsten weitergegeben wurden. Ich füge einfach ein bisschen von meinem Heilungstalent dazu, das ist alles", sagte Fiona achselzuckend.

„Also ist deine ganze Familie magisch? Wird es durch die Generationen weitergegeben?"

Fiona rollte mit ihren Augen. Es war nie einfach nur eine Antwort, oder? Sobald sie ein bisschen offenbarte, würden immer mehr Fragen kommen.

„Ich weiß nicht, John, glaubst du, dass es so funktioniert?", entgegnete Fiona, unsicher, wieviel Information sie ihm geben wollte.

„Ich bin nicht sicher. Ich weiß wirklich nicht genug über Zauberei. Nur die Sagen und so", sagte John leise.

Fiona seufzte und fühlte Resignation durch sie gehen. Er war wirklich ein netter Mann. Ein Mann mit zu vielen Fragen, aber nichtsdestotrotz nett.

„Bist du deshalb heute hierhergekommen? Um mehr über die Geschichte meiner Familie herauszufinden?", sagte Fiona und lächelte ihn an, um ihren Worten die Schärfe zu nehmen.

„Nein, ich bin jeden Tag hier herumgewandert und habe gehofft, dass ich dich in den Hügeln finde", gab John zu. Seine blauen Augen ruhten auf ihrem Gesicht.

Hitze erfüllte Fiona. Dieser Mann würde jetzt nicht tatsächlich zugeben, dass er sie mochte, oder? Das war das letzte, was sie von ihm erwartet hatte. Ihre Worte starben auf ihren Lippen, als sie in seine Augen starrte. Eine Welle der Lust tanzte über ihre Haut, die Energie seiner Absicht spürbar.

„Und hier bin ich", sagte Fiona und hielt seinen Blick fest.

„Ja. Ich habe dich gefunden, oder?", lächelte John sie an, seine Worte hielten eine doppeldeutige Bedeutung.

Fiona fühlte den Schlag in ihrer Magengrube – die dämmernde Realisierung, dass er *derjenige* war. Der gesichtslose Fremde in ihren Träumen. Derjenige, der eines Tages ihre Hand halten würde, wenn sie ihr Kind auf die Welt brachte. Derjenige, der ihr Herz haben würde. Es war jetzt so einfach zu verstehen, was die Bucht versucht hatte, ihr zu sagen. Es war definitiv eine Woche des Lernens für sie gewesen.

Fiona schob ihre Gedanken beiseite. Babies? Sie war noch nicht mal geküsst worden. Wenigstens nicht, wenn man das eine Mal nicht zählte, als Seamus McGowan auf dem Schulhof einen Kuss von ihr gestohlen hatte. Es war feucht und unerwartet gewesen und hatte Fiona nicht wirklich einen guten Grund gegeben, warum Leute das überhaupt machten. Aber als sie jetzt in Johns Augen sah, dachte sie anders. Zum ersten Mal überhaupt wollte sie jemanden küssen.

Fiona erschrak, als John seine Hand ausstreckte.

„Gehst du ein Stück mit mir?"

Er würde sie also nicht küssen. Nur spazieren gehen. Fiona atmete und nickte. Sie bückte sich, um ihre Tasche aufzuheben und rügte sich geistig dafür, dass sie sich selbst was einbildete.

Sie stellte sich gerade hin, legte ihre Hand in seine und versuchte, nicht rot zu werden, als die Emotionen auf sie einschlugen. Eine der vielen zusätzlichen Facetten ihrer Gabe war, dass sie oft die Gefühle anderer Menschen lesen konnte. Und in diesem Moment war John O'Brien absolut daran interessiert, sie zu küssen.

Bei dem Gedanken fing sie an zu lächeln und sie sah zu ihm hoch, als sie über das Feld gingen.

„Erzähl mir von dir. Warum bist du nicht weg zur Uni? Hast du entschieden, dass das Dorfleben mehr dein Geschmack ist?"

John blickte auf sie herunter, während sie gingen. Sie

kamen zu einem kleinen Hügel, von dem Fiona wusste, dass er auf der anderen Seite ins Wasser ragte. Die Sonne spielte über ihre Schultern und eine sanfte Brise ging durch ihr Haar. Es war einer dieser seltenen perfekten Tage in Irland und Fiona fand, dass das schlichte Vergnügen, mit einem gutaussehenden Mann über die Hügel zu wandern, die perfekte Ergänzung des Tages war.

„Keine Uni für mich, ich bin fertig mit der Schule. Ich bin ein einfacher Mann. Ich möchte weiter auf der Farm arbeiten, vielleicht in ein paar andere Bereiche ausweiten. Ich liebe es hier. Wir leben in einem der schönsten Teile des Landes", sagte John achselzuckend, während sein Blick über das Wasser ging. „Das Leben in der Stadt ist einfach nichts für mich. Was ist mit dir? Möchtest du auch nicht weg?"

Fiona dachte darüber nach, als sie den Hügel erklommen. Jahrelang hatte sie weggewollt, ihre Jugendängste hatten sie getrieben, etwas Neues zu erkunden. Aber als sie ihre Gabe entdeckt hatte, wurde ihr klar, dass sie fernab ihrer gewohnten Umgebung unglücklich sein würde. Und ihre Gabe zu erforschen war all die Aufregung, die sie brauchte.

Fiona drehte sich um und zeigte über die rollenden Felder.

„Siehst du den Fleck? Am unteren Ende der größeren Kante dort?"

„Ja", nickte John.

„Das ist mein Fleck."

„Ist es das? Und was passiert an diesem Fleck?", fragte John und lächelte sie an.

„Da will ich mein Haus bauen. Ein Häuschen mit

genug Fenstern, dass ich die Brise aus allen Richtungen bekomme, aber gut genug gebaut, dass mir im Winter warm ist."

John schaute auf die Stelle, drehte sich ein bisschen, um die Winkel zu sehen und nickte.

„Ich sehe es. Das ist wirklich ein schöner Fleck. Du wirst da sehr glücklich sein. Aber ich höre, dass der Besitzer sehr eigen ist darüber, wem er es verkaufen wird. Glücklicherweise weiß ich, wie man es von ihm bekommen kann", sagte John und trat mit einem Lachen von ihr weg.

„John! Warte! Ich habe nicht gewusst, dass das Land jemandem gehört. Sag mir, wie ich es bekommen kann!", lachte Fiona und rannte ihm hinterher, als er den Hügel nach unten zu einem kleinen Strand lief. Das Lamm blökte und rannte ihm hinterher. Sie holte ihn ein, als er am Strand anhielt und zog an seinem Arm.

„John! Sag es mir!" Fiona keuchte, halb lachend und halb außer Atem vom den Hügel hinunterrennen. Sie schnaufte, als John sich drehte und seine Arme um ihre Taille legte. Er hob sie hoch, um sie im Kreis herumzuwirbeln.

„Der Preis dafür ist ein Kuss", sagte John und lachte auf sie herunter.

Fionas Herz setzte einen Schlag aus und ein Kribbeln ging ihre Arme hoch. Sie drückte gegen seine Brust und zwang sich, in sein Gesicht zu sehen, während er sie weiter in einem schwindelerregenden Kreis herumwirbelte.

„Bist du der Besitzer?"

„Ist das der einzige Weg, wie ich dich dazu bekomme, mich zu küssen?", sagte John. Seine Lippen zuckten, als er sie ansah. Er hielt plötzlich an, so dass Fionas Körper gegen seinen fiel und herunterglitt, bis ihre Füße gerade so den Sand berührten.

„Nein, ich hätte dich so oder so geküsst", platzte Fiona heraus und dann errötete sie.

„Gut, weil ich nicht der Besitzer bin. Das ist mein Vater", lachte John.

„John!", sagte Fiona und versuchte, ihn wegzuschieben. Ihr Magen krümmte sich vor Scham.

„Aber ich akzeptiere den Kuss an seiner Stelle", sagte John und brachte Fionas Welt ins Wanken, als er seine Lippen über ihre legte und sie so sanft küsste, dass sie seufzte. Ihre Hände, die ihn eben noch wegschoben, ergriffen jetzt seine Arme, um ihn enger an sie zu ziehen. Eine Welle der Zärtlichkeit umspülte Fiona, zog sie näher heran und hüllte sie in seine Berührung.

Er fühlte sich…richtig an.

Fiona bebte, als er sich zurückzog – bebte von dem Kuss und von den Gedanken, die in ihren Kopf einschlugen. Würde sie in der Lage sein, mit dieser Welle von Gefühlen, die plötzlich ihr Hirn vernebelten und sie fast krank machten, umzugehen?

Sie sammelte ihre Gedanken und lächelte ihn frech an.

„Du hast mich ausgetrickst, John O'Brien."

„Das war es wert", sagte John und lachte, als er sie weiterzog, um am Ufer entlangzugehen. Fröhlichkeit schwappte durch sie über die einfache Freude, mit jemandem händchenhaltend am Strand zu gehen. All diese neuen Erfahrungen diese Woche!

„Gehört deinem Vater wirklich das Land?", sagte Fiona

und kehrte zurück zu dem Thema. Sie war nicht sicher, ob es gut war, über den Kuss zu reden.

„Das tut es. Es ist seit Ewigkeiten in der Familie, aber wir haben nichts damit gemacht wegen der Bucht."

Fionas Schultern strafften sich, als sie seine Worte registrierte. Sie fragte sich, ob das alles eine Masche war, um mehr über die Bucht herauszufinden, damit seine Familie das Land nutzen könnte.

„Also ist das der Grund, warum du mich geküsst hast? Um die Geheimnisse der Bucht herauszufinden?", fragte Fiona und zog ihre Hand von John, um ihm ins Gesicht zu sehen. Eine Welle schlug gegen das Ufer und erschreckte sie, bevor sie sich daran erinnerte, dass sie nicht in der Bucht waren und das Wasser hier nicht verwünscht war. Manchmal war eine krachende Welle einfach eine – krachende Welle.

Und manchmal war ein Kuss einfach ein Kuss, ermahnte sie sich.

Johns Augenbrauen zogen sich verwirrt zusammen.

„Ich habe dich geküsst, weil ich das schon seit einer Weile machen wollte. Schon bevor du das magische Ding mit dem Lamm gemacht hast. Und hinterher noch viel mehr", sagte John und schob seine Hand durch seine Haare. „Erfinde keine Gründe, warum ich dich küssen wollte."

Fiona ließ ihren Blick fallen und fühlte sich sofort erbärmlich, weil sie unfreundlich war.

„Es tut mir leid", sagte sie schnell. Fiona war gut darin, sich zu entschuldigen, wenn sie unrecht hatte.

„Beweis es", sagte John mit erhobener Augenbraue.

„Beweisen? Wie soll ich das beweisen?", fragte Fiona.

Was hatte es mit diesem Mann auf sich? Einen Moment lachte sie und im nächsten war sie wütend und wieder im nächsten verdrossen. War das so, wenn man in einer Beziehung war?

„Küss mich. Weil du es willst", forderte John sie heraus.

Fiona fühlte sich sofort unbeholfen. Was sollte sie machen? Einfach zu ihm gehen und einen auflegen? Der Mann war für das Küssen zuständig. In dem Moment, als der Gedanke durch ihren Kopf ging, warf Fiona ihre Schultern zurück. Sie marschierte stur zu ihm, lehnte sich herüber und legte ihre Lippen nüchtern auf seine, zog sich zurück und nickte.

„Da. Gemacht."

John lachte schallend auf und Fiona stampfte fast vor Wut mit dem Fuß auf.

„Also jetzt ist mein Kuss nicht gut genug für dich?", fragte Fiona wütend.

„Oh, er ist gut genug. Selbst für meine Großmutter", johlte John und schlug sich lachend auf sein Knie.

„Küsst deine Großmutter dann so?", fragte Fiona und trat vorwärts, griff nach Johns Hemd und riss ihn an sich.

Sie goss alles, was sie hatte, in den Kuss. Wut spornte sie an ihm zu beweisen, dass er falsch lag.

Aber am Ende wusste sie nicht, wer recht oder unrecht hatte, als ihre Lippen zusammenschmolzen. Sie verlor sich in dem Sog der Gefühle, die ihr Herz hämmern ließen und durch ihren Körper rasten.

Sie gingen auseinander. Fiona fühlte sich schwindlig und John sah überwältigt aus. Was nur wenige Augen-

blicke vorher ein harmloser Flirt gewesen war, hatte jetzt
eine ernsthafte Kehrtwendung gemacht.

Sie schauten sich einen Moment an, keiner sagte ein
Wort. Ihre Brustkörbe gingen auf und ab, während sie
Atem schöpften.

John hielt ihr seine Hand hin.

# KAPITEL VIERZEHN

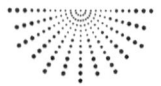

„Du hast mit ihm geschlafen?", quietschte Keelin und riss Fiona aus ihren Erinnerungen.

„Keelin!", sagte Margaret. „Das ist keine höfliche Frage."

Die Stille dehnte sich zwischen ihnen aus, während sie alle angestrengt das Feuer beobachteten.

„Also hast du nun mit ihm geschlafen?", fragte Margaret und Keelin kreischte vor Lachen.

„Wir brauchen mehr Whiskey", beschloss Keelin, stand vom Sofa auf und ergriff die Flasche zu ihren Füßen. Sie ging durch den Raum und schenkte allen nach, dann stoppte sie am Feuer, um es anzufachen. Die Flammen prasselten und tanzten. Das Knacken des brennenden Holzes war das einzige Geräusch im Zimmer.

„Das habe ich nicht", sagte Fiona endlich mit einem kleinen Lächeln. „Ich hatte allerdings auch gerade ein paar Tage vorher eine Schwangerschaft geheilt, daher war mir sehr bewusst, was ein solches Techtelmechtel für mich bedeuten könnte."

Fiona sah, wie Margaret eine Grimasse schnitt.

„Das habe ich nicht so gemeint", sagte sie schnell, um Margaret zu besänftigen, da sie merkte, dass sie die Gefühle ihrer Tochter unbeabsichtigt verletzt hatte.

„Das ist schon okay. Ich weiß. Ich war jung und dumm. Glücklicherweise habe ich Keelin als Ergebnis bekommen. Und vielleicht, wenn ich auf mein Herz gehört hätte, so wie du bei meinem Vater, hätte ich nicht so lange damit gewartet, glücklich verliebt zu sein", sagte Margaret und nahm einen kleinen Schluck von ihrem Whiskey.

Keelin streckte ihre Hand aus und drückte den Arm ihrer Mutter.

„Okay, also erzähl weiter. Was ist danach passiert? Habt ihr angefangen, euch zu sehen?"

Fiona nippte an ihrem Whiskey und lächelte.

„Er hat mir den Hof gemacht, wenn ihr das glauben könnt..."

# KAPITEL FÜNFZEHN

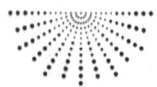

Fiona summte, während sie die neueste Serie von Tonika für Atemwegserkrankungen mischte. Sie merkte, dass sie in den letzten paar Tagen oft summte. Ihre Gedanken waren bei John und wie sie sich bei seinen Küssen fühlte. Es war ihr eigenes kleines Geheimnis, etwas, das sie noch eine Weile für sich behalten wollte.

Ihre Mutter hatte recht gehabt mit John – er war unglaublich nett. Gerade heute fand sie an der Hintertür ein kleines Päckchen mit ihrem Namen. Als sie das Papier ausgewickelt hatte, fand sie ein Buch über keltische Heilungskunst, und ihr Herz hatte einen Sprung gemacht. Es war, als ob er genau wüsste, wie er seinen Weg direkt in ihren Kopf und in ihr Herz finden würde. Fiona gab offen zu, dass sie auf dem besten Weg war, sich zu verlieben.

„Du bist aber gut drauf diese Woche", rief Bridget vom Dachboden herunter.

Fionas Hand ruhte an der Schöpfkelle, mit der sie ihr Heilmittel umrührte. Sollte sie diesen ersten Geschmack der Liebe mit ihrer Mutter teilen? Oder es noch ein bisschen länger geheim halten? Es war irgendwie schön, jemanden heimlich zu mögen, ohne Verurteilungen und ungewollte Ratschläge. Nur Liebeswerbung in seiner reinsten Form. Fiona zögerte.

„Wenn du glaubst, dass ich nicht weiß, dass du den O'Brien Jungen magst, hast du dich getäuscht", rief Bridget herunter und Fiona ließ fast die Schöpfkelle fallen.

Verdammt, die Frau lag immer richtig, grummelte Fiona sich selbst zu.

„Ja, er ist ganz nett", rief Fiona und ging der Frage aus dem Weg.

Ein Kichern kam von oben, aber es gab keine weiteren Fragen. Fiona atmete aus und schob ihre Haare mit ihrem Handrücken aus dem Gesicht. Sie musste sich auf ihren Zauberspruch konzentrieren, um den extra Hauch von heilender Magie in das Heilmittel zu tun.

Fiona schloss ihre Augen und ging in sich. Sie suchte nach dem Ball von Licht, der in ihrer Vorstellung ihre Magie war. Sie summte leise und begann, den uralten Heilungsvers aufzusagen. Als die Worte ihre Lippen verließen, ging ein kleiner Lichtstrahl aus ihren Händen, drang in das Heilmittel ein und änderte die Farbe von einem tiefen Braun zu einem warmen Honig. Perfekt, entschied Fiona und zog die Schüssel dahin, wo ihre Gläser und die Korkverschlüsse aufgereiht standen. Sie nahm ihren Trichter heraus und begann, jede Flasche sorgfältig zu füllen. Es war eine beruhigende Arbeit, monoton und erfüllend, und als die Reihe der fertigen Flaschen größer wurde, fühlte sich Fiona glücklich mit ihrem Ergebnis.

Sie war auch glücklich über den Zettel, der in dem

Buch steckte, das sie vorher gefunden hatte. Darauf stand, dass John sie heute Abend zum Essen und auf ein Pint treffen würde. Die Tatsache, dass er sein Interesse an ihr nicht versteckte oder versuchte, es vor der Welt geheim zu halten, erfüllte Fiona mit einem warmen Gefühl der Sicherheit. Vielleicht hatte die Bucht recht gehabt und er war der Mann für sie.

Fiona machte die Heilmittel fertig und stellte die Flaschen in eine Kiste. Sie wusste, dass sie am nächsten Morgen Zeit haben würde, sie zu beschriften. Jetzt musste sie sich aber darauf konzentrieren, was sie für ihr Date am Abend anziehen würde. Der Webstuhl krachte über ihr, als Fiona in ihr Zimmer ging und die Lampe neben ihrem Bett einschaltete. Ihre Garderobe war begrenzt und bestand hauptsächlich aus praktischer und brauchbarer Kleidung für das Leben, das sie führte. Sie hatte ein paar gute Sachen für die Kirche und zog ein Kleid mit einem Rosenmuster sowie zwei verschiedene Röcke heraus. Sie legte alles aufs Bett und ging zu ihrer Schublade, um durch die paar Blusen zu sehen, die sie hatte.

„Machst du dich hübsch für heute Abend?", fragte Bridget und ließ Fiona erschreckt herumwirbeln.

„Ich...ja, das tue ich", sagte Fiona. Bridget kam herein und begutachtete die Kleidung auf dem Bett. Sie trug ein einfaches lavendelfarbenes Hauskleid und ihre Haare waren aus ihrem Gesicht gesteckt. Kein Makeup zerstörte ihre natürliche Schönheit.

„Ich glaube, ich habe ein paar Sachen für dein Date. Warte mal kurz", sagte Bridget und Fiona sah ihrer Mutter mit erhobener Augenbraue hinterher. Der alltäglichen Kleidung ihrer Mutter nach zu urteilen glaubte sie nicht, dass ihre Auswahl sehr interessant sein würde. Fiona legte ein höfliches Lächeln auf ihr Gesicht und wartete.

„Hier, die habe ich vor Jahren weggepackt, da ich sie nicht mehr gebrauchen konnte. Aber wir haben die gleiche Größe und ich denke, dass du ein paar davon mögen wirst", sagte Bridget und kam mit einem ziemlich großen Koffer in den Raum, den Fiona noch nie gesehen hatte.

„Wo kommt der Koffer her? Den kenne ich nicht", fragte Fiona fasziniert. Es war nicht so, als ob in dem Haus viel Lagerplatz war.

„Ich habe ihn unter meinem Bett gehabt. Kleidung aus einem anderen Leben, könnte man sagen", sagte Bridget mit einem kleinen Lächeln. Sie öffnete das Schloss und hob den Deckel hoch. Gelbes Seidenpapier lag obenauf. Bridget zog es vorsichtig zur Seite und enthüllte einen Stapel Kleidung, der nach Farben und Textilien sortiert war.

„Mutter, wo kommen die alle her?", fragte Fiona und zog eine tiefgrüne Seidenbluse mit Perlmuttknöpfen hervor.

„Es war das Jahr, als ich in Dublin an der Uni war. Es hat so viel Spaß gemacht, sich schön anzuziehen und mit den Mädchen auszugehen. Einige dieser Sachen sind vielleicht nicht mehr in Mode, aber ein paar Kleider und Blusen könnten gut zu deinen Sachen passen, glaube ich", sagte Bridget und zog eine rote Bluse mit weißen Blumen heraus.

„Die ist schön, ich könnte sie zu meinem dunkelblauen Rock anziehen", sagte Fiona sofort, nahm ihr die Bluse aus der Hand und hielt sie gegen den Rock auf dem Bett.

„Ja, das würde gut aussehen. Hier sind ein paar Kleider, die auch hübsch wären."

„Danke, Mama. Ich hatte mir schon Sorgen darüber gemacht, was ich heute Abend anziehen soll. Ich bin noch nie auf einem Date gewesen", sagte Fiona.

Es war komisch, das laut zu sagen, da die meisten Mädchen ihres Alters schon Verabredungen gehabt hatten.

„Na dann ist es höchste Zeit, dass du ausgehst und Spaß hast. Du bist jung und John ist ein guter Mann. Mach dich hübsch für ihn", sagte Bridget. Fiona konnte nicht anders als sie anzulächeln.

„Ich hoffe, dass er mich hübsch findet."

„Du siehst toll aus, Fiona. Das ist wahrscheinlich der Grund, warum du Schwierigkeiten hast, enge Freundinnen zu finden. Sie sind vermutlich eifersüchtig", sagte Bridget und lehnte sich mit überkreuzten Armen gegen die Tür. Das weiche Licht der Lampe betonte den warmen Ton ihrer schönen brauen Augen.

„Ich habe gedacht, es hat mehr damit zu tun, dass mir ein Hauch von etwas anderem anhaftet", sagte Fiona, zog ein schwarzweißes Kleid mit knallroten Knöpfen aus der Kiste und legte es beiseite.

„Vielleicht spielt das auch eine Rolle. Aber grundsätzlich würde ich sagen, es ist Neid. Schau lange und genau in den Spiegel, Fiona. Jeder Mann kann sich glücklich schätzen, dich zu bekommen. Vergiss das nicht", sagte Bridget und schob sich von der Tür weg, um das Essen zu machen.

War sie hübsch? Fiona hatte sich nie sehr um ihr Aussehen gekümmert. Sie hatte mehr Interesse an ihren Wanderungen in den Hügeln als daran, Makeup aufzulegen. Aber jetzt, als sie vorm Spiegel stand und ihr Gesicht begutachtete, dachte sie, dass ihre Mutter – nur vielleicht – recht hatte.

Dann fühlte sie sich sofort schuldig dafür, stolz auf ihr Aussehen zu sein. Sie hatte oft genug gesehen, wie Mädchen von den Nonnen gescholten wurden, weil sie zu viel Makeup zur Schule trugen. Es war nichts, was jemals ein Problem für sie gewesen war, aber jetzt holte sie ihren geheimen Vorrat an Makeup heraus.

Es war beschämend wenig, jetzt, wo sie darüber nachdachte. Nur ein roter Lippenstift und Rouge; nichts, um ihre Augen im Geringsten zu betonen. Fiona legte ihr Makeup auf den Waschtisch im Badezimmer und ging zurück, um den Inhalt des Koffers zu untersuchen. Am Ende entschied sie sich für eine hübsche rote geblümte Bluse in Kombination mit dem marineblauen Rock mit der hohen Taille, der ihre Waden halb bedeckte. Sie zog ihre Spangenschuhe mit niedrigem Absatz an und ging ins Badezimmer, um ihr Haare so hochzustecken, dass weiche Locken über ihre Schultern fielen.

Fiona begutachtete ihr Makeup und zuckte dann mit den Achseln – daran konnte sie nicht viel ändern. Sie strich ein bisschen Farbe über ihre Wangen und legte einen Hauch von rotem Lippenstift auf. Sie sah sich selbst an und lächelte. Wenigsten passte der Lippenstift zu ihrer Bluse – das war doch etwas.

„Lass mich sehen", sagte Bridget vor dem Badezimmer und mit einem Schwung ihres Rockes trat Fiona heraus.

Bridget stemmte ihre Hände in ihre Hüften und ließ einen kritischen Blick über Fiona schweifen.

„Da fehlt noch etwas. Moment", murmelte Bridget und

verließ das Zimmer. Fiona fühlte sich sofort unbehaglich, strich ihren Rock glatt und hoffte, dass sie nicht blöd aussah.

Bridget kam mit leuchtenden Augen zurück ins Zimmer mit einer doppelreihigen Perlenkette in einer Hand und einer Tube in der anderen.

„Hier – Wimperntusche und eine Halskette. Das sollte dich aufpolieren."

„Wimperntusche? Mutter, ich hatte keine Ahnung, dass du so etwas besitzt", sagte Fiona ehrfürchtig und nahm die Tube von ihrer Mutter.

„Ich habe mich auch ab und zu mal nett angezogen", sagte Bridget, als Fiona ins Badezimmer eilte und die Mascara unbeholfen über ihre Wimpern strich. Es machte wirklich einen Unterschied; ihre braunen Augen sahen plötzlich erstaunlich groß aus in ihrem Gesicht.

„Ich liebe es", sagte Fiona begeistert und weigerte sich, ein schlechtes Gewissen zu haben, weil sie sich hübscher gemacht hatte. Die katholische Kirche wusste genau, wie man den Leuten eine kräftige Portion Schuldgefühl einpflanzte, dachte Fiona, als sie die Worte der Nonnen und deren Meinung zu Makeup abschüttelte.

„Hier, lass mich dir die Kette umlegen", sagte Bridget und legte sie um ihren Hals. Die Perlen glitten kühl über ihre Haut und fielen schön in den V-Ausschnitt der Bluse. Fiona konnte ein Summen der Liebe von der Kette vernehmen.

Sie ging nochmal ins Badezimmer und begutachtete sich selbst im Spiegel. Bridget hatte recht, die Perlen und die Wimperntusche gaben ihr den letzten Schliff, und verwandelten sie von einem gewissenhaften Mädchen in eine selbstbewusste Frau.

„Sie sind perfekt", sagte Fiona und drehte sich, um ihre Mutter anzusehen. „Woher hast du sie?"

Ein Hauch von Traurigkeit ging über Bridgets Augen, bevor sie sanft lächelte.

„Aus einem anderen Leben, Fiona."

Ein Klopfen an der Hintertür ließ Fionas Magen einen Purzelbaum machen.

„Er ist hier", zischte Fiona und drehte sich sofort wieder um, um sich nochmal im Spiegel zu sehen.

Bridget lächelte, griff in die Truhe und zog ein kleines Ledertäschchen heraus.

„Leg deinen Lippenstift hier rein. In der Seitentasche sollte ein kleiner Spiegel sein."

„Danke. Für alles, wirklich", sagte Fiona und umarmte ihre Mutter kurz.

„Viel Spaß", sagte Bridget fröhlich, als Fiona zur Tür ging.

„Ich werde mein Bestes tun", sagte Fiona, bevor sie die Tür öffnete.

John stand vor ihr, seine dunklen Haare nass und glatt gekämmt, in seiner Hand einen Strauß Blumen, eingewickelt in Wachspapier.

Fiona sah sich um.

„Kein Lamm heute?"

„Nein, ich habe ihn weggesperrt, obwohl er nicht glücklich darüber war", gab John mit einem Lachen zu. Er trug eine braune Jacke mit einem strahlend weißen Hemd und Fiona fühlte ein Flattern in ihrem Magen, als sie seine Lippen ansah.

„Sind die für mich?", sagte Fiona endlich, nachdem sie sich für einen Moment wortlos angesehen hatten.

„Oh ja, entschuldige", sagte John und wurde etwas rot im Gesicht, als er seine Hand ruckartig mit den Blumen vorstreckte. „Ich war zu sehr damit beschäftigt zu bewundern, wie hübsch du heute Abend aussiehst."

Jetzt war es an Fiona, zu erröten.

„Danke, ich stelle sie nur kurz ins Wasser", sagte Fiona und drehte sich zurück zum Haus.

„Das mache ich schon für dich, Liebling. Hallo John. Ich wünsche euch beiden einen schönen Abend", sagte Bridget, gab Fiona einen kleinen Schubs vorwärts und schloss die Tür bestimmt hinter ihnen.

John lachte und warf seinen Kopf ein bisschen zurück, und Fiona stockte der Atem, wenn sie ihn nur ansah. Sie hatte so ein Glück, ein Date mit so einem gutaussehenden Mann zu haben.

„John, du siehst auch sehr gut aus", sagte Fiona.

„Na, dann sind wir ja ein gutes Paar", sagte John. Er legte ihren Arm in seinen, als sie den Hof verließen und begannen, den Hügel herunter ins Dorf zu schlendern. Die Sonne hing tief im Himmel, badete das Dorf in einem warmen Licht und ließ das Wasser tiefblau erscheinen. An diesem milden Abend waren die Straßen voller Menschen, die ihrer Wege gingen und mehr als ein scharfäugiger Dorfbewohner sah sie mit erhobenen Augenbrauen an, als sie vorbeigingen.

„Ich glaube, wir erregen Aufmerksamkeit", sagte Fiona endlich, nachdem die dritte Einwohnerin angehalten hatte, um ihrer Freundin zuzuflüstern, als sie vorbeigingen.

„Macht dir das etwas aus?", fragte John.

Fiona hielt ihren Kopf schräg und zwinkerte ihn an.

„Nicht im Geringsten."

John lachte schallend und eine Frau, die vom Markt kam, sah sie an. Fiona hielt inne.

„Mrs Brogan. Wie geht es Ihnen heute Abend?"

Mrs Brogan drückte ihre Einkaufstasche enger an ihren Körper und lächelte sie an, aber Fiona konnte das Misstrauen dahinter lesen.

„Hallo, Fiona, John. Wie geht es euch?"

„Gut, danke. Es ist ein schöner Abend für einen Spaziergang, nicht wahr?", sagte Fiona sanft und merkte, dass die Frau Angst hatte, dass sie Sinead erwähnen würde.

„Wie geht es Sinead? Ich habe sie schon eine Weile nicht mehr gesehen", sagte John freundlich und Fiona und Mrs Brogan erstarrten.

„Das stimmt, Mrs Brogan, ich glaube, ich habe Sinead nicht mehr gesehen seit dem Tag, als Sie meine Gesichtscreme auf dem Markt gekauft haben." Die Worte schossen aus Fionas Mund und sie hielt das Lächeln fest auf ihrem Gesicht.

„Sie ist bei einer Cousine in Dublin. Vielleicht geht sie im Herbst auf die Uni", sagte Mrs Brogan und schob den Riemen ihrer Tasche höher auf ihre Schulter.

Sie hatten sie also aus dem Dorf gebracht, dachte Fiona. Wahrscheinlich, um Peinlichkeiten zu vermeiden. Sie wollte fragen, ob Sinead gut geheilt war, aber konnte es nicht, ohne das Vertrauen der Brogans zu missbrauchen.

„"Bitte grüßen Sie sie von uns, wenn Sie das nächste Mal mit ihr sprechen", sagte Fiona leichthin und sie sah, wie Mrs Brogan aufatmete.

„Das werde ich. Ihr beide habt einen schönen Abend; ich muss los, um das Essen zu machen", sagte Mrs Brogan und nickte ihnen zu, als sie davoneilte.

„Sinead kommt mir nicht so vor, als wollte sie studieren", sagte John, als sie weitergingen. „Ich hatte sie eher so eingeschätzt, dass sie heiraten und Kinder kriegen würde."

„Na ja, das eine schließt das andere ja nicht total aus", merkte Fiona an, als sie vor einem großen Haus anhielten, dessen große Glasfenster von leuchtend blauen Blumenkästen eingerahmt waren, in denen fröhliche gelbe Blumen steckten.

„Natürlich nicht. Und hier essen wir", sagte John und zeigte auf das Haus.

„Ist das nicht das Haus der O'Reillys?"

„Ja. Sie haben ein kleines Gästehaus eröffnet und am Wochenende bieten sie jetzt Mahlzeiten an", sagte John und schob die hellgelbe Tür auf.

„Wirklich? Das hatte ich nicht gehört", sagte Fiona aufgeregt.

Immer, wenn ein neues Restaurant, Geschäft oder Pub im Dorf aufmachte, war es Grund für Aufregung. Manchmal musste die Öde des Alltags in einem kleinen Dorf mit neuen Dingen durchbrochen werden.

„Mrs O'Reilly, wie schön, Sie zu sehen", sagte John und lächelte die runde Frau an, die mit zwinkernden blauen Augen und kurz geschnittenem grauen Haar aus der Küche kam und ihre Hände an einem Handtuch abwischte.

„Ihr kommt genau richtig, John. Ich habe gerade das Brot aus dem Ofen geholt."

„Hallo, Mrs O'Reilly", sagte Fiona schüchtern. Sie kannte die O'Reillys seit Jahren. Das kinderlose Paar war mehr oder weniger vom Dorf adoptiert worden und oft damit beschäftigt, sich um die Kinder der Nachbarn zu kümmern oder einzuhüten. Sie waren immer nett gewesen zu Fionas Familie, also war sie noch erfreuter, ihnen etwas zurückgeben zu können.

„Fiona, siehst du nicht wunderbar aus? Kommt, setzt euch!" Mrs O'Reilly führte sie in das kleine Vorderzimmer, in dem vier Zweiertische standen. Fiona nahm an, dass sie bei größeren Gruppen zusammengestellt wurden. Jeder Tisch hatte ein reinweißes Leinentuch, hübsche Spitzendeckchen und leuchtend grüne Servietten. Eine kleine Laterne stand jeweils in der Mitte und warf ein warmes Licht auf den Tisch. Mrs O'Reilly führte sie zu einem Tisch am Fenster, so dass sie über das Dorf schauen konnten.

„Tee? Kaffee? Wein?", fragte Mrs O'Reilly, während sie ihnen ein Glas Wasser einschenkte.

„Wein?", fragte John Fiona mit erhobener Augenbraue.

„Ja, das wäre schön, danke", lächelte Fiona. Sie hatte wahrscheinlich erst ein- oder zweimal in ihrem Leben Wein gehabt – Kommunion in der Kirche zählte nicht. Aber sie wollte stilvoll vor John aussehen, also stimmte sie zu.

„Wunderbar, ich habe eine Flasche Rotwein, der gerade atmet. Die Auswahl heute Abend ist Seeteufel mit Kartoffeln oder Shepherds Pie", rief Mrs O'Reilly.

„Es ist nett hier", sagte Fiona schüchtern und sah sich im Raum um. Die Wände waren in einem hellen Blau gestrichen und goldgerahmte Gemälde der Küste hingen an den Wänden. Es war heimelig und entzückend und einfach perfekt für Fionas erstes Date.

„Das ist es, oder? Sie haben gerade erst eröffnet, also glaube ich nicht, dass es heute Abend voll wird", sagte John und lächelte sie über den Tisch hinweg an.

Mrs O'Reilly kam mit zwei Weingläsern und einer Flasche in ihren Armen zurück.

„Das Brot kommt gleich; Mr O'Reilly schneidet es gerade in diesem Moment an. Also was kann ich euch heute Abend bringen?"

„Seeteufel", sagten sie beide gleichzeitig, dann lächelten sie sich an.

„Ah, perfekt. Wir hatten einen wunderbaren Fang heute", sagte Mrs O'Reilly und strahlte, als sie aus dem Raum ging. Fiona seufzte bei ihren Worten und fragte sich, wann ihr Vater wohl wieder fischen gehen würde.

„Stimmt etwas nicht?", fragte John und legte seinen Kopf fragend schräg.

„Nein, nichts", sagte Fiona und schüttelte es von sich ab. Es würde nur den Abend verderben, wenn sie die Unfähigkeit ihres Vaters, aufs Wasser zu gehen, zur Sprache bringen würde.

„Mrs Brogan schien sehr angespannt heute Abend. Ich frage mich, was da los ist?", sagte John, nahm sein Weinglas und hielt es hoch.

„Sláinte", sagten sie beide und stießen an. Fiona ließ das robuste Aroma des Weins auf ihrer Zunge ruhen, bevor sie John antwortete.

„John, du weißt, dass sich manche Leute um meine Familie herum nicht wohlfühlen. Das ist etwas, woran du dich gewöhnen musst, wenn du mehr Zeit mit mir verbringst", sagte Fiona vorsichtig.

Sie hielten inne, als Mrs O'Reilly wieder in den Raum

kam mit einem Korb voll Brot, das in ein Leintuch eingewickelt war, und einem kleinen Schälchen Butter.

„Ich lass euch beide reden. Das Essen wird bald fertig
sein", sagte Mrs O'Reilly fröhlich, als sie aus dem Zimmer
ging.

„Vielleicht kannst du mir mehr über deine Familie
erzählen – damit ich es verstehe", sagte John.

Fiona dachte darüber nach, während sie das Brot aus
dem Tuch wickelte und bot John die erste Scheibe an. Das
Brot war noch warm, die Butter schmolz fast sofort darauf
und Fiona stöhnte, als sie hineinbiss.

„Das ist lecker", sagte Fiona und legte das halbgeges-
sene Stück Brot wieder auf ihren Teller, bevor sie die
ganze Scheibe verschlang.

„Das ist es", sagte John. Sein Blick war auf sie
gerichtet, während er geduldig wartete, dass sie
weitersprach.

„Warum erzählst du mir nicht erst mehr von deiner
Familie?", fragte Fiona und wich der Frage aus. „Wie seid
ihr in den Besitz des Landes gekommen?"

John sah sie mit erhobener Augenbraue an, aber offensichtlich beschloss er, es fallen zu lassen. Er nahm noch
einen Schluck Wein, bevor er antwortete.

„Du weißt, dass wir schon eine Weile in dieser Gegend
leben – mindestens hundert Jahre. Ich glaube aber, dass die
O'Briens ursprünglich aus dem County Mayo kommen.
Starker Grundstock; wir haben uns über die Generationen
gut vermehrt. Wir waren mal mutige Krieger, aber jetzt
kommt unsere Stärke aus der Arbeit auf dem Land und
vom Fischen in den Gewässern, die es umgibt. Wir sind
vielleicht das Salz der Erde, aber wir sind eine stolze

Truppe und immer bereit, hart zu arbeiten für das, was wir haben."

„Du hast eine ältere Schwester, oder?"

„Ja, Patty. Sie ist mit der Familie ihres Mannes nach Kinsale gezogen. Sie ist jetzt schwanger, da ist was Kleines auf dem Weg", sagte John mit einem Lächeln auf dem Gesicht.

Sie hielten inne, als Mrs O'Reilly mit zwei dampfenden Tellern in ihren Händen aus der Küche kam. Sie stellte die Teller vorsichtig erst vor Fiona, dann vor John, trat zurück und rang ihre Hände etwas.

„Probiert es bitte. Ich muss unbedingt wissen, ob ihr es mögt", platzte Mrs O'Reilly heraus und Fiona lachte.

„Also es sieht jedenfalls hervorragend aus", sagte sie. Der Fisch schwamm in Butter und Knoblauchsauce und grüner Koriander war darüber gestreut. Kleine rote Kartoffeln lagen daneben mit einem Klecks warmem Spinat an der Seite. Fiona schnitt schnell in den Fisch, nahm ein Stückchen mit ihrer Gabel und probierte ihn.

„Sie haben sich selbst übertroffen. Es ist wunderbar", sagte Fiona begeistert und meinte jedes Wort. „Es ist leicht, aber voller Geschmack. Der Koriander ist das perfekte i-Tüpfelchen."

„Ich stimme zu", sagte John.

Mrs O'Reilly schlug ihre Hände vor ihrem großzügigen Busen zusammen und ihre Augen glänzten vor Freude.

„Ich bin so froh. Lasst ein bisschen Platz für den Nachtisch; der kommt als Nächstes." Sie nickte einmal und dann ließ sie sie allein.

„Sie ist so eine nette Frau", sagte Fiona und nahm einen weiteren Bissen von ihrem Essen.

„Das ist sie", stimmte John zu.

„Du siehst glücklich aus über das Baby deiner Schwester. Ist das etwas, was du möchtest? Eine Frau, Kinder, deine eigene Farm?", fragte Fiona und konzentrierte sich auf ihre Kartoffel, als sie hineinschnitt. Ein Teil von ihr wollte unbedingt wissen, was in seinem Kopf vorging.

„Ja, ich wäre gern eines Tages Vater. Es wäre schön, nach Hause zu kommen zu einer Frau und einer Familie. Jemanden zu haben, mit dem man Erlebnisse teilen kann", sagte John achselzuckend.

„Ja, das kann ich verstehen", sagte Fiona, als sie darüber nachdachte, ihr Haus zu verlassen und woanders zu leben. Ihre eigene kleine Familie zu gründen. Der Gedanke war ihr vorher noch nicht gekommen, aber jetzt schien sich die Idee in ihr festzusetzen und wärmte ihr Inneres.

Sie lächelten sich über den Tisch hinweg an, ihre Herzen und Gedanken eins.

„Fiona...ich –", begann John.

„Und wie ist das Essen? Möchtet ihr mehr Wein? Der Nachtisch ist fast fertig", unterbrach sie Mrs O'Reilly.

Fiona hätte die arme Frau treten können. Sie fühlte sich sofort schlecht bei dem Gedanken, da es offensichtlich war, dass sie überschwänglich war, weil sie ihre ersten Kunden bediente.

„Das Essen ist exzellent. Wir nehmen noch etwas Wein und den Nachtisch", sagte John mit einem Lächeln.

„Ich bin gleich wieder da. Und Mr O'Reilly möchte

auch kurz auf ein Schwätzchen kommen", sagte Mrs O'Reilly, als sie davonging.

So viel zu ihrer Zeit allein, dachte Fiona fast verärgert. Aber sie fand es unmöglich, irritiert zu bleiben, als Mr O'Reilly hereinkam. Seine Hosenträger spannten sich über seinem Hemd und sein weißer Schnurrbart machte seine Worte undeutlich. Sie konnte dem Paar ihre Freude nicht übelnehmen.

Eines Tages wären das vielleicht sie und ihr Mann.

Vielleicht sogar sie und John.

# KAPITEL SECHZEHN

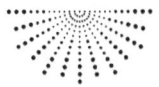

„Hast du Lust, noch in den Pub zu gehen?", fragte John erwartungsvoll, nachdem sie endlich die O'Reillys verlassen hatten mit überschwänglichen Versprechen, das Restaurant weiterzuempfehlen. Ihr Magen war voll und eine warme Wolke von Zufriedenheit umhüllte sie nach den zwei Gläsern Wein, die sie getrunken hatte.

„Ja, das wäre nett. Obwohl ich wahrscheinlich nicht mehr viel trinken sollte", gab Fiona zu und lehnte sich etwas an ihn, als sie liefen. Er fühlte sich solide an neben ihr und Fiona dachte, dass es schön wäre, jemanden zu haben, bei dem sie sich darauf verlassen könnte, dass er sie aufrecht hielt.

Die Sonne war untergegangen, während sie beim Essen waren und jetzt fingen die Sterne gerade an, aus dem mitternachtsblauen Himmel herauszulugen. Weiches Licht kam aus den Fenstern im ganzen Dorf und verstreute Wärme auf der Hügelseite. Sie gingen eine Weile wortlos nebeneinander und genossen den netten Abend und die Schönheit des nächtlichen Dorfes.

Der beschwingte Ton einer Flöte empfing sie, als sie sich dem Pub näherten.

„Es klingt, als wäre eine Session im Gange", sagte John.

„Das klingt nach viel Spaß", stimmte Fiona zu.

Licht fiel aus den vorderen Fenstern des Pubs und eine beschwingte Melodie erreichte ihre Ohren, so dass sie tanzen wollte. John hielt ihr die Tür auf und sie traten in den vollen Raum. Fionas Blick ging sofort zu der Nische vorn im Raum, wo fünf Musiker eng um einen Tisch herum mit Instrumenten in ihren Händen saßen. Das Licht war warm, die Menge klatschte und Getränke flossen.

„Komm, lass uns zur Bar gehen", sagte John, ergriff Fionas Hand und zog sie durch die Menschenmasse, bis sie sich einen Platz an der Bar ergattert hatten. Fiona bebte, als ihr Körper eng an John gepresst wurde und sie winkten den Bartender zu sich.

„Zwei Whiskey. Pur", bestellte John über den Lärm hinweg und Fiona fragte sich, ob sie den Whiskey zusätzlich zum Wein vertragen würde. Zugegeben, sie hatte mit ihrer Mutter seit Jahren an Whiskey genippt, aber sie trank sonst wenig.

Vielleicht war das, weil sie von Natur aus spürte, was zu viel Alkohol mit einer Person machen konnte, oder vielleicht, weil sie es hatte lernen müssen.

Der Bartender schob ihnen zwei Gläser mit bernsteinfarbener Flüssigkeit herüber und John gab ihm etwas Geld. Er drehte sich so, dass sein Rücken der Bar zugewandt war und legte seinen Arm locker um Fionas Schultern. Sie lehnten sich beide zurück und schauten auf die Menschenmenge.

„Sláinte", sagte John in ihr Ohr und Fiona sah mit einem Lächeln zu ihm auf und stieß mit ihm an.

Die Menge jubelte, als sich die Musik zu einem mitreißenden Ende steigerte. Zwei Teenager begannen mitten im Raum einen irischen Stepptanz. Fiona lachte über ihre Beweglichkeit, während sie ihre Haare warfen und zu dem Rhythmus hüpften, so lebendig und voller Energie.

Rufe nach einem weiteren Lied kamen hoch, aber die Band winkte ab, damit sie eine kurze Pause machen konnten. Wahrscheinlich, um noch ein Bier zu holen und eine zu rauchen, dachte Fiona mit einem Lächeln, als sie sich umdrehte und John ansah.

„Wollen wir versuche, in der Pause einen Platz zu finden?"

„Das fände ich schön", sagte Fiona.

„Nimm deine dreckigen Hände von meiner Tochter!"

Ein Schrei kam vom anderen Ende des Raums und Fiona hielt inne und schloss ihre Augen für einen Moment, bevor sie sich umdrehte. Sie könnte sich selbst treten. Natürlich war ihr Vater in einem der Pubs. Da war er immer.

Cian stand auf der anderen Seite des Zimmers, seine Arme steif an seiner Seite, sein Hemd hing aus der Hose und seine Haare waren unordentlich. Seine dicke Nase schien noch dunkelroter zu werden, während ihm Spucke aus dem Mund flog.

„Ich habe gesagt, lass meine Tochter los!"

„Cian, lass sie in Ruhe", sagte ein Mann sanft.

Cian stürmte durch den Raum und schubste Leute aus seinem Weg, bis er direkt auf Augenhöhe vor John stand. Naja, nicht ganz Augenhöhe. Mehr Augenhöhe zu Brust, registrierte Fiona, kurz bevor ihr Vater mit dem Arm ausholte und John einen Haken verpasste.

„Vater!", schrie Fiona, aber John sprang wendig aus dem Weg. Cian hatte zu viel Schwung und als seine Faust auf Luft traf, zog ihn die Bewegung so schnell herum, dass er fiel und seinen Kopf an der Ecke der Bar aufschlug. Fiona schrie nochmal und kniete neben ihm.

„Vater, hör mit dem Unsinn auf. Ist alles okay?", fragte Fiona schroff vor Wut und Scham. Eine dünne Linie Blut fing an, aus der Haarlinie ihres Vaters zu laufen.

„Verdammter O'Brien, er denkt, er kann meine Tochter anfassen", murmelte Cian, als sich seine Augen flatternd schlossen.

„John, wir müssen ihn nach Hause bringen", sagte Fiona, als John neben ihr kniete.

„Ich hebe ihn hoch", sagte John, legte locker einen von Cians Armen über seine Schulter und zog ihn in eine stehende Position.

„Ich nehme noch eins", lallte Cian und Fiona schüttelte nur ihren Kopf über ihn. Sie legte ihren Arm durch seinen und mit brennenden Wangen stolperte sie mit ihrem Vater aus dem Pub.

Was für ein Ende eines ersten Dates, dachte sie, als sie Cian halb tragend, halb ziehend zurück zu ihrem Haus brachten. Glücklicherweise war es nicht allzu weit. Als sie es erreichten, hatte Fiona eine gehörige Portion Wut aufgebaut und tat ihr Bestes, die Tränen zurückzuhalten. John würde so einen Schwiegervater nicht haben wollen. Vorausgesetzt, ihre Beziehung würde sich nach diesem Vorfall überhaupt so weit entwickeln.

„Mama", rief Fiona, als sie den Hof erreichten. Sie ließ den Arm ihres Vaters fallen und rannte voraus, um die Haustür aufzumachen. „Mama, Vater ist schon wieder betrunken. Und seinen Kopf hat er sich auch angeschlagen."

Bridget stand an der Spüle und wusch einen Teller ab. Ihr Gesicht legte sich in Sorgenfalten, aber sie waren für ihre Tochter, nicht ihren Mann.

„Es tut mir so leid, Schatz. Wie hast du ihn gefunden?"

„Er hat im Pub versucht, John zu schlagen und hat ihn verfehlt, stattdessen hat er seinen Kopf an der Bar angeschlagen", sagte Fiona knapp.

„Dieser Mann", grummelte Bridget und schob John herein. „Hier entlang bitte", sagte sie und zeigte zum Schlafzimmer.

Fiona stand still, unsicher, was sie tun sollte. Ihr Magen war verknotet.

John kam aus dem Schlafzimmer heraus. Sein Gesicht war unlesbar.

„Fiona, warum sagst du John nicht gute Nacht. Ich brauche deine Hilfe hier", sagte Bridget.

Fiona wollte mit ihren Füßen aufstampfen und wie ein Kleinkind einen Anfall haben. Es hätte ihr Abend sein sollen. Jetzt hatte ihr Vater ihn ruiniert und John vorgeführt, womit er zu tun hätte, wenn er mit ihr und ihrer Familie involviert war. Sie folgte John stumm in den Hof.

Der Mond war aufgegangen und warf ein sanftes

Leuchten in den Hinterhof. Es reichte aus, dass sie Johns Gesicht sehen konnte.

„Es tut mir alles so leid", flüsterte Fiona und fühlte Tränen drohen, während sie auf ihre Füße schaute.

„Das muss es nicht", sagte John leise. Er legte einen Finger unter ihr Kinn und zwang sie, ihren Kopf zu heben, damit sie in seine Augen sehen konnte.

„Das ist aber mein Leben. Das ist mein Vater. Er ist öfter im Pub als auf dem Boot. Man kann das nicht verheimlichen. Es ist einfach etwas, womit wir fertig werden müssen", sagte Fiona schulterzuckend. Sie würde ihren Vater nicht entschuldigen, das war mal klar.

„Und jetzt musst du seine Kopfwunde heilen", errat John korrekt.

„Und jetzt muss ich ihn heilen", stimmte Fiona zu. „Und es ist nicht das erste Mal."

„Du bist eine gute Tochter", sagte John mit einem Lächeln auf den Lippen.

Fiona zuckte wieder mit den Schultern und sah einen Moment beiseite, bevor sie wieder zu ihm hochsah.

„Ich habe den Abend mit dir wirklich genossen. Ich hoffe, dass wir das wiederholen können. Dass du mir immer noch eine Chance gibst, trotz der Art, wie der Abend heute geendet hat."

John lehnte sich herunter und legte seine Lippen auf ihre. Fiona lehnte sich in den Kuss, überrascht, dass es sie beruhigte und gleichzeitig erregte. Als John seine Arme um sie legte und sie eng an sich zog, fühlte sie sich sicher.

Und beruhigt.

Es war eine aufregende Mischung ihrer Emotionen und

eine, die Fiona genießen wollte. Stattdessen zog sie sich zurück und sah in Johns Augen.

„So schnell wirst du mich nicht los", sagte John.

Und schon merkte Fiona, dass sie lächelte, als sie zurück ins Haus ging.

# KAPITEL SIEBZEHN

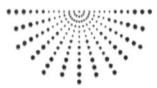

„Guten Morgen. Hast du gut geschlafen?"
Bridget stand in der Küche und knetete Teig, ihre Bewegungen waren geübt und präzise.

Fiona hatte überhaupt nicht gut geschlafen – stattdessen hatten sie unruhige Träume über ihren Vater geplagt, wie er versuchte, John zu schlagen und was passiert wäre, wenn er getroffen hätte. Ganz abgesehen davon, dass sie garantiert heute Morgen nach der Kirche das heißeste Thema der Stadt war.

„Habe ich nicht."

Bridgets Gesicht legte sich in Sorgenfalten, während sie den Teig umdrehte.

„Es war nett von dir, dass du ihn gestern Abend geheilt hast."

Fiona zuckte mit den Achseln, als sie sich eine Tasse Tee aus der Kanne einschenkte, die noch warm war. Sie nahm einen Scone aus dem Korb und setzte sich an den Tisch, ihre Beine unter sich auf dem Stuhl gefaltet, während sie den Scone direkt aus ihrer Hand aß.

„Na, was hätte ich denn machen sollen? Ihn verbluten lassen?", fragte Fiona durch einen Mundvoll Scone.

„Nein. Das wäre nicht sehr nett von dir gewesen, oder?" *Bums.* Bridget schlug ihre Hand in den Teig.

„Und man muss zu allen Zeiten Mitgefühl üben", wiederholte Fiona einen Spruch, den die Nonnen gern aufsagten, ihm aber selbst nicht folgten.

„Du solltest heute zur Kirche gehen. Zünde eine Kerze für deinen Vater an. Vielleicht werden deine Gebete etwas bewirken. Gott weiß, meine haben es nicht", sagte Bridget mit einem ersten Anzeichen von Wut in ihrer Stimme. Fiona sah auf von ihrem Schmollen und nahm ihren Gesichtsausdruck war.

„Du bist wirklich wütend auf ihn, oder?", fragte Fiona.

„Das bin ich. Ich bin sehr aufgebracht, dass er dein erstes Date ruiniert hat", sagte Bridget, als sie den Teig wieder schlug.

„Es ist okay. Anscheinend hat es John nicht negativ beeinflusst. Er hat gesagt, er würde mich gern wiedersehen", sagte Fiona.

„Ist das nicht schön? Ich wusste, dass ich den Jungen mag", sagte Bridget, und endlich zeigte sich ein Lächeln auf ihrem Gesicht.

„Weißt du was? Du hast recht. Ich werde zur Kirche gehen und eine Kerze für Vater anzünden. Es ist das mindeste, was ich tun kann. Ich war auch schon ewig nicht mehr da. Es tut mir wahrscheinlich gut, eine gute Anzahl Gebete auf Vorrat zu sagen", gab Fiona zu, als sie vom Tisch aufstand und ihre Tasse zur Spüle brachte. Im Vorbeigehen drückte sie einen Kuss auf die Wange ihrer Mutter.

Selbst nach Jahren in einer katholischen Schule betrachtete Fiona sich nicht als außergewöhnlich religiös. Sie mochte einiges des Glanz und Gloria der Traditionen, fand Hochzeiten schön und genoss es, eine Weile in der hinteren Bank zu sitzen und der Musik zuzuhören. Aber sie kommunizierte mit Gott auf ihre eigene Art – nicht eingeschränkt durch die Lehren einer Religion. Wenn sie zur Kirche ging, war das eine reine Formalität.

Wenn sie wirklich darüber nachdachte, wo sie ihre Religion fand, dann war das draußen in der Natur. Fiona nahm das schwarzweiße Kleid mit den knallroten Knöpfen aus der Truhe und zog es an, während sie über ihre eigene persönliche Kirche nachdachte. Die war draußen an der Luft, wo der Himmel das Wasser traf und die Hügel kilometerweit rollten. Ihrer Meinung nach war es da, wo Gott wirklich war. Nicht festgebunden an einer Kirche.

„Es ist gut, dass du gehst. Gut, dass du zeigst, dass du dich nicht für letzte Nacht schämst. Die meisten Leute in der Stadt haben vermutlich inzwischen davon gehört", sagte Bridget. Sie wickelte den Teig in ein Handtuch und goss sich selbst eine Tasse Tee ein.

„Möchtest du mit mir mitkommen?"

„Nein, ich muss arbeiten. Mir gehen die Waren aus und wir brauchen sie", sagte Bridget und war schon auf dem Weg, die Leiter zum Boden hochzuklettern.

Und so geht es, dachte Fiona, als sie den Hof verließ und zur Kirche ging. Ihre Mutter war so stoisch. Niemals beschwerte sie sich; stattdessen arbeitete sie einfach, weil es das war, was gebraucht wurde. Fiona fragte sich, wie ihre Mutter in einem anderen Leben gewesen wäre, ob sie sich auch so hart getrieben oder vielleicht in einer anderen Kunstform experimentiert hätte. Stattdessen fertigte Bridget Tag für Tag die Wandbehänge an, von denen sie wusste, dass sie sich verkauften. Das sorgte für Essen auf ihrem Tisch und Wärme in ihrem Haus während des Winters.

Und niemals gab es auch nur eine Klage.

Wenn Fiona genug Geld gespart hatte, wollte sie etwas Nettes für ihre Mutter tun. Etwas völlig Leichtsinniges, damit sie sich an die Frau erinnerte, die in dem Koffer versteckt gewesen war mit den Kleidern, die sie Fiona gegeben hatte.

Die Glocken im Kirchturm klangen durch den taufrischen Morgen und Fiona lief schneller. Sie würde ein bisschen spät kommen, aber sie könnte einfach hinten hereinschlüpfen und eine Kerze für ihren Vater anzünden, während die Predigt begann.

Die Kirche lag oben auf dem Hügel, schwer und klobig, ein graues Steingebäude mit einem Turm, der in den Himmel ragte. Zwei große Holztüren formten einen Bogen und Fiona zog hart an einer und öffnete sie leise. Sie duckte sich in den Eingang und sah sich um.

Die Bänke waren gefüllt mit Familien, Kinder schwangen ihre Füße und sahen gelangweilt aus, Teenager kritzelten auf Papierblöcken. Fiona ging hinein und hinter die letzte Bank, wo ein Opferstock stand mit einer Reihe von Kerzen in kleinen roten Gläsern. Die Orgel begann eine Eröffnungshymne und Fiona schaltete ab und hörte nicht zu, während der Priester mit den Gaben für das Abendmahl den Gang herunterging.

Fiona kniete vor den Kerzen, griff nach einem Docht zum Anzünden und schloss ihre Augen, als die Musik über ihren Schultern anschwoll. Sie konzentrierte sich auf ihren Vater und schickte Gebete für ihn hoch, als die Predigt anfing.

„Hexe! Der Teufel ist unter uns! Wie kannst du es wagen!"

Ein Schrei riss sie aus ihren Gebeten und Fiona sah um sich und registrierte die Worte zuerst gar nicht. Wen schrie der Priester an?

Vater Patrick stürmte den Gang herunter, sein Purpurgewand flatterte hinter ihm, bis er über ihr stand. Fiona starrte ihn an und Grauen erfüllte ihr Herz. Sie wollte sich selbst treten. Wie hatte sie nur so dumm sein können zu vergessen, was Vater Patrick zu ihr gesagt hatte in der Nacht, als sie Sinead geheilt hatte?

Fiona stand schnell auf, damit sie nicht ungünstig kniete. Trotzdem überragte Vater Patrick sie. Stille war über die Gemeinde gefallen, und alle schauten zu ihr, um zu sehen, was passieren würde.

„Ich habe nichts Falsches gemacht. Ich habe nur einfach ein Gebet für jemanden gesagt", sagte Fiona und zeigte auf die Kerze, die sie angezündet hatte. Ihre Stimme hallte durch die stille Kirche.

„Du tust das Werk des Teufels. Ich habe es gesehen! Zauber floss aus deinen eigenen Händen!", kreischte Vater Patrick und ein Tropfen Spucke flog aus seinem Mund.

„Ich habe keine Ahnung, wovon Sie reden", sagte Fiona steif. Sie weigerte sich, Sineads Geheimnis zu verraten und eigentlich hatte Vater Patrick an dem Abend gar nichts gesehen.

„Teufelswerk ist in dieser Kirche nicht willkommen",
dröhnte Vater Patrick und hielt das Kreuz vor sich,
während er seine Hand in Weihwasser tauchte und es in ihr
Gesicht schleuderte.

Fiona schnappte nach Luft, als es sie traf, nicht, weil es
weh tat, sondern weil es ein Schock war, Wasser ins
Gesicht geworfen zu bekommen. Die Gemeinde begann
aber zu murmeln, als sie zusammenzuckte und Vater
Patrick bekam ein Glitzern in den Augen.

„Seht ihr es? Sehr ihr, wie sie erschrickt, wenn das
Wasser sie trifft?" Vater Patrick drehte sich zur Gemeinde
um und steigerte sich in sein Thema hinein.

„Ich habe gezuckt, weil es ein Schock ist, Wasser in
mein Gesicht geworfen zu bekommen", protestierte Fiona,
wütend über den Priester, aber unwillig nachzugeben.

„Lügen, nichts als Lügen von dieser Hexe", zischte
Vater Patrick.

„Na ja, also ich weiß nicht." Die Stimme kam durch
den Raum. Fiona schloss ihre Augen und betete, dass es
nicht jemand war, der sie noch mehr verletzen würde.

Fiona öffnete ihre Augen und sah Dr Collins im Gang
stehen, nur Schritte entfernt von den Brogans, die erstarrt
auf ihren Plätzen saßen.

„Ich würde argumentieren, dass ihre Arbeit das Werk
Gottes selbst ist, nicht das des Teufels", sagte Dr Colins
und Fiona hätte jubeln können. Sie wusste, dass es richtig
gewesen war, ihn beobachten zu lassen, wie sie an dem
Abend heilte.

„Sie wagen es, mich in meiner eigenen Kirche in Frage
zu stellen?", spuckte Vater Patrick.

„Ich sage einfach, dass wir nicht alles wissen. Und von

dem, was ich gesehen habe, kommt nichts als Gutes von
Fiona."

Fiona hätte den guten Arzt küssen können. So wie er es
ausgedrückt hatte, war er geschickt um ihre Fähigkeiten
herumgegangen und hatte das Geheimnis der Brogans
bewahrt.

„Ich weigere mich, das zu glauben. Was ich gesehen
habe, ist das Werk des Teufels!", rief Vater Patrick und er
begann, Fiona mit Weihwasser zu tränken. „Geh fort,
Satan!"

„Hören Sie auf! Ich bin nicht der Teufel", schrie Fiona
und hielt ihre Arme hoch, um sich vor dem Schauer mit
Weihwasser zu schützen.

„Hexe! Geh fort, Hexe!", donnerte Vater Patrick. Fiona
schob sich an ihm vorbei und rannte zur Tür der Kirche. Es
war ihr egal, wie es der Gemeinde gegenüber aussah. Sie
weigerte sich, da zu stehen und sich von dem Priester
weiter öffentlich beschimpfen zu lassen.

Ein Beben begann durch ihren Körper zu gehen und
Fiona kämpfe mit den Tränen, die ihr aus den Augen zu
tropfen drohten. Sie stapfte die Treppen herunter und
hielt ihren Blick starr nach vorn. Sie wollte nicht zurück
zur Kirche schauen und versuchte, was sie auf dem Weg
nach draußen gesehen hatte, aus ihrem Kopf zu
verbannen.

Anscheinend war der gestrige Abend nicht gut genug
gewesen – die O'Briens saßen in der vorletzten Bank.
Fiona hatte ihre schockierten Gesichtsausdrücke gesehen,
als sie aus der Kirche rannte.

„Warte! Hey, warte auf mich", rief eine Stimme
hinter ihr.

Fiona hielt an. Ihre Nägel gruben sich in ihre Handflächen, während sie sich zwang, normal zu atmen.

Sie blinzelte ihre Tränen weg und drehte sich zu John um.

„Du möchtest dich jetzt sicher nicht mehr mit mir treffen. Ich habe die Gesichtsausdrücke deiner Familie gesehen. Die ganze Stadt wird mich hassen", sagte Fiona und schnitt ihm das Wort ab.

„Es ist mir egal, was meine Familie denkt", sagte John sanft und kam, um neben ihr zu stehen. Er wischte einen Tropfen Wasser von ihrer Wange. Tränen oder Weihwasser – Fiona war sich nicht sicher.

Fiona überkreuzte ihre Arme über ihrer Brust und sah zur Seite.

„Das war furchtbar. Es wird der Dorfklatsch sein. Ich muss vielleicht wegziehen. Jeder wird mich hassen", platzte Fiona heraus. Nichts würde je wieder so sein wie vorher.

„Hey, sieh mich an", sagte John und schüttelte sie leicht, bis sie es tat.

„Das werde ich nicht zulassen. Ich verspreche es. Dr Collins hat für dich gesprochen und viele Leute respektieren ihn."

Fiona fragte sich kurz, warum sich die Brogans nicht auf ihre Seite geschlagen hatten. Sie hatte ihr Geheimnis bewahrt; Mr Brogan hatte sogar versprochen, dass er ihr etwas schuldete. Dies wäre ein guter Moment gewesen, ihre Schuld abzuzahlen.

„Sie werden mich jetzt als Hexe brandmarken", sagte Fiona leise.

„Und ist das so schlimm? Ich meine, du bist doch eine,

oder?", fragte John und dachte offensichtlich, dass er helfen würde.

„Nein, ich bin keine Hexe", zischte Fiona. „Ich bin eine Heilerin. Dazwischen liegen Welten!"

„Ist das so?", fragte John ehrlich interessiert.

„John, ich kann das nicht. Es tut mir leid. Ich kann nicht hier sitzen und von der Person, die auf meiner Seite sein sollte, hinterfragt werden. Lass mich einfach allein. Geh zurück zu deiner schockierten Familie und deiner ordentlichen Gemeinde und lass mich einfach in Ruhe", sagte Fiona und versuchte, ihre Arme aus seinem Griff zu ziehen. Sie hatte die Nase voll davon, befragt zu werden – anders zu sein.

„Hör zu, ich verstehe, dass du Angst hast und das, was hier heute passiert ist, war furchtbar. Aber wende dich nicht von mir ab wegen jemandem anders. Wenn du mich nicht sehen willst, ist das okay. Aber mach es nicht, weil so ein entsetzlicher Priester Anschuldigen erhebt."

„John, deine Familie wird es niemals erlauben, dass du mich siehst. Nicht nach dem, was sie gerade gesehen haben", flüsterte Fiona und versuchte, ihm das begreiflich zu machen.

„Dann ist es ja gut, dass meine Familie mich nicht kontrolliert", flüsterte John und küsste sie sanft auf ihre Lippen, bevor er sie losließ. „Ich geh mal und betreibe Schadensbegrenzung. Schließ mich nicht aus, Fiona."

Fiona hatte das Gefühl, dass sie mehr als einen Grund zum Weinen hatte, als sie zusah, wie John wegging, so zuversichtlich, dass alles gut werden würde.

Sie schleppte sich mit hängenden Schultern nach Hause. Die Aussichtslosigkeit von allem erdrückte sie. Sie war dumm gewesen zu glauben, dass sie eine normale Zukunft haben könnte.

Ihre Mutter hatte Fiona immer gesagt, dass sie nicht normal war – sie war gesegnet.

Fiona fand es in diesem Moment schwer, es so zu sehen.

# KAPITEL ACHTZEHN

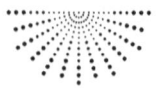

F iona wollte nicht ins Haus gehen. Sie wollte ihrem
Vater nach dem vorherigen Abend nicht begegnen –
und sie war nicht so sicher, dass sie im Moment mit ihrer
Mutter sprechen wollte. Auch wenn sie wusste, dass es
unfair war, verärgert zu sein mit ihrer Mutter über eine
Gabe, die durch das Blut weitergegeben wurde, hatte
niemand je behauptet, dass Teenager rationale Menschen
waren.

Allerdings fühlte sich Fiona von ihrem Dasein als
Teenager weit entfernt. Die Person, die sie mit fünfzehn
war, bevor sie von ihrer Gabe wusste, und die Person, die
sie jetzt mit fast zwanzig war, waren wie verschiedene
Kapitel in komplett unterschiedlichen Büchern.

Fiona ging im Hof auf und ab und versuchte, sich
selbst zu beruhigen. Die Anschuldigung, eine Hexe zu
sein, war kein Kinderspiel. Sie könnte eingesperrt oder vor
Gericht gestellt werden – alles war möglich. Vater Patrick
hatte sie im Prinzip als Kriminelle bezeichnet, indem er sie
vor dem Dorf so genannt hatte. Tränen verschleierten ihren

Blick und tropften ungewollt ihre Wangen herunter, als ihr die volle Bedeutung darüber, was der Priester gemacht hatte, bewusst wurde.

„Fiona! Was ist los?"

Bridget rannte auf sie zu, aber Fiona trat mit verkrampften Händen an der Seite einen Schritt zurück.

„Nimm meine Kraft weg", flüsterte Fiona und hob ihr Kinn, um ihre Mutter anzustarren, die ein paar Meter vor ihr angehalten hatte.

„Fiona, was ist passiert? Du musst mir sagen, was nicht stimmt."

„Ich will, dass du meine Kraft wegnimmst. Du hast sie mir gegeben. Ich will sie nicht. Nimm sie weg", fauchte Fiona.

Bridget wrang ihre Hände, als sie Fiona ansah. Haarsträhnen fielen aus ihrem zerzausten Zopf und auf ihrer Wange war eine Spur Mehl. Ihre Augen sahen uralt aus und so furchtbar müde.

„Fiona, ich habe dir deine Gabe nicht gegeben. Es wurde durch die Blutlinie weitergegeben. Ich kann sie so wenig entfernen, wie ich meine eigene wegnehmen könnte."

„Aber du hast sie mir gegeben. Wenn ich ein Junge gewesen wäre, wäre es nicht passiert. Also nimm sie zurück", sagte Fiona. Sie wusste, dass was sie sagte keinen Sinn machte, aber die Wut überwältigte sie einfach.

„Fiona, bitte sag mir, was nicht stimmt."

„Du willst wissen, was nicht stimmt? Ich wurde gerade vor der ganzen Stadt von Vater Patrick als Hexe bezeichnet. Und vor John und seiner Familie. Er hat mich in der Kirche angeschrien – angeschrien! Und hat mich wiederholt mit Weihwasser bespritzt, bis ich aus der Kirche gerannt bin. Es war entsetzlich und ich weiß, dass nichts Gutes dabei herauskommen kann. Es gab immer hier und da Gerüchte über unsere Andersartigkeit, aber öffentlich eine Hexe genannt werden? Du weißt, dass sie mich holen werden." Fiona spuckte die Worte aus, während sich ihre Augen in Bridgets brannten.

„Nicht, wenn ich etwas dazu zu sagen habe. Und sie können uns nicht einfach beschuldigen, einen schlechten Einfluss auf diese Stadt zu haben, wenn wir nichts gewesen sind außer anständige Bürger", wütete Bridget und fing auch an, auf und abzugehen.

„Er braucht keine Beweise, Mutter. Religiöse Mutmaßung ist genug, um mein Schicksal zu besiegeln", flüsterte Fiona.

„Wir überstehen das, Fiona. Er ist nur ein Mann. Wir haben in diesem Dorf viel Gutes für Leute getan. Ich werde anfangen, Gefallen einzufordern", sagte Bridget. Sie kam zu Fiona herüber und strich ihre Hand über ihren Arm.

„Das wird uns herzlich wenig helfen. Die Brogans saßen einfach da und haben nicht ein verdammtes Wort gesagt", sagte Fiona und rollte mit den Augen.

„Heiliger Strohsack, haben sie das? Überlass mir die Brogans", sagte Bridget mit Feuer in den Augen.

„Ich bin gerade so wütend", gab Fiona zu. Der Frust und die Ungerechtigkeit drehten ihr den Magen um.

„Warum gehst du nicht in die Hügel? Das ist dein Lieblingsplatz. Ich kümmere mich um alles hier und falls irgendjemand kommt, verjage ich sie."

Fiona dachte einen Moment darüber nach. Sie konnte

sich nicht vorstellen, ins Haus zurückzugehen und ihrem Vater zu begegnen, nach dem, was er gestern Abend gemacht hatte. Und sie wollte ganz sicher nicht dasitzen, sollten die Dorfbewohner auftauchen. Aber würde es nicht aussehen wie Feigheit, wenn sie in den Hügeln verschwand, um einer weiteren Konfrontation aus dem Weg zu gehen?

„Ich sollte bleiben. Mich dem Ganzen stellen", sagte Fiona.

„Unsinn. Geh. Mach einen Spaziergang. Geh zur Bucht und entspann dich am Wasser. Du wirst dich hinterher besser fühlen", sagte Bridget mit ernster Stimme.

Fiona wollte in die Hügel gehen. Sie wollte einen Platz, zu dem sie rennen konnte – irgendwo, wo sie ihren Frust und ihre Angst herausschreien konnte, ohne gehört zu werden. Mit einem Blick auf das Dorf und dann zurück zum Haus nickte sie schlussendlich.

„Ich gehe. Erwarte mich nicht zu früh zurück", sagte Fiona.

„Ich pack dir nur etwas zu essen ein", sagte Bridget und eilte schon zum Haus.

„Ich sollte mir auch etwas anderes anziehen", rief Fiona und folgte ihr. Sie musste ja nicht ihr hübsches Kleid ruinieren, wenn sie durch die matschigen Hügel ging.

Innerhalb von wenigen Augenblicken war Fiona auf ihrem Fahrrad, ihr Mittagessen in Wachspapier eingewickelt im Korb. Sie hatte schnell ihre Wandersachen angezogen und kaum zur Schlafzimmertür geblickt, hinter der ihr Vater immer noch schlummerte.

Als sie aus der Stadt radelte, fing die Kirchenglocke an zu läuten, um das Ende des Gottesdienstes zu verkünden.

Es klang unheilbringend für Fiona, als ob es das Ende ihres bisherigen Lebens signalisieren würde.

Sie fuhr schneller.

Fiona konnte noch nicht mal zur Farm der O'Briens schauen, als sie daran vorbeiradelte, stattdessen drehte sie ihr Gesicht in die Brise, die vom Ozean kam. An jedem anderen Tag würde sie singen und die Sonne anlächeln, die so fröhlich im Himmel über ihr stand.

Ihr Herz klopfte vor Anstrengung, aber Fiona wusste, dass es blöd war zu versuchen dem, was in der Kirche passiert war, zu entkommen. So oder so würde sie sich den Konsequenzen von Vater Patricks Worten stellen müssen. Sie konnte nur beten, dass es nicht so schlimm werden würde, wie sie es sich im Kopf ausmalte.

Fiona erreichte ihr Feld in Rekordzeit. Sie lachte über sich selbst. Es war nicht ihr Feld – es gehörte den O'Briens. Aber in ihrem Kopf würde es immer ihr Flecken sein. Sie lehnte ihr Fahrrad gegen die niedrige Steinmauer, ergriff ihr Essen und ging über das Feld zum oberen Ende des Pfads zur Bucht. Sie hielt kurz inne und atmete tief ein, als der Puls des Zaubers ihr entgegenkam. Fiona stellte es sich immer so vor, als würde sie durch eine dünne Membran in eine andere Welt steigen – ein geheimer Platz nur für sie.

Auch wenn Fiona wusste, dass andere kommen konnten, solange sie wussten, wie sie die Bucht respektieren mussten, hatte sie noch nie jemanden anders hier gesehen. Sie strich mit ihrer Hand an der Felsenwand entlang, während sie dem Pfad geschickt folgte, der im Zickzack an der Felswand herunterging, bis sie unten ankam.

Sie stand auf dem Strand, zeichnete einen Kreis und

trat hinein. Dann zog sie ihre Gabe aus ihrer Tasche. Sie sah auf die glänzende goldene Hülse, die sie gestern Abend noch geschätzt hatte, ihr aber jetzt frivol erschien. Fiona war kein normales Mädchen und sie würde nie eins sein.

Sie hob ihre Hand und hielt den Lippenstift hoch, so dass sich die Sonne darin spiegelte.

„Ich biete diese Gabe, um die Bucht zu ehren."

Sie warf den Lippenstift und er landete mit einem sanften Platsch im blauen Wasser, das sanft auf den Strand schwappte. Er rollte einen Moment im Sand, bevor eine weitere Welle kam und ihn schluckte. Fiona atmete mit einem Gefühl des Verlustes aus – fast, als hätte sie einen Teil ihrer selbst verloren. Das dumme Mädchen, das gestern vom Happy End geträumt hatte, wusste jetzt, dass diese Träume dumme Erfindungen waren von jemandem, der einmal gedacht hatte, dass sie als normal durchgehen könnte.

Sie aß ihr Mittagessen in der Sonne, starrte auf die Bucht und langsam beruhigten die Wärme der Sonne und das Geräusch des Wassers die Verzweiflung in ihrem Herzen. Sie lehnte sich zurück, schloss ihre Augen und erlaubte sich, in der Sonne etwas zu dösen und sich vor der Welt noch einen Moment länger zu verstecken.

Ihre Augen öffneten sich ruckartig beim Knallen der Wellen und einem Sprühen über ihr Gesicht. Fiona verharrte, ihr Blick ging hin und her während sie versuchte herauszufinden, was nicht stimmte. Bauschige dunkle Wolken waren vor die Sonne gerollt und die Bucht – vorher so friedlich – schäumte jetzt vor Wut. Ein Ruf von oben ließ ihren Kopf nach links schnellen.

Vater Patrick stand oben am Pfad, sein lila Gewand wallte hinter ihm und ein Stock mit einem großen Kreuz war in einer Hand. Vier Männer standen neben ihm. Fiona wusste, einer von ihnen war von der örtlichen Polizei. Es war ein beeindruckendes Bild, wie das Kreuz vor den dunklen Wolken am Himmel erschien. Das lila Gewand des Priesters hatte etwas Königliches. Obwohl sie wusste, dass Vater Patrick einen Hang zum Dramatischen hatte, konnte Fiona ihm seine Darbietung nicht absprechen. Sie stand langsam auf und strich ihre Hände über ihre Hose, bevor sie über den Strand ging.

Die Wellen knallten wütend und gewaltig auf den Sand. Sie wusste, dass die Bucht wütend war für sie, aber da war wenig, was ein verwunschenes Gewässer jetzt für sie tun konnte. Mit geraden Schultern kletterte sie den Pfad hoch und wurde erst langsamer, als sie ein paar Meter von Vater Patrick entfernt war.

„Vater Patrick", sagte Fiona und hob ihr Kinn so, dass sie ihm direkt in die Augen sehen konnte.

„Fiona Morrigan, es ist mir ein Vergnügen, dass ich dich verhaften werde für das Verbrechen, Hexenwerk zu praktizieren, was in diesem Dorf illegal ist."

„Ich habe nichts dergleichen getan", sagte Fiona, warf ihre Schultern zurück und stand stolz da, während die Bucht hinter ihr wütete.

„Und doch sonnst du dich so einfach in dieser Bucht – von der wir alle wissen, dass sie verwünscht und tödlich ist für alle, die hierherkommen. Du kannst so einfach an ihren Strand gehen. Das ist wohl Beweis genug, oder?" Vater Patricks Augen leuchteten mit der manischen Freude einer Spinne, die sich ihrer Beute näherte.

Fiona sah an ihm vorbei zu dem Polizisten, der hinter ihm stand und nervös an dem Hut in seinen Händen spielte.

„Garda Roarke, Sie wissen, dass dies eine Schandtat ist."

„Es tut mir leid, Fiona. Der gute Priester hat eine Anschuldigung ausgesprochen, die nur vor Gericht widerlegt werden kann. Das ist der Prozess." Der Polizist zuckte hilflos mit den Schultern, als ob er sagen wollte, dass er nichts tun könnte.

„Also Sie meinen, dass ich herumgehen und jeden im Dorf beschuldigen kann, eine Hexe zu sein, und sie werden dann einfach so verhaftet und vor Gericht gestellt? Das ist doch total absurd", sagte Fiona.

„Es ist nicht irgendjemand. Er ist von der Kirche, Fiona", sagte der Polizist leise.

Fiona starrte die Männer wütend an und wog ihre Möglichkeiten ab. Wenn sie versuchte wegzulaufen, würden sie sie garantiert fangen. Es war sinnlos, die Macht der Bucht zu nutzen, da das nur ihre Verdächtigungen bestätigen würde. Hass für Vater Patrick begann durch sie zu gehen. Dabei begannen die Wellen wütend unter ihr hochzuschießen, und ein Windstoß blies sie fast um.

„Seht ihr? Sie ist eine Hexe, sie versucht, die Kraft der Bucht gegen uns zu benutzen", sagte Vater Patrick mit erhobenem Zeigefinger.

„Und wer ist jetzt hier verrückt?" fragte Fiona mit einem freundlichen Lächeln auf ihrem Gesicht. „Er meint, dass ich das Wetter kontrollieren kann? Wenn das so wäre, hätten wir jeden Tag einen sonnigen Himmel."

Die Männer um Vater Patrick lächelten und die

Anspannung ließ etwas nach. Das war, als Fiona klar wurde, dass sie das Ganze anders angehen musste.

„Ich komme mit den Herren mit, aber nur, um Ihnen ein für alle Mal zu zeigen, dass ich keine Hexe bin", sagte Fiona und trat vorwärts, bis sie auf gleicher Höhe mit Vater Patrick war. Sie blickte über ihre Schulter, um ihm in die Augen zu sehen, als sie an ihm vorbeiging. „Und um sicherzugehen, dass Sie nie wieder Ihre Macht in dieser Stadt missbrauchen, Vater."

Die Worte waren ein Versprechen und es war offensichtlich, dass Vater Patrick das auch wusste, als er einen Schritt zurückstolperte.

„Bindet sie fest! Sie hat mich gerade bedroht!"

Fiona schloss ihre Augen, als die Polizisten unter Entschuldigungen ein Seil um ihre Handgelenke banden. Sie konnte die Schönheit ihres Feldes nicht sehen und hielt ihren Blick auf dem Pfad unter ihren Füßen. Sie schwor sich selbst, dass, wenn sie erst einmal aus diesem Schlamassel wieder heraus war, sie sich nie wieder verstecken würde.

# KAPITEL NEUNZEHN

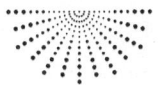

Die Stimme ihrer Mutter weckte sie auf.

Fiona hatte keine Ahnung, wieviel Zeit vergangen war, seit sie kurzerhand in dem kleinen Raum neben dem Polizeibüro abgeladen worden war. Als Gefängnis war es ziemlich einfach. Ein Einzelbett stand an einer glatten Steinwand mit einem kleinen Krug Wasser und einem Becher auf dem Boden daneben. Eine Seite der Zelle hatte ein Gitter aus Eisenstangen, die Fiona keine Privatsphäre ließen. Es überraschte sie, dass sie eingeschlafen war. Komisch, wie der Körper manchmal funktioniert, dachte sie und hörte, wie der Ton ihrer Mutter strenger wurde, während sie den Dorfpolizisten, Garda Roarke, beschimpfte.

„Ich kenne deine Mutter, Garda Roarke. Wie wagt ihr es, meine Tochter ohne irgendwelche Beweise festzuhalten? Das ist unzulässig!"

„Es tut mir leid, das ist die ehrliche Wahrheit, es tut mir leid. Vater Patrick hat eine formelle Anzeige erstattet und sie des Hexenwerks beschuldigt. Ich muss die Vorgehensweise einhalten, was bedeutet, dass für diese Woche ein Gerichtsverfahren mit einer Jury anberaumt wird. Ich würde vorschlagen, dass Sie Ihre Charakterzeugen sammeln, da sie Leute braucht, die für sie aussagen."

„Ein Gerichtsverfahren? Du nimmst mich doch auf den Arm." Bridgets Stimme klang ungläubig. Fiona war erstaunt über diese Entwicklung. Wie war es vom Anzünden einer Kerze für ihren Vater zu einer Verhaftung und einem Gerichtsverfahren gekommen? Sie hätte nie in die Kirche gehen sollen. Ein Teil von ihr wollte ihrem Vater die Schuld für ihre Probleme geben, aber sie wusste, dass das nutzlos war.

„Vater Patrick hat darauf bestanden." Die Stimme des Polizisten klang resigniert und Fiona hörte einen Anflug von Traurigkeit in seinen Worten. Sie fragte sich, ob ihre Mutter das auch hörte.

„Warum macht er das?", fragte Bridget sanft auf eine Art, die Fiona über die Jahre oft gehört hatte. Sie hatte viele Leute dazu gebracht, die Fragen ihrer Mutter zu beantworten und Fiona hatte keine Zweifel, dass es auch hier funktionieren würde.

„Ein erfolgreicher Prozess wird ihm hohes Ansehen bringen – er will weg von hier und einer größeren Kirche in Dublin vorstehen. Diese Stadt ist zu klein für Vater Patrick. Er will den Reichtum und das Prestige, die mit einer größeren Gemeinde einhergehen."

„Auf Kosten des Lebens meiner Tochter? Dagegen kämpfe ich mit allem, was ich habe", sagte Bridget.

„Tun Sie Ihr Bestes. Verfahren über Hexenwerk benötigen eine Jury ihrer Gleichgesinnten und eine Abstimmung der Stadt. Sie müssen die Stadt davon überzeugen, sie hier bleiben zu lassen. Jetzt wäre die Zeit, alle Gefallen einzufordern, die man Ihnen schuldet."

Fiona stand auf und ging durch den Raum, um ihre Hände um die kühlen Eisenstäbe ihrer Zelle zu legen. Sie drückte ihre Wange an die Stange. Ihre Hoffnung sank, als ihr klar wurde, dass die Stadt auf ihrer Seite stehen müsste, um Vater Patricks Anklage zu widerlegen.

„Kann ich sie sehen?"

„Eigentlich dürfen Sie das nicht, aber ich erlaube es", sagte Garda Roarke.

Augenblicke später klammerten sich Bridgets Hände um Fionas und das erste Mal, seit sie verhaftet worden war, kamen ihr Tränen in die Augen. Sie sah etwas in ihrer Mutter, als sie durch die Stangen der Zelle schaute, das ihr das Gefühl einer kompletten Niederlage gab.

„Es wird ein Gerichtsverfahren geben", flüsterte Bridget. Ihre Augen suchten Fionas. Bridgets Angst pulsierte in Wellen zu Fiona, und drohte, sie zu überwältigen und in die Verzweiflung zu treiben. Beide ließen das furchtbare Ergebnis ungesagt.

Ein Schuldspruch würde den Tod bedeuten.

Obwohl Fiona wusste, dass Hexenjagden in anderen Teilen der Welt inzwischen als unzeitgemäß und unakzeptabel betrachtet wurden, hatte diese Art des Denkens ihr kleines Dorf nicht nicht ganz erreicht. In Grace's Cove herrschte die Religion und Vater Patrick war so etwas wie ein König. Die Tatsache, dass ihr eine Jury ihrer Gleichgesinnten gestattet wurde, war schon bemerkenswert.

„Ich bin überrascht, dass das erlaubt wird", sagte Fiona mit Bitterkeit in ihrer Stimme.

„Ich werde Gefallen einfordern", versprach Bridget.

„Bitte! Alle, die dir einfallen", flüsterte Fiona und drückte ihre Stirn gegen die Stangen.

„Das werde ich. Geht es dir gut hier drin?"

Fiona lachte und zeigte auf die schmale Pritsche.

„Es ging mir schon mal besser, aber Garda Roarke ist bisher fair zu mir gewesen."

„Ich würde auch nichts anders erwarten, sonst spreche ich mit seiner Mutter", sagte Bridget bestimmt.

Fiona gab ihrer Mutter ein kleines Lächeln.

„Ich habe Angst." Fiona blinzelte Tränen aus ihren Augen.

„Vater Patrick ist nur ein einzelner Mann. Zweifel nicht an meiner Macht, dieses Dorf zu überzeugen", sagte Bridget heftig. „Sie kennen mich länger als ihn. Es wird alles gut werden. Aber in der Zwischenzeit gehe ich besser zu den Tratschtanten, bevor Vater Patrick die Chance hat. Wir wollen den Tratsch gegen ihn richten."

„Er ist kein guter Mann", sagte Fiona und presste ihre Faust in ihren Bauch. „Ich kann es tief innen fühlen. Sein Innerstes ist schwarz wie die Wurzeln des Bösen, die sich um sein Herz gewunden haben."

Bridget presste ihre Lippen in eine dünne Linie.

„Das werde ich mit einbeziehen. Wir können Feuer mit Feuer bekämpfen." Bridget nickte.

„Wie lange muss ich hierbleiben?", sagte Fiona und sah suchend in die Augen ihrer Mutter. Sie hoffte, dass es nicht länger als ein paar Tage sein würde – die Einsamkeit in der Zelle würde sie wahnsinnig machen.

„Nicht länger als ein paar Tage, ich bin mir sicher. Ich werde es öffentlich kritisieren, dass du hier ohne Beweise festgehalten wirst. Und ich werde mit ein paar Kontakten in der Erzdiözese in Dublin Verbindung aufnehmen. Vater Patrick ist nicht der einzige mit Beziehungen."

Fiona fühlte Hoffnung in ihrer Brust aufblühen. Ihre Mutter würde sie schon beschützen.

„Bring mir etwas von deiner Kleidung, bitte. Ich will für das Gerichtsverfahren nett und zugänglich aussehen", sagte Fiona. Obwohl sie hasste, es zuzugeben, ihr Aussehen war wichtig. Und im Gericht der öffentlichen Meinung musste sie aussehen wie ein unschuldiges und hübsches junges Mädchen.

„Das werde ich. Jetzt muss ich los. Geh in dich, mein Liebling; da findest du die Kraft, die du brauchst", murmelte Bridget, als sie Fionas Hand noch einmal umklammerte, bevor sie im Gang verschwand. „Du kümmerst dich um mein Mädchen, Garda Roarke. Sollte ihr irgendetwas passieren, werde ich dich verantwortlich machen."

Ein kurzes Lächeln ging über Fionas Gesicht bei dem strengen Ton ihrer Mutter und der eiligen Zusicherung von Garda Roarke. Sie konnte nur hoffen, dass der Einfluss ihrer Mutter groß genug war, um die anderen Einwohner der Stadt zu überzeugen. Fiona setzte sich aufs Bett, starrte an die Decke und tat, was ihre Mutter vorgeschlagen hatte – sie ging in sich.

# KAPITEL ZWANZIG

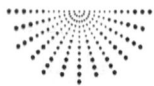

„Ich habe Frühstück für dich, Fiona." Garda Roarke räusperte sich vor ihrer Zelle.

Fiona starrte noch eine Weile länger die Decke an und zählte die Linien im Stein.

„Ist alles okay, Fiona?", fragte Garda Roarke.

Fiona setzte sich auf und dachte über die Frage nach. Theoretisch ging es ihr ja gut. Sie hatte immer wieder geschlafen in der Nacht und war nicht zu sehr mitgenommen. Aber emotional war sie ein Wrack.

„Es geht mir so gut, wie es sein kann, denke ich", sagte Fiona und ging hinüber, wo Garda Roarke mit dem Schlüssel zur Zellentür herumfummelte. Die Scharniere der Tür quietschten, als er sie öffnete und ihr ein Tablett mit Essen reichte. Fiona wusste sofort, dass Garda Roarkes Mutter das gekocht hatte, da das Tablett mit Scones, Haferbrei, Eiern und Würstchen beladen war, und einer kleinen Vase mit einer Blume. Es war nicht wahrscheinlich, dass die anderen Häftlinge so gutes Essen bekamen, und Fiona nahm das Tablett mit einem Lächeln und einem dankbaren Nicken.

„Danken Sie Ihrer Mutter für das Essen", sagte sie leise und ging zur anderen Seite, um das Tablett auf die Pritsche zu stellen.

„Das tue ich. Sie macht sich Sorgen um dich hier drin", sagte Garda Roarke.

„Ich bin nicht sicher, was ich dazu sagen soll, außer dass Sie und ich beide wissen, dass ich nicht hierhergehöre", sagte Fiona.

Ein Anflug von Röte färbte Garda Roarkes Wangen und er griff nach oben, um an der Spitze seines Schnurrbarts zu ziehen.

„Möchtest du etwas Tee?"

Fiona nahm an, dass er die Gründe für ihre Haft nicht wirklich mit ihr diskutieren konnte, also nickte sie einfach und brach ein Stück vom noch warmen Blaubeerscone ab.

Obwohl Nervosität durch ihren Magen zog, zwang sich Fiona zu essen. Sie wusste, dass sie ihre Energie für das bewahren musste, was die meistbesuchte und skandalöse Veranstaltung des Jahres in Grace's Cove werden würde.

Ihre Gerichtsverhandlung.

Fiona fragte sich, wie das Prozedere wohl war. Sie konnte sich nicht daran erinnern, dass es in Grace's Cove je eine öffentliche Gerichtsverhandlung gegeben hatte. In einem kleinen Dorf wie diesem, das aus Familien und Verwandten bestand, wurden die meisten Streits im Pub über einem Pint geschlichtet. Selten erreichte es das Niveau, dass die Polizei eingreifen musste. Fiona stöhnte und schob sich noch ein Stück Scone in ihren Mund.

„Garda Roarke?", rief Fiona und hörte ein Geräusch aus dem anderen Raum, bevor Garda Roarke mit einer Tasse dampfendem Tee in seinen Händen vor ihrer Zelle erschien.

„Ja?"

„Können Sie mir erklären, wie das vor Gericht ablaufen wird?"

„Natürlich. Hier ist dein Tee", sagte er und stellte die Tasse auf den Boden, bevor er die Tür aufschloss und öffnete. Diesmal trat er in die Zelle und ging durch den kleinen Raum, um ihr den Tee zu reichen, bevor er zurücktrat und sich mit überkreuzten Armen gegen die Wand lehnte.

„Ich kann mich nicht erinnern, dass es jemals eine öffentliche Gerichtsverhandlung gegeben hat", sagte Fiona und blies auf ihren Tee.

„Ich glaube nicht, dass es eine gab, seit du auf der Welt bist, wenn ich so darüber nachdenke", sagte Garda Roarke und strich mit seinen Fingern über seinen dunklen Schnurrbart, während er gedankenverloren seine Augen zusammenkniff.

„Wäre dies nicht eine Angelegenheit für den Richter am Obersten Gericht? Nicht für ein allgemeines Gericht mit öffentlicher Verhandlung?", fragte Fiona. Sie hatte wirklich noch nie davon gehört, dass ein Fall wie dieser so behandelt wurde.

Garda Roarke seufzte und schüttelte seinen Kopf.

„Ja, theoretisch, wenn es ein Kriminalfall ist, sollte er vor das Oberste Gericht gehen."

„Also...ich bin nicht sicher, dass ich verstehe, warum ich dann hier in Haft bin." Fiona sah ihn fragend an.

„Es ist Vater Patrick. Er hat einen Prozess in einem Gericht der öffentlichen Meinung verlangt. Es scheint, dass da eine Lücke im Gesetz ist. Als Fälle des allgemeinen Gesetzes den Gerichten übergeben wurden, war eine Lücke geblieben, die es erlaubt, dass Kirchendiener jemanden anklagen können. Eine Entscheidung durch Gleichgesinnte wird als Gesetz betrachtet – von Kirche und Staat. Die meisten Gegenden haben diese Vorgehensweise abgeschafft. Wir nicht, da sich noch nie vorher jemand darauf berufen hatte und daher, na ja, es ist in Vergessenheit geraten. Vater Patrick kannte diese Regel und hat sie benutzt", sagte Garda Roarke mit sorgenvollen Augen.

„Können wir ein Tribunal einberufen, um das Gesetz abzuschaffen?", fragte Fiona.

Garda Roarke hob eine Augenbraue.

„Das müsste ich nachprüfen. Ich glaube, du brauchst mindestens einige Wochen für ein Tribunal und das würde deine Haft hier nur verlängern. Du solltest vielleicht dein Glück mit dem öffentlichen Gerichtsverfahren versuchen."

Noch während er sprach, wusste Fiona, dass er recht hatte. Ein Tribunal würde Vater Patrick nur erlauben, mehr Leute auf seine Seite zu ziehen. Es könnte noch schlimmer für sie ausgehen.

„Gibt es irgendetwas, das ich tun kann, um mich vorzubereiten?", fragte Fiona und wusste, dass es ein Risiko war, die Polizei um Hilfe zu bitten. Er lehnte sich vor und spähte aus ihrer Zellentür den Gang hinunter, bevor er sich wieder zu ihr umdrehte.

„Ich habe deine Mutter immer gemocht", begann Garda Roarke und ließ seinen Blick umherschweifen. „Sie war immer nett zu meiner Mutter gewesen und hat ihr auf eine Art geholfen, wie es nur eine Tochter könnte – eine, die sie nie hatte. Sie hat ihr sogar vor nicht allzu langer Zeit eins deiner Heilmittel gegeben. Es hat eine schlimme Bronchitis geheilt, von der ich sicher war, dass sie sich in eine Lungenentzündung entwickeln würde. Nur für das allein stehe ich in deiner Schuld."

Fiona lächelte ihn an. Sie wusste, dass Garda Roarke mit seiner Mutter allein lebte. Er hatte seinen Vater vor Jahren bei einem Bootsunfall verloren.

„Sie ist eine gute Frau. Es freut mich zu hören, dass ich ihr bei der Genesung helfen konnte."

„Also ich weiß nicht, ob es Hexenwerk ist oder nicht, aber ich würde sagen, die einzige Art von Magie, die du praktizierst, ist die heilende Art. Und daran kann nicht so viel falsch sein, oder?" Garda Roarke kam herüber, um ihr Tablett aufzunehmen. Als er nah bei ihr war, hielt er inne.

„Es gibt ein Gerücht, dass Vater Patrick die Spenden der Kirche stiehlt."

Die Worte waren nur ein Windhauch an ihrem Ohr und registrierten fast nicht. Fionas Herz setzte einen Schlag aus, als ihr klar wurde, was ihr gesagt worden war. Mit weit geöffneten Augen beobachtet sie Garda Roarke, wie er sich mit dem Tablett mit halb gegessenem Essen beschäftigte und ohne einen weiteren Blick zurück aus der Zelle ging. Wenn sie sich nicht sicher gewesen wäre über seine Worte, hätte sie fast glauben können, dass sie es sich eingebildet hatte.

Hoffnung blühte in Fiona auf und sie setzte sich wieder auf ihre Liege und begann, ihre Möglichkeiten abzuwägen.

Wenn das wirklich der Fall war, dann könnte sie vielleicht gegen den Priester angehen.

Alles, was sie jetzt brauchte, waren Beweise.

# KAPITEL EINUNDZWANZIG

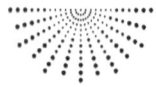

„Ich möchte bitte Fiona sehen", klang Johns Stimme den Gang herunter, wo Fiona vornübergebeugt auf der Pritsche saß.

„John!", rief Fiona, wissend, dass er sie hören konnte. Er war für sie gekommen. Ein warmes Gefühl begann in ihr zu pulsieren, weil sie wusste, dass er in der Nähe war.

„Fiona! Ist alles okay?", rief John.

„John, es tut mir leid, aber du darfst nicht mit dem Häftling sprechen. Das ist gegen die Regeln", zischte Garda Roarke.

„Mir geht es gut, John. Garda Roarke ist nett." Fiona dachte, es könnte nicht schaden, ihm etwas zu schmeicheln.

„Fiona, bitte unterlass das Schreien aus deiner Zelle", rief Garda Roarke und Fiona verkniff sich ein Lächeln.

„Nur ein kurzes Wort mit ihr, bitte, Garda Roarke? Ich muss sie einfach sehen", bat John. Fiona hielt ihren Atem an und wartete, als Stille aus dem vorderen Raum kam.

Sie schnappte nach Luft, als John an den Stangen ihrer

Zelle auftauchte, nachdem er leise den Gang herunterge-kommen war. Garda Roarke hatte anscheinend seine wort-lose Zustimmung gegeben, dass John sie besuchen konnte.

„John", sagte Fiona und strich sofort ihre Haare zurück. Ihr wurde bewusst, dass sie einen Tag lang nicht gebadet hatte.

„Fiona, ich musste selbst sehen, dass du nicht verletzt bist", sagte John. Dunkle Ringe lagen unter seinen Augen und Fiona konnte die Sorgen von ihm pulsieren fühlen. Ihr Herz stolperte ein bisschen, als die letzte Schranke fiel und sie sich voll und ganz in ihn verliebte.

„Es geht mir gut. Garda Roarke ist nett gewesen", sagte Fiona und trat an die Stangen, so dass ihre Hände sich um das kalte Metall legen konnten. John legte sofort seine Hände über ihre und seine Gegenwart beruhigte sie augenblicklich.

„Fiona, ich mache mir Sorgen. Vater Patrick ist auf dem Kriegspfad. Das Dorf ist schon zerrissen. Es ist das einzige, worüber die Leute reden", sagte John und sah in ihre Augen.

„Ich bin keine Hexe, John. Jedenfalls nicht so eine. Ich bin eine Heilerin. Es gibt viele Arten von Magie", flüsterte Fiona.

„Ich glaube dir. An dir ist nichts Böses", sagte John, sein Herz in seinen Augen.

„Komm näher", sagte Fiona und schob ihre Lippen zwischen die Stangen. Innerhalb von Sekunden waren Johns Lippen auf ihren und erwärmten sie mit der Inten-sität seiner Gefühle für sie.

„John, hör genau zu", flüsterte Fiona gegen seine Lippen und John erstarrte. Seine Lippen waren nur eine

Haaresbreite von ihren entfernt. Für jeden, der den Gang herunterkommen würde, sah es aus, als würden sie sich verstohlen küssen.

Johns Augen wurden weit, als Fiona erzählte, was sie von Garda Roarke gehört hatte.

„Wir brauchen Beweise", sagte Fiona.

John richtete sich mit einem entschlossenen Gesichtsausdruck auf.

„Du brauchst nicht mehr zu sagen. Betrachte es als erledigt. Ich werde die Truppen mobilisieren", sagte John und zwinkerte ihr zu, bevor er sich umdrehte und den Gang herunterging. Garda Roarke rief ihn schon, um ihm zu sagen, dass seine Zeit um war.

„John...ich...ich...", rief Fiona ihm hinterher und er drehte sich um und legte seinen Finger an seine Lippen, um sie zum Schweigen zu bringen.

„Sag es, wenn du hier rauskommst. Ich will es das erste Mal hören, wenn wir zusammen frei sind...und am Strand entlang gehen."

Fiona blinzelte die Tränen zurück, die ihr bei seinen Worten in die Augen stiegen. Die Hoffnung, die ihre Brust erfüllte, brachte sie zu einem Punkt, an dem sie nicht entscheiden konnte, ob sie vor Freude jubeln oder vor Furcht weinen sollte. Sie tat weder das eine noch das andere, sondern ballte ihre Fäuste so heftig, dass sich ihre Nägel in ihre Handflächen gruben und begann zu planen. Wenn sie vor dem Dorf der Hexenkunst beschuldigt werden würde, dann musste sie die Argumente gegen sie vorher kennen. Sie hielt an dieser unwirklichen Hoffnung fest und lehnte sich wieder gegen die Stangen der Zelle.

„Garda Roarke, ich möchte Sie um einen Gefallen bitten."

„Was denn jetzt, Fiona?" Garda Roarke kam vorsichtig den Gang herunter und warf Blicke über seine Schulter zum Vorderzimmer.

„Können Sie mir helfen, meine Gegenargumente zu planen? Vielleicht die Nachweise nennen, die Vater Patrick benutzen will, um mich zu untergraben?"

Garda Roarke dachte über seine Antwort nach. Fiona sagte nichts und biss sich auf ihre Lippe, als sie wider alle Hoffnung darauf hoffte, dass er mit ihr arbeiten würde.

„Als erstes musst du wissen, dass die Maloneys hinter Vater Patrick stehen. Sie werden argumentieren, dass Serena die Grippe letztes Jahr nicht hätte überleben sollen...", begann Garda Roarke und Fiona schloss ihre Augen, ihm so dankbar, dass sie fast zu weinen anfing.

„Sie haben recht. Das werden sie. Was noch."

# KAPITEL ZWEIUNDZWANZIG

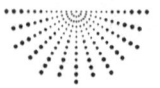

Der Freitag kam schneller, als Fiona erwartet hatte. Auch wenn Garda Roarke es gelegentlich erlaubte, dass Bridget nach ihr sehen konnte, war Fiona meistens allein. Garda Roarke hatte sich als unbezahlbar erwiesen, potenzielle Beweismittel aufzuzeigen, die ihr während des Verfahrens vorgeworfen werden würden und sie hatte besessen daran gearbeitet, jedes einzelne zu widerlegen und alle möglichen Szenen im Kopf durchgespielt.

Danach gab es nichts anderes mehr zu tun als zu warten und ihre positiven Absichten in das Universum zu senden. Fiona musste daran glauben, dass sie nichts getan hatte, außer zu helfen und andere zu heilen – deswegen sollte positive Energie zu ihr zurückkommen.

Oder zumindest hoffte sie, dass Karma so funktionierte.

Fiona zupfte an der Falte in ihrer Hose und strich nervös mit ihren Fingern über den dünnen Stoff, der sich unter ihrer Handfläche glatt anfühlte. Es waren nur noch Stunden bis zum Verfahren, und das erste Mal in ihrem

Leben fühlte sie sich komplett außer Kontrolle. Der Gnade anderer ausgesetzt zu sein war eine neue Erfahrung für sie.

Eine Stimme von vorn ließ Fiona ihren Kopf herumdrehen, bevor sie den sanften Ton der einnehmenden Stimme ihrer Mutter erkannte. Hoffentlich würde Garda Roarke Bridget erlauben, ihre Tochter vor dem Prozess zu sehen.

„Schatz, ich habe dir etwas zum Anziehen mitgebracht", sagte Bridget fröhlich, als sie zu Fionas Zellentür kam. Fiona wartete schon auf sie. Nervosität begann, sich in ihrem Magen auszubreiten.

„Meine Damen, ich gebe euch etwas Zeit allein. Macht aber keine Dummheiten, hört ihr?", sagte Garda Roarke streng und klimperte mit den Schlüsseln, als er die Tür zu Fionas Zelle aufschloss. Heute trug er seinen Dienstanzug und Fiona wusste, dass er damit ein Zeichen setzen wollte. Er folgte den Regeln des Dorfes, selbst wenn er ihnen nicht unbedingt zustimmte. Es lag an ihr, ihre Unschuld zu beweisen.

Bridget lächelte Garda Roarke kurz an und dann ging sie mit der Kleidung in den Händen in die Zelle. Ihre leuchtend grüne Bluse mit goldenen Perlknöpfen steckte in einem schönen Tweedrock, der bis zu ihren Knöcheln ging. Goldene Tropfen glänzten an ihren Ohren und ihre Haare waren in zwei Zöpfe geflochten, die in ihrem Nacken zusammengerollt waren. Sie sah gut aus und hatte eine Aura von Selbstbewusstsein an sich, von der Fiona hoffte, dass sie sich auf sie übertragen würde.

„Du siehst schön aus", sagte Fiona in den Hals ihrer Mutter, als Bridget sie umarmte. Für einen Moment standen die Frauen zusammen und gaben sich gegenseitig

Stärke. Für eine Sekunde konnte Fiona die Sorge ihrer Mutter spüren, bevor es schien, als ob ein Schleier über die Emotion gezogen und durch Hoffnung und Kraft ersetzt wurde. Ihre Mutter hatte das mit Absicht gemacht, um sie zu schützen. Obwohl Fiona die Sorge unter der Stärke kurz erblickt hatte, würde sie sich jetzt auf den Mut konzentrieren, den ihre Mutter ausstrahlte. Sie sog ihre Kraft hungrig ein und stärkte sich daran. Es war eine Gabe, die sie später an dem Tag nutzen würde.

„Na also, Schatz. Es wird alles gut werden. Lass uns dich jetzt herausputzen", sagte Bridget geschäftig und ließ sie los, um in der Tasche zu graben, die sie mitgebracht hatte. „Hast du gebadet?"

„Ja, Garda Roarke hat mir erlaubt, mich zu waschen", sagte Fiona. Es war eine kalte und unbehagliche Erfahrung gewesen, aber sie war trotzdem dankbar dafür.

„Gut, dann machen wir uns mal an deine Haare", sagte Bridget und bedeutete Fiona, sich auf die Bettkante zu setzen. Sie zog eine Bürste mit Perlengriff aus der Tasche und begann, sie durch Fionas Haar zu streichen. Es war unglaublich beruhigend, wenn jemand ihre Haare bürstete und jeder Strich half dabei, Fionas Nerven zu besänftigen.

„Ich glaube, ich stecke es halb hoch und dann rolle ich es in deinem Nacken ein", beschloss Bridget. „Du sollst so gut wie möglich aussehen."

„Ja, danke. Das steht mir gut", stimmte Fiona zu. Sie wartete, während ihre Mutter kämmte und steckte und wusste, dass sie eine Expertin im Frisieren war. Sehr ähnlich der Magie, die sie benutzte, wenn sie Wollfäden zusammenwebte, war Bridget stolz darauf, elegante Frisuren zu kreieren. Fiona vermutete, dass es nur eine andere Art des Webens war, wenn man darüber nachdachte. Es war nur ein anderes Material.

„John ist diese Woche gekommen, um mit mir und deinem Vater zu sprechen", sagte Bridget und Fionas Kopf schoss hoch. Bridget stupste sie, damit sie ihr Kinn wieder senkte.

„Was hat er gesagt?"

„Wir arbeiten zusammen an deinem Fall. Und auch an dem Stückchen Information, das du weitergegeben hast", sagte Bridget leise. Fiona atmete tief ein und fühlte, wie eine Ruhe ihre schlimmste Nervosität eindämmte.

„Ihr habt also einen Plan", sagte Fiona endlich.

„Wir haben so etwas wie einen Plan ausgearbeitet. Aber da wir den Prozess nicht beeinflussen können, müssen wir einfach abwarten und sehen, wie er sich entwickelt. Aber ich bin hier, um dir zu sagen, dass du Vertrauen haben sollst. Vertrau uns, dass wir hinter dir stehen." Bridget tätschelte ihre Schulter kurz.

„Das tue ich. Ich vertraue auch darauf, dass, weil ich meine Zeit damit zugebracht habe, anderen zu helfen, es auf gute Weise zurückkommen wird", sagte Fiona.

„Ja, das stimmt. Das wird es. Aber wir können nicht immer kontrollieren oder beschleunigen, wie sich diese Dinge entwickeln. Ich mag John übrigens. Er passt gut zu dir. Beständig und mit einem guten Herzen. Du könntest es viel schlechter treffen mit einem Partner fürs Leben."

Fiona fühlte, wie sich ihr Herz zusammenzog bei dem Gedanken, ihr Leben mit John zu verbringen. Es war eine so absurde Idee, denn nur vor ein paar Monaten hatte sie eine Ehe kaum in Betracht gezogen. Komisch, wie sich das Leben manchmal drehte und wendete.

„Ja, ich mag ihn wirklich gern", gab Fiona zu.

„Na, dann stellen wir besser sicher, dass du gut aussiehst. Ich habe den Verdacht, dass du nach diesem unsinnigen Verfahren einen sehr glücklichen männlichen Verehrer haben wirst", sagte Bridget nüchtern und lehnte sich zurück, um Fionas Haare zu begutachten. „Na also, du siehst gut aus. Nur ein Hauch von Makeup und dann suchen wir aus, was du anziehst."

Bridget hielt eine schlichte weiße Bluse und einen dunkelblauen Rock hoch, aber Fiona schüttelte ihren Kopf und zeigt auf die rote Seide, die sie aus der Tasche herausblitzen sah.

„Was ist das?"

„Ach ja, das habe ich zufällig mitgenommen. Es ist vielleicht ein bisschen riskant, aber ich habe rot immer als machtvolle Farbe betrachtet", sagte Bridget und zog ein rotes Seidenkleid mit langen Ärmeln und einem wadenlangen Rock aus der Tasche. Weiße Kirschblüten waren auf dem roten Stoff verstreut, und der Hauch von Grün in ihren Blättern war ein hübscher Kontrast zum Rot. Es war ein züchtiges Kleid, aber deutete ein Selbstbewusstsein und einen Hauch von Weiblichkeit an, von denen Fiona nicht sicher war, dass sie sie schon erreicht hatte.

„Das ist atemberaubend", sagte Fiona und strich mit ihren Händen über das seidige Tuch. „Aber ich mache mir Sorgen, dass es für das Gericht falsch ist. Ich vermute, dass es sinnvoller wäre, in der braven Bluse und dem dunkelblauen Rock zu gehen – das ähnelt mehr einer katholischen Schuluniform."

Die Frauen sahen sich einen Moment an und erwägten die Möglichkeiten.

„Rot", sagte sie beide gleichzeitig und Fiona brach in Lachen aus.

„Nur nicht das machen, was erwartet wird", sagte Fiona und Bridget lachte.

„Außerdem siehst du dann vorm ganzen Dorf wunderschön aus und endlich kann dein wahres Selbst scheinen", sagte Bridget und Fiona hielt beim Aufknöpfen ihrer Bluse inne.

„Was meinst du damit?"

„Ich meine, dass du dazu neigst, dich so anzuziehen, als wolltest du dich verstecken – in Cargohosen und Hemdblusen, immer unterwegs in den Hügeln, kein bisschen Makeup auf dem Gesicht. Es war schön zu sehen, wie du dich neulich Abend für John rausgeputzt hast. Ich denke, das Dorf wird überrascht sein, in was für eine Schönheit du dich entwickelt hast. Sie wollen eine Schau? Dann liefern wir ihnen eine Schau", sagte Bridget und reichte Fiona das Kleid.

„Mir war nicht klar, dass ich mich selbst versteckt habe", sagte Fiona leise. „Ich habe einfach gedacht, dass ich die passenden Sachen trage für die Arbeit, die ich mache."

„Ja, und dafür gibt es ganz sicher den richtigen Ort und Zeitpunkt. Aber es gibt auch einen Ort und eine Zeit, die Macht zu feiern, die ein hübsches Kleid und eine schöne Frisur dir geben. Heute ist nicht der Zeitpunkt, ein Mauerblümchen zu sein."

Nein, heute war es Zeit für Fiona aufzublühen – ihre Kraft vor dem ganzen Dorf zu beanspruchen.

Sie schluckte gegen eine plötzlich trockene Kehle, als sie das rote Seidenkleid über ihren Kopf zog.

# KAPITEL DREIUNDZWANZIG

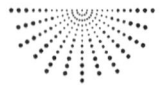

„Sie müssen mir keine Handschellen anlegen, Garda Roarke. Ich gehe nirgends hin", sagte Fiona mit einem Lächeln, als Garda Roarke vor ihrer Zelle anhielt, um sie abzuholen. Bridget war um halb elf gegangen, damit sie früh dort war und einen Sitz in der ersten Reihe bekam für das Verfahren. Fiona fragte sich, ob John mit ihr gehen würde oder ob er vorn sitzen würde bei Gericht. Ein Teil von ihr kämpfte damit, sich vor John und seiner Familie nicht zu schämen. Es war nicht gerade der Eindruck, den sie auf die Eltern ihres Freundes machen wollte.

Garda Roarke hielt inne, als er ihr Kleid sah.

„Zuviel?", fragte Fiona und strich mit ihren Händen nervös über ihren Rock.

„Gerade richtig, glaube ich", sagte Garda Roarke mit einem angedeuteten Lächeln auf seinem Gesicht, als er die Tür aufschloss und sie herauswinkte. Fiona straffte ihre Schultern und fühlte sich durch seine Zustimmung bestärkt. Sie hob ihr Kinn.

„Wo soll die Verhandlung stattfinden?"

„In der Kirche. Der einzige Ort, der groß genug ist für die ganze Stadt", sagte Garda Roarke, als sie das kleine Polizeigebäude verließen und auf die Straße traten. Fiona wurde kurz von den fröhlichen Sonnenstrahlen geblendet, die hinter einer Wolke hervorlugten. Sie hielt eine Hand hoch, um ihre Augen zu schützen und stand gerade. Die Verhandlung war also im Feindeslager.

Das Dorf war wie eine Geisterstadt, merkte Fiona, als sie den Gang zur Kirche begannen. Wo sie normalerweise geschäftige Leute sehen würde, die am Markt oder beim Bäcker anhielten, waren heute die Straßen völlig verlassen. Das bedeutete, dass die ganze Stadt schon in der Kirche war. Das einzige Geräusch, das Fiona hörte, als sie der Kirche näherkamen, war das Knirschen des Kieses unter ihren Schuhen und das gelegentliche Schreien einer Möwe, die über dem Wasser der Bucht schwebte.

Sie verharrten einen Moment an den Kirchentüren. Garda Roarke drehte sich um und sein Blick schweifte noch einmal über sie, bevor sein Gesicht eine undurchdringliche Maske wurde.

„Ms Morrigan, folgen Sie mir bitte nach vorn", sagte er mit seiner Hand auf der Türklinke. „Ich drücke dir die Daumen", flüsterte er, bevor sein Gesicht wieder einen stoischen Ausdruck annahm. Er zog die Tür auf und signalisierte ihr hineinzugehen.

Der Geruch von Weihrauch traf Fiona als erstes. Er war so durchdringend, dass ihre Augen deswegen fast tränten. Hunderte von Kerzen waren im Foyer aufgereiht und Fiona musste Vater Patrick für seinen Flair fürs Dramatische Respekt zollen. Stille begrüßte sie, als sie vorwärts ging und am Ende des Gangs anhielt. Das Gebäude war vollgepackt und wo die Leute nicht mehr auf die Bänke passten, standen sie entlang den Wänden und auf dem Balkon, wo die Orgel stand. Jeder letzte Zentimeter war von einem Dorfbewohner vereinnahmt und Fiona musste sofort ihre geistigen Schilder errichten, sonst wäre sie von der Welle der Emotionen, die aus der Menge kam, überrollt worden.

Vorn in der Kirche stand Vater Patrick unter einem Bleiglasfenster mit einem Kreuz in seiner Hand. Mit einem Nicken zu Garda Roarke übernahm er die Kontrolle dieser Veranstaltung und Fiona konnte sofort merken, dass Garda Roarke verärgert war. Obwohl es in einer Kirche stattfand, war Garda Roarke immer noch derjenige, der der Verhandlung vorsaß.

Fiona hielt ihr Kinn hoch, als sie den Gang herunterging. Ihr Blick war auf Vater Patrick gerichtet. Sie hatte gesehen, wo ihre Mutter in der ersten Reihe saß, umringt von Freunden. John saß auf der anderen Seite des Gangs, seine Schultern nach hinten geworfen und ein rebellischer Blick auf seinem Gesicht.

Seine Eltern waren nicht dabei.

Fiona weigerte sich, sich umzusehen, stattdessen hielt sie ihren Blick nur auf Vater Patrick gerichtet. Damit signalisierte sie ihre Absicht, ihn zu Fall zu bringen, wie auch immer sie konnte. Sie sah, wie er tief schluckte, nur einmal, aber es war ausreichend, um zu wissen, dass ihm ihr selbstbewusstes Auftreten nicht entgangen war. Er hatte offensichtlich erwartet, dass sie nach einer Woche im Gefängnis eine gedemütigte Frau sein würde.

Sie erreichten das Podest und Fiona lächelte Vater Patrick freundlich an.

Sein Gesicht wurde bleich und er bekreuzigte sich.

„Fiona Morrigan, du bist hier, um auf die Anschuldigung zu antworten, Hexenkunst zu praktizieren. Eine Verhandlung vor den Dorfbewohnern wird entscheiden, ob du zum Tod verurteilt wirst", sagte Vater Patrick mit lauter Stimme und schwang seinen Arm dramatisch herum.

„Entschuldigung", sagte Garda Roarke und trat direkt vor Vater Patrick. Er schnitt ihm absichtlich das Wort ab und schaute in die Menge. Fiona sah, wie Wut über Vater Patricks Gesicht ging, verkniff sich aber das Lächeln, während sie sich umdrehte und mit dem Gesicht zur Menge an Garda Roarkes Seite stellte.

„Vater Patrick hat gegen Fiona Morrigan die Anklage erhoben, dass sie Hexenkunst praktiziert. Der einzige Grund, warum Vater Patrick in der Lage war, dies zu tun, liegt daran, dass im Gesetz eine Lücke ist, die niemals geschlossen wurde. Ich werde einen Gesetzesentwurf einreichen, über den die heutige Versammlung auch abstimmen wird. Ich möchte ganz klar feststellen, dass Vater Patrick dieser Verhandlung nicht vorsteht – ich bin verantwortlich. Vater Patrick darf jeden Beweis produzieren, den er möchte, aber ich habe die Kontrolle über den heutigen Prozess. Und daher bitte ich Vater Patrick, einen Sitz auf der anderen Seite des Podiums einzunehmen und Ms Morrigan, auf dieser Seite zu sitzen. Ich werde beiden Seiten erlauben, Beweise anzuführen und alle gegen sie vorgebrachten Argumente zu widerlegen. Sollten neue Anklagen oder Informationen in dieser Zeit ans Licht kommen, werden wir den

Prozess entsprechend anpassen", sagte Garda Roarke und trat zurück, bis er Vater Patrick von der Mitte des Podests geschoben hatte, was ihn auf die Seite des Podiums zwang.

Fiona drehte sich und nahm gehorsam Platz auf dem harten Holzstuhl, der links von Garda Roarke für sie hingestellt worden war, erfreut, dass Vater Patrick gezwungen war, auf dem gleichen Stuhl auf der rechten Seite zu sitzen. Es dämmerte ihr, was Garda Roarke machte; er ließ sie und Vater Patrick als gleichgestellt aussehen – beide vor Gericht. Der Effekt war auch Vater Patrick nicht entgangen, der wütend sein Gewand um sich arrangierte, während Röte seine Wangen hochging. Garda Roarke war clever, es so einzurichten und zu erlauben, dass Argumente beider Parteien erbracht werden konnten. Fiona hoffte, dass Bridget und John genug Beweise gegen Vater Patrick finden konnten, um sicherzugehen, dass die Anklage gegen sie fallen gelassen wurde. Sie reckte ihre Schultern gerade, hob ihr Kinn und faltete ihre Hände über ihren Knien.

Und starrte in die Gesichter derer, die ihre Zukunft bestimmten würden.

# KAPITEL VIERUNDZWANZIG

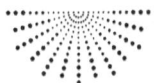

„Wir beginnen mit Vater Patrick. Vater Patrick –
was haben Sie zu sagen?"

Vater Patrick fing an aufzustehen, aber nach einem
kurzen Blick von Garda Roarke setzte er sich wieder auf
seinen Stuhl und kreuzte seine Arme über seiner Brust.

„Ich sage, dass Fiona eine Hexe ist. Ich habe mit
meinen eigenen Augen gesehen, wie sie Hexenkunst praktiziert hat. Sie führte sie an Sinead Brogan durch, für deren
letzte Ölung ich geholt worden war. In einem Moment
liegt das Mädchen im Sterben, und nach einem Besuch von
Fiona – Simsalabim, steht sie auf und geht sorgenfrei
herum."

Ein Japser ging durch die Versammlung bei Vater
Patricks Erklärung und Fiona sah mehr als ein paar scho-
ckierte Gesichter in der Menge. Ein Murmeln wurde
lauter, als die Leute sich gegenseitig zuflüsterten.

„Fiona, warst du im Haus der Brogans an dem Abend,
den Vater Patrick beschreibt?"

Fiona sah in die Augen von Garda Roarke.

„Ja, ich wurde gerufen, um zu helfen."

„Und was stimmte nicht mit Ms Brogan?"

Das war eine schwierige Frage. Fiona blickte durch die Menge, bis sie Mr und Mrs Brogan fand, deren Gesichter vor Nervosität grau waren.

„Das kann ich nicht sagen", sagte Fiona, die sich weigerte, Sineads persönliche Gesundheitsprobleme zu offenbaren.

„Du kannst es nicht sagen? Oder du willst nicht?", entgegnete Vater Patrick.

„Ich möchte es nicht sagen", erklärte Fiona. Es musste einen Weg geben, dies zu gewinnen, ohne die privaten Dinge der Brogans zu entblößen.

„Und warum willst du es nicht sagen?", fragte Garda Roarke mit erhobenen Augenbrauen.

„Weil ich keine Ärztin bin und nicht qualifiziert, eine medizinische Diagnose zu stellen", sagte Fiona. Stimmen wurden in der Menge laut, als die Leute anfingen zu diskutieren. Einige verlangten sogar, die Angelegenheiten der Brogans darzulegen.

„Aber du hast gewusst, was nicht stimmte? Man hatte es dir mitgeteilt", sagte Garda Roarke.

„Ja, man hat es mir gesagt. Aber ich bin so erzogen worden, dass es nicht nachbarschaftlich ist, über die privaten Dinge anderer zu tratschen. Soweit es mich betrifft, sind gesundheitliche Probleme eine private Angelegenheit. Das ist alles, was ich über Sineads Zustand an dem Abend sagen werde", sagte Fiona steif. Sie sah aus dem Augenwinkel ein Lächeln auf dem Gesicht ihrer Mutter. Eine Welle der Zustimmung zu ihren Worten ging durch die Menge.

„Also wirst du lügen? Du lügst im Angesicht all dieser guten Leute, um die Brogans zu schützen?", sagte Vater Patrick wütend. Er konnte offensichtlich spüren, dass Fionas letzte Aussage wohlwollend von der Menge angenommen wurde. Vater Patrick war offenbar nicht bewusst, dass die Brogans im Dorf in hohem Ansehen standen.

„Ich lüge nicht. Ich gebe nur keine Informationen weiter, die nicht meine eigenen sind", betonte Fiona.

„Sinead war so gut wie tot. Und dann kam Fiona und benutzte Magie. Sie ist eine Hexe, und das geht gegen die heiligen Regeln dieser Kirche! Ich bin überrascht, dass Gott sie nicht dafür erschlägt, in diesem heiligen Gebäude zu sein!", wütete Vater Patrick und schwang seine Arme wild herum.

Fiona bemühte sich um einen neutralen Gesichtsausdruck, da ein Teil von ihr über sein dramatisches Benehmen lachen wollte. Die Leute konnten doch nicht wirklich glauben, was er sagte. Aber sie blickte durch die Menge und merkte zu ihrer Überraschung, dass ein paar Menschen bei Vater Patricks Worten zustimmend nickten. Fiona wollte mit ihren Augen rollen. Sie hätte es besser wissen müssen, als auf gläubige Katholiken zu vertrauen, die Vater Patricks Worten blind folgten. Er hatte wenige aber lautstarke Anhänger im Dorf und sie fragte sich jetzt, ob ihre Stimmen die ihre überwältigen würden.

„Vater Patrick, waren Sie Zeuge, als Fiona diese Magie anwendete?"

„Das war er nicht", kam eine Stimme von der anderen Seite des Raums und unterbrach Vater Patrick, der gerade reden wollte.

„Mr Brogan, bitte sprechen Sie", sagte Garda Roarke

und warf einen Blick auf Vater Patrick, um ihn zum Schweigen zu bringen.

„Vater Patrick war nicht mit Fiona und Sinead im Zimmer. Alles, was er gesagt hat, ist nur Hörensagen", sagte Mr Brogan. Sein Blick war fest auf Fiona gerichtet. Sie konnte die Entschuldigung sehen, als ob er sie laut ausgesprochen hätte. Ein Raunen ging bei dieser Erklärung durch die Menge und Stimmen wurden lauter.

„Gab es irgendeinen Zeugen für das, was in Sineads Zimmer an dem Abend passierte?", fragte Garda Roarke und überging geschickt die Frage, was mit Sinead nicht gestimmt hatte und konzentrierte sich auf die vorliegenden Fakten.

Fiona erstarrte. Dr Collins war mit ihr im Raum gewesen. Sie hatte es ihm erlaubt. Wenn er Einzelheiten von dem, was er gesehen hatte, offenlegte, war sie am Ende. Ihre Augen durchsuchten die Menge nach Dr Collins.

Mr Brogan begann zu sprechen, aber Vater Patrick schnitt ihm das Wort ab.

„Ja, Dr Collins war mit ihr im Zimmer."

Fiona verharrte, als sie Dr Collins fand, der in der Ecke der Kirche mit überkreuzten Armen an die Wand gelehnt stand.

„Dr Collins, bitte kommen Sie nach vorn und erzählen uns, wie Fiona Ms Brogan geheilt hat", sagte Garda Roarke.

„Oh, das ist ganz einfach", begann Dr Collins mit einem Lächeln auf seinem freundlichen Gesicht. Fiona schloss ihre Augen und wartet auf das Urteil, das auf sie hereinkommen würde.

„Und, wie hat diese Hexe Sinead geheilt?", donnerte

Vater Patrick und bekam einen weiteren bösen Blick von Garda Roarke.

„Also, ich wäre nicht so sicher, dass ich dieses gute Mädchen als Hexe beschuldigen würde", begann Dr Collins und Fiona öffnete ihre Augen und sah, wie er sie sanft anlächelte.

„Und wie hat Sinead es dann geschafft, sich von ihrem nahenden Tod zu erholen? Was hat Fiona gemacht?", zischte Vater Patrick.

„Na, Vater Patrick, sie hat selbstverständlich für Sinead gebetet."

Fiona verkniff sich ein Lächeln, als die Kirche mit Ausrufen explodierte.

# KAPITEL FÜNFUNDZWANZIG

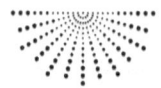

„Ruhe! Ruhe! Vater Patrick, setzen Sie sich sofort wieder hin!", befahl Garda Roarke Vater Patrick, der wiederum Dr Collins anschrie.

„Dr Collins, wenn Sie das vielleicht erläutern würden?"

„Naja, wie Sie wissen, bin ich Arzt. Ich war da, um mich um Ms Brogan zu kümmern. Ich habe an ihr gearbeitet und Fiona kam dazu, um Gebete und Unterstützung anzubieten, während ich medizinische Hilfe gab. Sie kennen sich aus der Schule und Sinead reagierte offensichtlich darauf, dass ihre Freundin da war, um sie zu umsorgen."

Die Lüge war so glatt, dass Fiona sie geglaubt hätte, wenn sie nicht selbst dabei gewesen wäre. Es schien, dass sie die Freundlichkeit von Dr Collins massiv unterschätzt hatte.

„Also Ihrer Einschätzung nach ist Fiona keine Hexe?"

„Absolut nicht. Wenn überhaupt, dann würde ich sagen, sie ist ein Engel mit einem direkten Draht zu Gott."

Chaos brach in der Kirche aus, und eine Frau drückte ihr Taschentuch gegen ihr Gesicht, während sie weinte. Fiona hätte Dr Collins für die Brillanz seines Gegenarguments umarmen können. Statt zu beweisen, dass sie keine Hexe war, hatte er eine Alternative angeboten, was sie sein könnte. Sein Denkansatz war perfekt.

Fiona sah kurz zu Vater Patrick auf dem Podest. Sein Mund bewegte sich wie der eines Fisches, der nach Luft schnappte. Kein Ton kam heraus.

„Mr Brogan, würden Sie dieser Erklärung zustimmen?"

„Ja, das würden wir beide", sagte Mrs Brogan, stand auf und nickte Fiona zu. „Es war nichts als eine Ehre, Fiona als Assistentin für Dr Collins da zu haben."

Fiona lächelte sie an und nickte zurück. Sie erkannte die Entschuldigung hinter den Worten an. Sie wusste, dass die Frau sich schlecht fühlte, weil sie ihr nicht eher beigestanden hatte.

„Also die Fakten sind, dass Sinead Brogan krank war. Dr. Collins wurde gerufen, um ihr zu helfen, Fiona bot ihre Gebete an und Vater Patrick stand draußen vor dem Zimmer, bereit für die letzte Ölung, falls sie gebraucht würde?", fragte Garda Roarke geduldig.

„Ja", sagten Dr Collins und Mr und Mrs Brogan gleichzeitig.

„Aber...aber...das ist nicht das, was passiert ist! Sinead war fast tot! Und dann war sie plötzlich lebendig!", schrie Vater Patrick und seine Spucke flog.

„Und Sie glauben nicht an Wunder, Vater Patrick? Ist es nicht das, was uns das gute Buch lehrt? An Wunder zu glauben?"", fragte Bridget von ihrem Platz in der ersten Reihe. Die Menge murmelte zustimmend.

„Ich sage euch, da war Hexenkunst am Werk!"", sagte Vater Patrick zornig.

Garda Roarke hob eine Hand, um ihn zum Schweigen zu bringen.

„Erhebt irgendjemand anders in der Menge Anklage auf Hexenwerk gegen Fiona?""

Die Menge wurde still, als die Einwohner sich die Hälse verrenkten und ihre Nachbarn anblickten, um zu sehen, ob jemand reden würde.

„Da muss jemand sein! Was ist mit dir, Seamus? Hast du mir nicht erzählt, dass sie dein gebrochenes Bein gerichtet hat?""

Ein älterer Mann in der hinteren Reihe erblasste, als sein Name gerufen wurde und alle sich umdrehten, um ihn anzusehen. Fiona sah, wie ihre Mutter ein dezentes Kopfschütteln an Seamus richtete.

„Also ich kann mich an nichts in der Art erinnern, Vater Patrick", sagte Seamus leichthin und Fiona hätte den alten Mann küssen können. Sie hatte sein Bein gerichtet und er war so dankbar gewesen, dass er ihnen monatelange jede Woche Fisch gebracht hatte.

„Und Sie, Mrs McGuinness? Sie haben doch erwähnt, dass Fiona Ihr Baby auf wundersame Art von einer Lungenentzündung geheilt hatte?""

Eine hübsche Frau saß in der ersten Reihe und hielt ein Baby eng an ihren Körper, während sie leicht schaukelte, um ihr Kind zu beruhigen. Sie lächelte Vater Patrick selig an.

„Es war nur eine kleine Erkältung, als das Wetter

feucht war. Catherine geht es wieder total gut", sagte Mrs McGuinness leutselig. Fiona hatte ihr Baby geheilt, als sie mitten in der Nacht zu ihr gekommen war, ihre Augen voller Angst, während der kleine Körper ihres Babys von schwerem Husten geschüttelt wurde.

Es war fast zu viel für Fiona. Die Dorfbewohner dankten ihr auf die einzige Art, wie sie konnten – indem sie ihr Leben retteten. Es war demütigend und gleichzeitig bestärkend, die Liebe und Unterstützung zu fühlen, die von den Menschen ausgingen, die vor ihr saßen. Eine Jury ihrer Nachbarn – und derjenigen, die es nicht zulassen würden, dass Fiona angeklagt würde, wenn sie nichts getan hatte, als anderen zu helfen.

„Das ist Unsinn! Ihr lügt alle! Es ist eine Sünde, in der Kirche zu lügen", schrie Vater Patrick, hüpfte von einem Fuß auf den anderen und schenkte seine Arme in der Luft.

„Können wir abstimmen? Ich habe noch etwas anderes, was ich der Stadt vorlegen möchte", sagte John und hob seine Hand. Vater Patrick drehte sich abrupt um und starrte ihn an.

„Ich sage, wenn dieser Prozess vorbei ist! Nicht du! Du hast hier keine Autorität, um das Verfahren zu beenden!", wütete Vater Patrick, seine Augen weit vor Zorn.

„Aber ich habe die Autorität, um das Verfahren zu beenden. Gibt es noch jemanden, der Beweise anführen kann, um Vater Patricks Anschuldigungen zu unterstützen?" Garda Roarke nahm sich Zeit, um durch den Raum zu schauen und gab ihnen genug Gelegenheit zu sprechen. Nachdem niemand etwas sagte, nickte er einmal und drehte sich zu Vater Patrick um.

„Ohne Beweise zur Unterstützung Ihrer Anschuldigungen sind sie einfach das – Anschuldigungen. Daher erkläre ich, dass Fiona frei ist und frei von jeder Anklage des Hexenwerks. Sie ist nicht schuldig und kann gehen."

Ein Jubelschrei ging durch die Menge und Fiona blinkte Tränen zurück, als sie ihre Hände zusammendrückte und alle anlächelte. Sie hatten sie gerettet. In dem Moment schwor sie, dass sie den Rest ihres Lebens damit zubringen würde, den Bewohnern von Grace's Cove zu helfen.

„John O'Brien, du hast das Wort", sagte Garda Roarke und mit einer Handbewegung brachte er Vater Patrick zum Schweigen, der auf dem Podest wütete.

„Ich beschuldige Vater Patrick des Diebstahls." Johns Aussage war, als würde die Nadel eines Plattenspielers über die Platte schlittern und die Musik kratzend zur Ruhe bringen. Das ganze Dorf erstarrte und wie eins drehten sie sich, um Vater Patrick anzusehen.

Jetzt würde es interessant werden.

# KAPITEL SECHSUNDZWANZIG

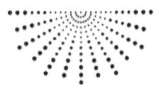

Fiona schwieg, während der Raum um sie tobte. Das Verhalten eines Priesters in Frage zu stellen war frevelhaft und etwas, das den Gesichtsausdrücken nach zu urteilen selbst die toleranteren Bewohner erschreckend fanden. Ein schwindelerregendes Gefühl der Unvermeidbarkeit durchlief sie und sie setzte sich zurück, um der Schau zuzusehen.

„Das ist Gotteslästerung! Er kann mich nicht so beschuldigen!", rief Vater Patrick. „Der Teufel treibt hier heute sein Unwesen."

Einige Kirchgänger bekreuzigten sich und sahen sich nervös um. Die Luft war dick vor Anspannung, als alle warteten, was passieren würde.

„John, das ist eine ernsthafte Anschuldigung. Kannst du Beweise vorlegen, die das unterstützen?", sagte Garda Roarke, sein Gesichtsausdruck ruhig, als er John ansah. Fiona biss sich auf die Lippe, als sie sich fragte, wie John plante, den Diebstahl zu beweisen.

„Ja. Ich möchte ein paar Zeugen aufrufen. Als erstes

bringe ich Sean Connor aus dem Nachbarort. Wenn Sie sich erinnern, gab es Anfang dieses Jahres eine große Wohltätigkeitsveranstaltung für Sean, weil sein Haus bis auf den Grund abgebrannt war. Das Problem ist nur, dass Sean nicht nur nie von dieser Spendenaktion gehört hat, er hat auch nie Geld davon bekommen." Ein Raunen ging durch die Menge, als der Mann, der hinten an der Wand gelehnt hatte, nach vorn trat.

„Sind Sie Sean Connor?"

„Ja, das bin ich."

„Ist Ihr Haus abgebrannt?"

„Leider ja. Der Schornstein für unseren Kamin brannte und das Strohdach fing dann schnell Feuer", sagte Sean und schob sich nervös eine Hand durch seine roten Haare.

Ein Murmeln ging durch die Menge. Jeder kannte nur zu gut die Angst, mit einem Strohdach auf dem Haus zu leben. Feuer war immer die größte Sorge.

„Mr Connor, haben Sie gewusst, dass die Kirchenge-meinde eine Spendenaktion für Ihr Haus veranstaltet hat?"

„Em, nein, habe ich nicht." Sean sah sich nervös um und hob entschuldigend eine Hand. „Es tut mir leid, wirk-lich, weil ich gekommen wäre, um euch allen für die Spenden zu danken. Es war nett, dass ihr an uns gedacht habt in unserer schwierigen Zeit."

Fiona blickte zu Vater Patrick, um zu sehen, wie er das alles aufnahm. Sein Gesicht hatte einen komischen Rotton und er atmete stoßweise aus seiner Nase aus.

„Vater Patrick, wenn ich mich richtig erinnere, hatte die Kirchengemeinde eine anständige Summe zusammen-gebracht – genug für mindestens ein neues Dach. Ist das richtig?" Garda Roarke sah sich in der Menge um und mehrere Leute nickten zustimmend.

„Ich habe ihm das Geld geschickt. Er lügt offensichtlich", sagte Vater Patrick und zeigte auf Sean. „Schäm dich für deine Lügen in diesem heiligen Haus."

Angst ging über Seans Gesicht und er drehte sich nach links und rechts, um die Dorfbewohner anzusehen.

„Ich lüge nicht, ich schwöre es euch. Ich bin ein guter Katholik und meine Mutter hat mich so erzogen, dass ich keine falschen Aussagen mache."

„Ich habe mehr Beweise", sagte John, um Vater Patricks Rede zu unterbrechen. „Das Sozialprogramm, für das Vater Patrick Spenden sammelt? Für Waisenkinder in Dublin? Es scheint, dass die Nonnen niemals irgendwelches Geld von Vater Patrick erhalten haben", fuhr er fort, seine Augen hart, als er Vater Patrick anstarrte. Wenn Fiona sich nicht schon in John verliebt hätte, ihn heute so zu sehen – entschlossen und ohne Angst, Vater Patrick zu konfrontieren – sie würde es jetzt in diesem Moment tun.

„Also das geht wirklich zu weit. Zu denken, dass du mich beschuldigen würdest, den Schwestern des Ewigen Glaubens ihre Spenden nicht zu schicken – also ich bin wirklich erstaunt, dass du es erlaubst, dass diese Lügen hier erzählt werden!", polterte Vater Patrick. Fiona konnte den Sog seiner charismatischen Natur spüren, als die Leute sich verwirrt umsahen, unsicher, wen sie jetzt unterstützen sollten.

„Das ist keine Lüge." Die Stimme einer Frau kam von hinten und schnitt klar und kräftig durch das Stimmengewirr bis sie das vordere Ende der Kirche erreichte. Die gesamte Menge drehte sich, um zu sehen, wo sie herkam.

Eine Nonne in voller Tracht trat vor, ihr Gesicht in strengen Linien. Ihre blauen Augen leuchteten, als sie nach vorn trat.

„Ich bin Schwester Mary Hope des Ewigen Glaubens und wir haben niemals Spenden von Vater Patrick erhalten. Wenn ich gewusst hätte, dass er für unsere Waisen Geld sammelt und es uns nicht bringt, hätte ich ihn sofort angezeigt."

Stille ging durch die Kirche, als ob das ganze Dorf den Atem anhielt.

„Sie ist eine Betrügerin!", kreischte Vater Patrick und klammerte sich ganz klar an Strohhalme. Selbst Garda Roarke hatte dafür nur ein kurzes Lachen.

„Ich finde es schwierig zu glauben, dass Schwester Hope den ganzen Weg hierherkommen würde, um für John O'Brien zu lügen", sagte Garda Roarke.

„Ich würde ganz sicher nicht lügen", sagte Schwester Hope streng und hob ihr Kinn, als sie auf Vater Patrick herabsah, der auf dem Podest einen hysterischen Anfall hatte.

„Ich wüsste gern, wo das Geld ist, Vater Patrick", fuhr Schwester Hope fort. „Es wird dringend gebraucht."

„Ja, ich würde auch gern wissen, wo das Geld ist", sagte John und kreuzte seine Arme, als er Vater Patrick ansah.

„Ich habe gesehen, wie er etwas in einer Schublade in seinem Büro wegschloss." Ein junger Mann, einer der Chorknaben, räusperte sich in der zweiten Reihe.

„Vater Patrick, wir müssen in dieser Schublade nachsehen, bevor wir ein Urteil fällen können", sagte Garda Roarke vorsichtig, während er zwei Männern hinten in der Kirche zunickte. Fiona erkannte die beiden als die Muskelmänner, die geholfen hatten, sie festzubinden, als Vater Patrick sie an der Bucht gefangen hatte. Sie gingen den Gang herunter nach links, an Vater Patrick vorbei in einen kleinen Flur, von dem Fiona dachte, dass er zu Vater Patricks privatem Büro führte.

„Stopp! Sofort. Wenn ihr nicht aufhört damit, werdet ihr für Ewigkeit in die Hölle verbannt! Eure Seelen werden brennen! Es ist das Werk des Teufels – die Hexe verursacht das alles!" Vater Patrick schoss von seinem Stuhl hoch und rannte über die Plattform zu Fiona.

Fiona sprang auf und erstarrte, als Garda Roarke einfach seinen Fuß ausstreckte, über den der Priester stolperte und unter Flüchen und im Gewand verfangen hinfiel.

„Es ist alles hier", rief eine Stimme aus dem Flur. Fiona riss ihren Blick von Vater Patrick weg, der auf dem Boden stöhnte und sah zu den zwei Muskelmännern, die aus dem Flur zurückkamen, ihre Arme voller Geldbündel.

„Teilt das Geld bitte in Drittel auf. Eins für Sean Connor, eins für Schwester Hope und eins behalten wir hier, bis wir festgestellt haben, ob noch anderen Geld versprochen wurde, die es brauchten."

Die Männer nickten und gingen zu einem kleinen Tisch, um das Geld aufzuteilen. Garda Roarke sah mit Verachtung auf Vater Patrick herunter.

„Dorfgemeinde von Grace's Cove, was sagt ihr in der Angelegenheit des Vaters Patrick?"

Fiona lachte leise über den lauten Ruf von „Schuldig!", der die Kirche erfüllte. Sie blinzelte Tränen aus ihren

Augen. Ihr Herz war erfüllt mit Liebe für ihre Stadt und für den Mann, der vorn in der Kirche stand, sein Herz in seinen Augen.

„Bitte nehmt Vater Patrick in Gewahrsam und bringt ihn in die Zelle. Wir werden die Erzdiözese sofort benachrichtigen", sagte Garda Roarke und einer der Männer kam zu Vater Patrick herüber, der heulend auf dem Boden lag. Er hob ihn leicht mit einem Arm hoch, legte den Arm des Priesters hinter seinen Rücken und marschierte mit ihm aus der Kirche, während die Einwohner ihm böse Blicke zuwarfen.

„Fiona, du bist frei. Und", Garda Roarke drehte sich, um die Gemeinde zu adressieren. „Ich möchte, dass ihr alle wisst, dass ich Fiona sehr schätze. Sie hat nichts getan, als anderen zu helfen und sie hat ein Herz aus purem Gold. Erinnert euch daran, sollte irgendjemand von euch das Gefühl haben, er muss über sie urteilen, selbst nach dem, was ihr heute hier erlebt habt."

Ein Lichtblitz schoss durch das Bleikristallfenster der Kirche, erleuchtete die Vielfalt der Farben im Glas und badete Fiona in gemaltem Licht. Wenn irgendjemand Zweifel hatte, dass Fiona mit einer Gabe versehen war, taten sie das nicht länger. Fiona lächelte und fühlte sich überwältigt von der Liebe ihres Dorf und des Universums. Es würde alles gut werden, sagte sie sich selbst.

„Ich habe auch eine Ankündigung", sagte John und drehte sich mit einem Lächeln zur Gemeinde, bevor er sich wieder umdrehte und zu Fiona ging, die auf dem Podest stand. „Ich möchte, dass das ganze Dorf weiß, dass ich diese Frau liebe – in all ihrer Schönheit und mit ihrem sanften Herzen. Ich wäre geehrt, wenn sie bereit wäre, mich auf meinem Weg zu begleiten, wohin mich dieses Leben und das nächste auch führen werden."

Fionas Herz hörte einfach für einen Moment auf zu schlagen, als sie in der Liebe ertrank, die direkt aus Johns Herz in ihres floss. Ihre Zukunft verschwamm an den Kanten etwas, war einen Moment lang nicht erkennbar, bevor sie sich wieder richtete, mit John an ihrer Seite. Obwohl sie sich noch nicht sehr lange kannten, hatte Fiona fast sofort gewusst, dass der Mann, der vor ihr stand, ihr Leben für immer verändern würde. Vielleicht war es das, warum sie zuerst gegen ihn gewesen war. Es war beängstigend zu wissen, dass jemand ihr Herz in seiner Hand hielt – um es zu brechen oder zu bewahren.

„Ja, John O'Brien. Ich wäre geehrt, diesen Weg mit dir zu gehen. Jetzt und für immer", schwor Fiona vor dem ganzen Dorf und meinte jedes Wort.

„Mein Herz", sagte John und trat näher, um seine Arme um sie zu legen und seine Lippen auf ihre in einem sanftesten Kuss. Tränen tropften aus Fionas Augen und sie begann, in seinen Armen zu beben. Die Anspannung der Woche holte sie endlich ein.

„Sch, mein Liebling, es ist jetzt alles gut", sagte John und strich seine Hände an ihren Armen auf und ab, um sie zu beruhigen. Er trat zurück und drehte sich mit seinem Arm um Fionas Schultern um.

Gerade rechtzeitig, um zu sehen, wie seine Eltern aus dem Raum stürmten.

Bridget sah sich mit einem verwirrten Gesichtsausdruck um, bevor sie kam, um John und Fiona anzulächeln.

„Glückwunsch und willkommen in der Familie, John. Ich hätte keinen passenderen Mann für meine Tochter finden können. Ich wünsche euch beiden nichts als Freude und Glück. Jetzt lasst uns in den Pub gehen. Es ist Zeit zu feiern", sagte Bridget. Ihr Lächeln übertönte den merkwürdigen Beigeschmack, den Johns Eltern hinterlassen hatten, als sie aus der Kirche gestürmt waren.

Und obwohl die Menge jubelte, als sie hinausgingen, wurde Fiona das Gefühl nicht los, dass etwas ganz furchtbar falsch war.

# KAPITEL SIEBENUNDZWANZIG

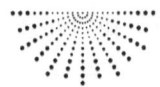

S ie verbrachten den Großteil des Nachmittags im Pub
und Fiona trank Cider, während John ein Pint genoss.
Sie war ein bisschen benommen von der Anzahl der Leute,
die ihr und John zu ihrer Verlobung gratuliert hatten – und
der Anzahl derer, die behaupteten, davon überzeugt
gewesen zu sein, dass Vater Patricks Anschuldigung
falsch war.

Johns Eltern waren auffällig abwesend.

„Ist alles okay, Schatz?", sagte John. Sein Gesicht
strahlte vor Glück, als er sie ansah. Fionas Herz schwoll an
und daher dauerte es einen Moment, bevor sie auf seine
Frage reagierte.

„John, ich glaube, wir sollten mit deinen Eltern sprechen. Da stimmt etwas nicht. Die Art, wie sie gegangen
sind? Und dass sie nicht hier sind, um mit uns zu feiern?
Ich weiß nicht, ich habe ein schlechtes Gefühl dabei",
sagte Fiona und zog ihn an seinem Ärmel näher heran,
damit die Leute nicht hören konnten, was sie sagte.

Lebhafte Musik kam von ein paar Musikern, die sich in

der vorderen Nische drängten und John senkte seinen Kopf, so dass Fiona ihn hören konnte.

„Ich bin sicher, es ist alles in Ordnung. Sie mussten sich wahrscheinlich um die Tiere auf der Farm kümmern." John zuckte mit den Achseln, aber sein Blick ging fast unmerklich nach links.

„John, ich weiß, dass du lügst. Das ist etwas, dass du von mir wissen musst – darüber, wer ich bin", sagte Fiona leise und merkte plötzlich ganz genau, wie wenig John von ihr wusste. Mit einem sinkenden Herzen wurde ihr klar, dass sie sich ihm ganz offenbaren musste. Es wäre nicht fair für ihre Beziehung, wenn sie das nicht tat.

„Ich...na ja, ich glaube nicht, dass sie sehr glücklich darüber sind, dass wir heiraten, das ist alles", sagte John sanft. Sorge ging über sein Gesicht.

„Ich kann es ihnen nicht verdenken nach allem, was diese Woche passiert ist. Wir sollten gehen und mit ihnen reden. Ich möchte nicht gleich einen schlechten Start haben", sagte Fiona. Abgesehen davon war die Farm der O'Briens auf dem Weg zur Bucht. Sie musste John dorthin mitnehmen, wenn sie wollte, dass er verstand, wen er heiratete – und die Blutlinie, in die er einheiratete.

John nickte, steckte zwei seiner Finger zwischen seine Lippen und drehte sich, um einen scharfen Pfiff loszulassen, der durch den Lärm und die Musik im Pub schnitt.

„Danke euch allen, dass ihr mit uns gefeiert habt und für eure Unterstützung heute! Wir werden uns jetzt mit meinen Eltern treffen. Bitte – macht weiter."

Jubel entgegnete seinen Worten und die Band begann, einen sehr dramatischen Hochzeitsmarsch zu spielen, der Fiona kichern ließ, als sie den Pub verließen. Sie machten einen kurzen Schlenker auf dem Weg nach draußen, um sich von Bridget zu verabschieden.

„Ich freue mich so für dich", flüsterte Bridget in Fionas Ohr, als sie sie in eine enge Umarmung zog. Sie schluckte gegen die Tränen an, die zu fließen drohten.

„Wir müssen sehen, was seine Eltern machen", flüsterte Fiona zurück. Bridget lehnte sich zurück und sah in Fionas Augen.

„Alles, was du machen kannst, ist du selbst sein, Liebling. Nicht mehr und nicht weniger. Lass deine eigene Wahrheit leuchten und lass alle anderen entscheiden, was sie damit machen."

Fiona nickte bei den Worten ihrer Mutter.

„Ich werde ihn mit in die Bucht nehmen. Ich zeige ihm alles, was ich bin", sagte sie.

„So soll es sein. Wenn das Licht wieder für dich leuchtet, dann ist es dein Schicksal, mit ihm vereint zu sein", sagte Bridget.

„Ach, das war also die wahre Bedeutung des Lichts", nickte Fiona. Verständnis dämmerte, als ihr klar wurde, was die Bucht ihr an dem Tag hatte sagen wollen. Das verstärkte nur ihre Entschlossenheit, mit Johns Eltern ein gutes Verhältnis zu haben und ihm zu zeigen, wer sie war.

„Geh. Zeig ihm dein Herz. Die Bucht sagt dir, dass es richtig ist. Vertrau auf dich und lass dich nicht von den O'Briens einschüchtern."

„Ich liebe dich", sagte Fiona heftig und zog ihre Mutter in eine weitere Umarmung. Sie atmete den Geruch von Lavendel in ihrem Haar ein, bevor sie sie losließ und John strahlend anlächelte.

„Dann lass uns mal gehen."

# KAPITEL ACHTUNDZWANZIG

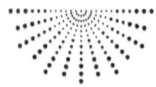

F iona war aufgeregt und nervös, als sie die kurvige Straße zu der Farm der O'Briens hochrumpelten. Ein warmes Glühen vom Cider ließ alles etwas weicher erscheinen und dämpfte ihre Sorge ein bisschen, mit Johns Eltern zu reden.

„Warum glaubst du, dass deine Eltern gegangen sind, statt mit uns zu feiern?"

John zuckte mit den Achseln und konzentrierte sich auf die Straße vor ihnen. Sie wollte ihn zu dem Thema weiter drängen, aber vielleicht war die erste Lektion, in einer festen Beziehung zu sein, zu wissen, wie man seine Schlachten weise wählt. Sie drängte nicht weiter.

In wenigen Augenblicken waren sie auf dem Hügel zur O'Brien Farm. Die Sonne hing tief im Himmel, ihre Strahlen tanzten über dem türkisfarbenen Wasser und eine Möwe kreiste lässig über der See. Fiona konnte nicht anders als denken, dass die O'Briens einen perfekten Platz für ihre Farm gewählt hatten. Es war fast so gut wie der

Flecken, den sie unbedingt für sich haben wollte. Nebenbei fragte sie sich, ob es einen Weg geben würde, dass die O'Briens ihn ihr und John verkaufen würden, damit sie ihr Zuhause für ihre Familie dort bauen könnten.

Ihr Zuhause.

Nur der Gedanke ließ sie in ihrem Sitz herumrutschen mit der Freude, die den ganzen Nachmittag schon durch sie gegangen war. Es war so ein krasser Kontrast zu der Sorge und Angst, die die ganze Woche wie ein Stein in ihrem Bauch gelegen hatte. Es war schön, an die einfachen Freuden eines neuen Lebens mit einem Mann, der für sie bestimmt war, zu denken.

Die Farm der O'Briens bestand aus einem großen weißgestrichenen Stuckhaus mit hübschen grünen Fensterläden und Blumenkästen mit fröhlichen roten Blumen. Mehrere Außengebäude waren hinter dem Haus verteilt, mit langen Steinmauern und Drahtzäunen, die die Weiden für die Tiere markierten. Als John den Truck parkte und den Motor ausschaltete, trottete sein kleines Lamm um die Hausecke.

„Er wird größer. Ich kann gar nicht glauben, dass er das Geräusch deines Fahrzeugs kennt." Fiona konnte nur lachen über sein fröhliches Blöken, während er vor dem Auto herumtanzte und auf John wartete.

„Ich habe ihn Lir genannt. Er ist wirklich niedlich", lächelte John, als er ausstieg. Fiona kam heraus und ging herüber, um Lir am Kopf zu streicheln.

„Es ist komisch – er benimmt sich ein bisschen wie ein Hund, oder?", sagte Fiona und sah den wolligen kleinen Kerl mit schräggelegtem Kopf an.

„Ich habe noch nie vorher ein Lamm gehabt, das sich so aufführt wie er. Es ist aber schwierig, ihn nicht zu mögen", stimmte John zu und nahm Fionas Hand in seine. Sie konnten es nicht länger herausziehen. Die O'Briens hatten bestimmt sein Auto gehört. Mit geraden Schultern gingen sie wortlos den Weg hoch. Kies knirschte unter ihren Füßen, bis sie an die helle grüne Haustür kamen.

„Ich fühle mich schlecht, dass ich kein Geschenk mitgebracht habe", flüsterte Fiona und sah John unter ihren Wimpern durch an.

„Du bist jetzt Familie. Da braucht man kein Geschenk", sagte John, zog an dem eisernen Hebel, der das Schloss öffnete und schob die Tür auf.

„Mama? Fiona und ich sind hier", rief John.

„Ja, ich habe doch Augen im Kopf, oder?"

Celeste O'Brien kam den Flur entlang, eine Schürze um die Taille gebunden und Mehl an ihren Händen.

„Mrs O'Brien, wie schön, Sie wiederzusehen. Soll ich meine Schuhe ausziehen?", fragte Fiona höflich.

„Nein, das ist schon okay. Kommt mit in die Küche, ich muss meinen Teig weiter kneten", sagte Mrs O'Brien. Ihre Lippen waren eine schmale Linie. Sie warf John einen Blick zu, bei dem Fionas Augenbrauen hinter dem Rücken der kleinen Frau hochgingen, als sie zurück in die Küche eilte.

Fiona sah sich kurz um, als sie den Flur entlanggingen. Auf beiden Seiten des Gangs waren jeweils zwei Zimmer, eines sah aus wie eine kleine Bibliothek und das andere wie ein formelles Wohnzimmer mit einem kleinen Kamin. Gerahmte Bilder bedeckten die Wände und Fiona juckte es

in den Fingern, sich einige der Fotos von Johns Familien-
mitgliedern näher anzusehen. Sie gingen am Ende des
Flurs nach links in die Küche, von der Fiona wünschte,
dass Bridget sie sehen könnte. Ihre Mutter hätte über die
Größe geschwärmt. Da waren zwei Herde, ein Kamin,
zwei Spülbecken und Platz für einen langen Tisch – sie
war so groß wie ihr ganzes Haus.

Eine eckige kobaltblaue Vase stand in der Mitte des
Tisches mit ein paar der roten Blumen aus den Fensterboxen darin. Ein Spitzendeckchen – perfekt gebügelt – lag
unter der Vase. Passende Spitzendecken lagen aufgereiht
auf dem Tisch und Fiona fragte sich, ob sie Besuch
erwartete.

„Erwarten Sie Besuch? Ich helfe gern", sagte Fiona
und zeigte auf die Spitzendecken auf dem Tisch.

Ein verwirrter Ausdruck ging über Celestes Gesicht
und sie blickte kurz zu Fiona, bevor sie zum Tisch sah.

„Nein, Fiona. Wir essen immer auf Spitzendecken in
diesem Haus."

Sie hätte ihr auch gleich einen Handschuh vor die Füße
werfen können, dachte Fiona, als sie die Frau, die ihre
Schwiegermutter werden sollte, mit erhobener Augenbraue
ansah. Es schien, als wäre der Fehdehandschuh hinge-
worfen worden.

„Es ist wirklich schön von Ihnen, so gut für Ihre
Familie zu sorgen", sagte Fiona so zuckersüß, wie sie nur
konnte.

Celeste sah sie argwöhnisch an und knetete ihren Teig
weiter. „Na ja, wenn du einen Mann hast, der jeden Abend
nach Hause kommt, statt direkt in den Pub zu gehen, soll-

test du einen schönen Tisch für ihn richten", sagte Celeste spitz und warf den Teig auf ihren Tisch.

Es war eine Sache, wenn Celeste Fiona zurechtwies. Aber ihre Mutter und ihren Vater kritisieren? Das kam nicht in Frage, dachte Fiona, als ihr Temperament zu brodeln begann. Bevor sie etwas sagen konnte, schnitt sie John mit einer Handbewegung ab.

„Hör sofort damit auf, Mama. Das ist die Frau, die ich für mein Leben gewählt habe. Sie wird nirgends hingehen. Es gibt nichts, das du sagen oder tun kannst, um meine Meinung zu ändern. Entweder du akzeptierst es und bist nett, oder du wirst weniger von mir hier sehen. Und du solltest dich schämen für deine unschönen Worte über Fionas Mutter. Du weißt, dass Bridget eine der nettesten Frauen in der Stadt ist. Ich schäme mich für dich, wirklich", sagte John mit seinen Händen auf seinen Hüften.

Fiona hätte am liebsten gejubelt wegen der Röte, die in die Wangen seiner Mutter stieg.

Stattdessen entschied sie sich für Diplomatie.

„John, ich bin sicher, dass es nur alles ein bisschen viel auf einmal ist. Es muss sehr überraschend gewesen sein, da wir uns nicht oft öffentlich gezeigt haben. Ich bin ziemlich sicher, wenn sie etwas Zeit hatte, die Neuigkeiten zu verarbeiten, wird sie unsere Beziehung in einem besseren Licht sehen. Stimmt das nicht, Mrs O'Brien?", sagte Fiona freundlich und bot der Frau einen Ausweg.

Celeste seufzte etwas, dann nahm sie ihren Teig, legte ihn in eine Backform und bedeckte ihn mit einem Küchenhandtuch. Sie griff nach einem Handtuch, um sich ihre Hände abzuwischen, drehte sich um und lächelte die beiden an.

„Ja, es war nur einfach ein Schock, das ist alles. Warum trinken wir nicht draußen Tee? Es ist immer noch ein schöner Tag und ich bin sicher, dein Vater möchte mit euch sprechen."

Es war keine Entschuldigung – aber ein Friedensangebot. Fiona würde es für den Moment annehmen.

„Ich setze nur das Wasser auf. Nimm die Keksdose auch mit raus", sagte Celeste und gab ihr eine hübsche blauweiße Dose mit hochwertigen Keksen. Fiona verstand die Botschaft laut und deutlich: den O'Briens ging es finanziell gut.

Im Gegensatz zu ihrer Familie.

Es war komisch; sie hatte ihre Familie nie als arm betrachtet. Zugegeben, sie wusste, dass sie hart arbeiten mussten, um Geld zu verdienen, aber ihre Bedürfnisse waren immer gedeckt. Ihre Mutter hatte sie so erzogen, dass sie sich niemals mit anderen verglich – also dachte sie nie zweimal darüber nach, ob andere mehr Geld hatten als sie. Was sie anbelangte, je mehr man hatte, desto mehr Arbeit hatte man.

Aber zum ersten Mal fühlte sie, wie sich die Scham über *nicht gut genug* einschlich. Es war ganz klar, dass Celeste erwartet hatte, dass John eine bessere Wahl treffen würde als seine zukünftige Frau. Vielleicht gut gebildet und aus einer der besseren Familien der Stadt – vielleicht sogar aus Dublin. Sich niederzulassen mit der Tochter des lokalen Saufbolds und einer Weberin war höchstwahrscheinlich nicht in ihren Plänen für ihn gewesen. Fiona hob ihr Kinn höher, als Celeste mit einer Teekanne und mehreren Tassen auf einem Tablett herauskam. Sie weigerte sich, sich dessen zu schämen, wer sie war und woher sie kam. Bridget hatte sie dazu erzogen, hart zu arbeiten und nett zu anderen zu sein – sie sagte immer, dass Fiona damit nie falsch liegen würde. Es war Zeit, das zu praktizieren.

„Tee?", fragte Celeste.

„Ja, bitte", sagte Fiona und lächelte Celeste freundlich an in der Hoffnung, sie für sich zu gewinnen.

Celeste drehte ihren Blick auf die Felder und winkte Johns Vater zu, der Futter in den Trog schüttete.

„Es ist schön hier draußen", sagte Fiona, als Celeste sich umdrehte und ihr eine Tasse Tee eingoss. Es *war* schön draußen. Da stand ein Holztisch mit einem Blumentopf in der Mitte und mehrere Stühle, die dem Ozean zugewandt waren. Mit dem Sonnenschein und einer sanften Brise hätte Fiona es als perfekten Platz zum Teetrinken betrachtet.

Abgesehen von dem kalten Wind, der von ihren zukünftigen Schwiegereltern kam. Fiona legte ein Lächeln auf ihr Gesicht, als Mr O'Brien seine Gummihandschuhe auszog und über den Hof kam. Lir blökte ihn an und sprang hinüber, um seinen Kopf gegen Johns Bein zu stoßen.

„Och, eine Tasse Tee mitten am Tag ist immer gut, oder?", sagte Mr O'Brien mit einem Zwinkern in den Augen, als er Fiona freundlich anlächelte. Also war es nur Mrs O'Brien, mit der Fiona fertig werden musste. Sie lächelte ihn an und bewunderte, wie gut er aussah. Dann stellte sie sich vor, dass John gut altern würde, wenn sein Vater der Maßstab war.

„Du kennst Fiona, oder, Henry?", sagte Celeste leichthin und Henrys Lächeln wurde breiter.

„Natürlich tue ich das. Ich war so froh, dass dieses unsinnige Verfahren heute aus dem Weg geräumt wurde. Obwohl es ziemlich überraschende Neuigkeiten waren über Vater Patrick, oder?"

Fiona strahlte den Mann praktisch an. Es war immer nett, in Gesellschaft von Leuten zu sein, die sich weigerten, den Elefanten im Raum zu ignorieren. Fiona sah aus dem Augenwinkel, wie Celeste ihre Lippen zusammenpresste.

„Es war eine harte Woche für mich, das ist wahr", sagte Fiona und nahm einen kleinen Schluck von ihrem Tee. „Aber ich habe Glück, so viele Menschen um mich zu haben, die zu mir stehen."

„Also was war denn nun mit Sinead? Ich sterbe vor Neugier zu hören, was mit ihr nicht stimmte", sagte Celeste. Ihre Augen leuchteten bei dem Gedanken an Klatsch.

Fiona sah sie entgeistert an.

„Sie meinen das nicht ernst, oder? Es steht mir nicht zu, darüber zu reden. Ich bin der Meinung, dass jeder das Recht auf seine Privatsphäre hat, und bin ziemlich sicher, wenn Sie krank wären, würden Sie auch die peinlichen Details nicht in der ganzen Stadt herumerzählt haben wollen, oder? Können Sie sich das vorstellen?", sagte Fiona sanft, aber im Inneren war sie schockiert. War das wirklich die Frau, mit der sie zurechtkommen müsste?

„Du musst meine Mutter entschuldigen. Sie liebt es, die Klatschpresse zu lesen und ihre Nase ist immer in einem Buch vergraben. Geschichten sind einfach aufregend, das ist alles", sagte John mit einem kleinen Lächeln und Fiona konnte sehen, wie er seine Mutter bewunderte.

Sie atmete aus. Hier müsste sie offensichtlich vorsichtig sein.

„Es ist normal, neugierig zu sein. Das ist schließlich menschliche Natur. Ich würde mich nur nicht wohlfühlen dabei, das Vertrauen eines anderen zu brechen."

„Und das macht dich eine ehrbare Frau. Also, Fiona, erzähl mir ein bisschen etwas darüber, was du machst? Du musst wissen, dass wir neugierig sind nach der Woche, die du hattest und der Anklage gegen dich", sagte Henry und Fiona erkannte hinter seinem freundschaftlichen Lächeln den Stahl in seinen Worten. Vielleicht war ihr erster Eindruck von ihm falsch gewesen.

„Na ja, du weißt, dass sie Heilmittel und Cremes herstellt", sagte John mit angespannter Stimme, als er sich zurücksetzte und ein Bein über sein Knie kreuzte.

Fiona holte tief Luft. Das würde nicht das erste Mal bleiben, dass sie offen befragt wurde, nachdem es ein Gerichtsverfahren gegeben hatte. Sie konnte auch jetzt gleich entscheiden, wieviel sie bereit war, mit anderen zu teilen – auch mit ihren potenziellen Schwiegereltern.

Aber was würden die Leute glaubhaft finden? Ein bisschen Magie? Gebet? Gottes Wille?

„John hat recht. Ich mache Heilmittel und Cremes", sagte Fiona und nickte John zu, bevor sie sich zu Celeste und Henry zurückdrehte. „Ich würde aber nicht sagen, dass ich Magie verwende. Ich versuche mein Heilmittel mit..." Sie sah, wie sich Celestes Augen verengten und beendete den Satz mit: „Gebeten zu versetzen. Ich bete über jedem einzelnen und lege meine Absicht für ihre Heilungsfähigkeiten fest. Ich denke, es ist ein Zusatz von Liebe, das ist alles."

Also. Eine kleine Lüge. Oder vielleicht eine große, je nachdem, wie man es sah. Aber wenn sie diese Familie richtig einschätzte, dann wäre Magie keine akzeptable Antwort.

„Na, ist das nicht toll? Also du gibst Liebe und Gebete zu jedem Heilmittel dazu und schickst sie auf ihren Weg? Weißt du was, Fiona? Ich mag das. Das tue ich wirklich. Du hast ein gutes Herz", sagte Henry und Fiona konnte erkennen, dass seine Worte ehrlich waren und der Argwohn, den er vorher hatte, verschwunden war.

„Deine Gesichtscreme ist wunderbar", sagte Celeste widerwillig und Fiona lächelte sie an.

„Ich bin so froh, dass Sie sie gern benutzen. Ich nehme nur natürliche Zutaten, die ich direkt hier in den Hügeln finde und im Wasser der Bucht. Einige der Rezepte, die ich verwende, sind alte keltische Traditionen, die von Generation zu Generation weitergegeben werden."

„Siehst du, Celeste? Wir stammen von großen keltischen Kriegern ab. Es ist schön, dass du einige der alten Rezepte benutzt. Ich sage immer, natürlich ist am besten", sagte Henry und lächelte seine Frau an. Celeste lächelte zurück und Fiona konnte die Liebe zwischen ihnen spüren.

„Ich hoffe jedenfalls, dass du die Produkte deiner Serie als erstes mit mir teilst", sagte Celeste schließlich und Fiona grinste sie an.

„Sie bekommen alles, was ich mache, als Erste", versprach sie und fühlte endlich, wie die Anspannung etwas aus ihren Schultern wich.

„Wie schaffst du es, in die Bucht zu gehen? Die Legende besagt, dass sie verwunschen ist. Niemand von

uns geht dorthin – nicht seit Conan sein Leben dort
verloren hat." Celeste sah Fiona fragend an.

Fiona hielt die kleine Porzellantasse in der Hand, als
sie überlegte, wie sie die Frage beantworten sollte, ohne
erneuten Verdacht bei den O'Briens zu erwecken.

„Ich bin mir nicht ganz sicher." Fiona beschloss, ihnen
die ehrliche Wahrheit zu sagen – oder zumindest teilweise
ehrlich. „Ich weiß, dass eine meiner Vorfahrinnen dort
gestorben ist. Und deswegen scheint es, dass ich in die
Bucht darf. Vielleicht, weil ihr Blut dort geopfert wurde? Ich
weiß, dass ich stark angezogen werde von dem Land über
der Bucht. Jedesmal, wenn ich dort spazieren gehe, träume
ich davon, ein kleines Haus am Fuße der Hügel zu bauen.
So, dass es alle Brisen erhascht und man den Ozean von fast
jedem Blickwinkel aus sehen kannst." Fiona merkte, dass sie
sie alle mit erhobenen Augenbrauen ansahen. „Es tut mir
leid. Es ist nur eine kleine Fantasie von mir, das ist alles."

Sie hoffte, dass der Themenwechsel zum Land über der
Bucht Celeste dazu anspornen würde, über andere Dinge
zu reden, aber die scharfsichtige Frau vertiefte sich weiter.

„Deine Vorfahrin starb in der Bucht. Wie faszinierend.
Ich denke, das macht Sinn – du hast schon ein Opfer
gebracht, also darfst du dorthin. Ich muss zugeben, ich
habe schon immer eine furchtbare Angst vor der Bucht
gehabt. Ich glaube natürlich nicht an Verwünschungen und
solchen Unsinn", sagte Celeste und schüttelte angewidert
ihren Kopf.

„Ich glaube nicht, dass du es verstehen musst, um es zu
respektieren", sagte John.

„Natürlich nicht. Ich bin klug genug, nicht dahin zu

gehen. Das ganze Dorf tut das." Celeste sah Fiona mit schmalen Augen an. „Aber wenn ich spezielle Cremes und Heilmittel bekommen kann, die mit Zutaten von dort hergestellt werden, macht es mir nichts aus."

Fiona wollte mit ihren Augen rollen über das scheinheilige Paradox. Also zur Bucht gehen und alles, was mit der Magie der Bucht zu tun hatte, war schlecht – aber heilen und verschönernde Cremes und Tonika mit Zutaten aus der Bucht waren gut.

„Sie sind die Erste für alles, was ich mache", versprach Fiona und beschloss, die verlogene Natur von Celestes Kommentaren zu ignorieren.

„Was wird wohl mit Vater Patrick passieren?", fragte John und lenkte das Gespräch geschickt in eine andere Richtung.

„Ich bin erstaunt, dass ein Mann der Kirche so etwas tun würde", sagte Celeste mit Horror in ihren Gesichtszügen, obwohl Fiona auch eine gewisse Aufregung in ihr erkennen konnte über den neuen Tratsch.

„Er ist kein guter Mensch. Nur auf seinen Gewinn bedacht und es ist ihm egal, wen oder was er dabei verletzt", sagte Fiona heftig und nahm einen Keks aus der Dose. Die butterige Konsistenz des Keks passte sehr gut zum Tee.

„Es tut mir leid, dass du das Ziel seiner Wut warst", sagte Henry nüchtern. „Obwohl ich sehr stolz bin auf meinen Sohn, wie er für dich gesprochen hat. Jetzt scheint es, dass wir eure Zukunft diskutieren sollten."

Fionas Augen weiteten sich und sie hustete, der Keks plötzlich trocken in ihrer Kehle.

John lachte und klopfte ihr leicht auf den Rücken, bevor er sich wieder zu seinen Eltern umdrehte.

„Ich weiß, dass es etwas überraschend ist und dass ihr noch keine Chance hattet, Fiona besser kennenzulernen. Aber ich weiß auch, dass sie die Partnerin ist, die ich in meinem Leben haben will. Ich habe es schon lange gewusst, aber sie hat mich vorher nicht wirklich beachtet. Die Zeit ist gekommen. Es fühlt sich richtig an. So wie es war, als du Mama das erste Mal gesehen hast", sagte John und Fionas Herz zog sich bei seinen Worten zusammen. Freude ging durch sie, als dieser Mann – den sie vor ein paar Monaten nur flüchtig kannte – seine Liebe für sie vor seinen Eltern erklärte.

Überraschenderweise wurden Celestes Augen weich, als sie ihren Mann ansah.

„Ich erinnere mich gut daran, als ich dich das erste Mal bemerkte. Wer war dieser kräftige Mann, der mir plötzlich Blumensträuße in die Bäckerei brachte?"

Henrys Gesicht wurde ein bisschen rot, aber er grinste seine Frau an.

„Es war schwierig, dir keine Blumen zu bringen, nachdem ich dich erstmal gesehen hatte. Außerdem musste ich die ganzen anderen Verehrer verscheuchen."

„Oh, hör auf", lachte Celeste ihren Mann an. Fiona war überrascht, dass sie anfing, die Frau zu mögen. Vielleicht würde letztendlich doch alles gut ausgehen.

„Wir müssen eine Hochzeit planen", sagte John und Fiona riss ihre Augen auf.

Eine Hochzeit! Sie hatte dieses riesige Detail mitten in dem Chaos des Tages völlig übersehen.

Henry lachte über ihren Gesichtsausdruck. „Es scheint,

als würde Fiona etwas Zeit brauchen, um sich an den Gedanken einer Hochzeit zu gewöhnen. Geben wir ihr etwas Freiraum, okay?"

„Ich will nicht in der Kirche heiraten", platzte Fiona heraus und blickte dann zu John, um zu sehen, was er sagen würde.

„Das kann ich verstehen nach dem, was diese Woche passiert ist. Wir wissen auch noch gar nicht, wann wir einen neuen Priester haben werden", sagte John leichthin und Fionas Spannung ließ etwas nach.

„Woran hast du denn gedacht, Fiona?", fragte Celeste höflich.

„An nichts – nicht wirklich. Ich denke, vielleicht ein einfaches Bandritual, ein Handfasting, in der Natur wäre schön."

„Ein Handfasting?" Celeste sah sie mit erhobener Augenbraue an, aber Fiona konnte sehen, wie sich die Räder in ihrem Kopf drehten. „Na ja, es wäre nicht schlecht, etwas anderes zu machen. Alle in der Stadt würden über uns reden. Wir könnten eine schöne Feier haben statt einer altmodischen Hochzeitszeremonie. Das würde bestimmt viel Spaß machen."

„Hast du das gehört, Fiona? Mama denkt, es wäre toll, keine traditionelle Hochzeit zu feiern. Vielleicht ist sie am Ende gar nicht so prüde", sagte John und lächelte seine Mutter an, um den Worten die Schärfe zu nehmen.

„Dass du es nur weißt, ich habe auch manchmal Spaß, John O'Brien", sagte Celeste mit erhobener Nase.

„Oh, Celeste hat früher so lange mit mir getanzt, bis ich umfiel", sagte Henry und lachte sie an.

Fiona lächelt sie alle an und fühlte sich etwas

benommen von den Veränderungen, die an dem Tag geschehen waren. Noch heute morgen hatte sie Angst gehabt, zum Tode verurteilt zu werden, und jetzt saß sie hier und plante ihre Hochzeit – und trank Tee am Ozean mit ihren Schwiegereltern.

Es war erstaunlich, wie sich ein Leben innerhalb einiger Stunden ändern konnte.

# KAPITEL NEUNUNDZWANZIG

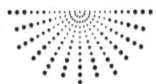

Nachdem Johns Vater wieder aufs Feld zurückgegangen war und Celeste angefangen hatte, Ideen für ein Hochzeitsmenü zusammenzustellen, zog Fiona John zur Seite. Sie hatte noch etwas wichtiges mit ihm zu besprechen.

„Kommst du mit mir zur Bucht? Während es noch hell ist? Ich möchte dir gern etwas zeigen", flüsterte Fiona im Hausflur in sein Ohr.

„Ich folge dir überall hin, mein Liebling", sagte John voller Liebe und Fiona fühlte Wärme durch sie gehen, als sie sich für eine Sekunde in seinen Augen verlor.

Sie hoffte, dass er immer noch das gleiche fühlen würde, nachdem sie in der Bucht gewesen waren. Fiona zog eine kleine Grimasse, aber sie wusste, dass sie da durchmusste – ihm alles zeigen, was sie war. Sie konnte die Wahrheit vor ihren Schwiegereltern etwas verheimlichen, aber sie könnte nie mit sich selbst leben, wenn sie es vor ihrem Mann verstecken müsste.

Sie verabschiedeten sich von Celeste und behaupteten,

dass sie zu einer Essenseinladung gingen und winkten Mr O'Brien zu, als sie in Johns Auto stiegen. Lir beobachtete sie hinter dem Zaun, sein Herz in seinen Augen.

„Das dusslige Lamm. Ich liebe ihn", sage Fiona und sah zu, wie das Tier am Zaun entlangrannte, hinter dem Fahrzeug her, als sie zur Bucht fuhren.

„Ich glaube, dass wir ihn zur Hochzeit einladen sollten. Schließlich ist er der Grund, dass du endlich mit mir geredet hast. Na ja, mich angeschrien hast, besser gesagt." John grinste sie an und Fiona lachte.

„Ich hatte auch vorher schon mit dir geredet. Wir hatten nur nicht viel miteinander zu tun."

„Ich habe darauf gewartet, dass du etwas erwachsener wirst und mich endlich bemerkst."

„Wirklich? Du hast echt auf mich gewartet?" Fiona konnte es nicht wirklich glauben.

„Ja, ich habe schon lange gewusst, dass du die Richtige bist. Ich wusste nur nicht, wann ich den Anfang machen sollte. Und ich musste auch selbst noch etwas erwachsen werden."

Fiona sah ihn mit schräg gelegtem Kopf an. John war eine alte Seele. Es war nicht möglich, dass ein normaler Mann seines Alters so gefestigt war und sich selbst so verstand – und was er in dieser Welt wollte. Das Verständnis und die Geduld, die er gezeigt hatte, während er auf Fiona wartete, ließ sie sich noch mehr in ihn verlieben. Sie fragte sich, ob das weiterhin passieren würde – ob sie jeden Tag etwas entdeckte, wodurch sie ihn ein bisschen mehr liebte.

Ihr Herz war zum Bersten voll, als sie in seinem alten Auto den Weg entlangrumpelten, bis sie sich ihrem liebsten Platz in der Welt näherten. Fiona wurde still, strich mit ihren Händen über ihr rotes Kleid und fragte sich, ob das Licht heute aus der Bucht leuchten würde.

Würde John weglaufen, wenn er die wahre Magie in ihr sah?

Wortlos stiegen sie aus dem Auto aus, aber John ging sofort vorn herum und ergriff Fionas Hand. Sie begannen, an der alten Steinmauer entlangzugehen, die am Rand des Feldes vor den Klippen bis zur Bucht verlief.

Fiona schaute auf ihren Platz. Ob er eines Tages ihr gehören würde?

John folgte ihrem Blick.

„Weißt du, ich glaube, du hast recht mit dem kleinen Haus hier", sagte John und lächelte auf sie herunter.

„Es ist ein schöner Platz", stimmte Fiona zu und spürte, wie es ihr in der Kehle stockte bei dem Gedanken, dass ihr Traum wirklich werden könnte.

„Was meinst du, Ms Fiona? Vielleicht kann ich meinen Vater überreden, uns hier ein kleines Haus zu bauen? Eins, aus dem wir jeden Tag diesen Ausblick haben und in dem wir vielleicht eine eigene Familie gründen?"

Fiona konnte die Tränen nicht kontrollieren, die ihr in die Augen stiegen. Es war alles so nah – so glänzend, dass sie fast nicht glaubte, dass es Wirklichkeit werden könnte.

„Mein Traum würde damit wahrhaftig werden", sagte Fiona leise und schnappte nach Luft, als John seine Hände um ihre Taille legte und sie hochhob. Er wirbelte sie im Kreis, bevor er sie eng an sich hielt und ihren Körper an seinem heruntergleiten ließ. Sie sah zu ihm auf, voller Freude über ihn, voller Freude darüber, wie ihre Welt sich so schnell geändert hatte.

„Das ist alles, was ich in diesem Leben will und im nächsten – deine Träume verwirklichen", sagte John leise. Fiona fand, dass das eine merkwürdige Wortwahl war, aber dann verschwanden die Gedanken aus ihrem Kopf, als er seine Lippen über ihre legte in einem Kuss, der sie gleichzeitig erhitzte und beruhigte. Fiona verlor sich bei seiner Berührung, vergaß die Welt um sie herum und glitt an einen Platz, der sich wie zuhause anfühlte.

„Jetzt nimm mich mit in deine berüchtigte Bucht ", sagte John, als sie sich schwer atmend voneinander lösten.

„Es ist mir eine Ehre", sagte Fiona und zog ihn zum Anfang des Pfads. Sie schlüpfte aus ihren Schuhen, da sie wusste, dass die Absätze nutzlos waren auf dem Pfad und ging barfuß den Weg herunter. Sie zog John hinter sich her. Ihre Hand glitt an der Felswand entlang, während sie nach Dingen suchte, die sie auf dem Weg sammeln könnte als Geschenke. Sie fand einen glitzernden Quarzstein, steckte ihn ein und schaute nach ein paar Blumen.

„Sammelst du Sachen für deine Heilmittel?", fragte John von hinten.

Fiona hielt auf halbem Wege an und sah zu ihm zurück. Sie erstarrte für einen Moment, als sein Bild zu verschwimmen und verblassen schien, und plötzlich wurde es durchsichtig. Es war, als ob er da war und dann auf einmal war er eine flüchtige Erscheinung – ein Hauch eines Mannes. Ihr Herz zog sich in ihrer Kehle zusammen, als eine Gewissheit sie so heftig traf, dass sie nach Luft schnappte, als John kam und seine Arme um sie legte.

„Komm her, was ist denn? Wirst du ohnmächtig? Du siehst aus, als hättest du ein Gespenst gesehen", sagte

John, strich mit seinen Händen ihren Arm herunter und drückte einen Kuss auf ihren Kopf.

Fiona starrte blind auf die Bucht. Anfänge von Wut gingen durch sie, als ihr klar wurde, was die Bucht ihr hatte sagen wollen.

Sie würde ihr Glück mit John finden.

Aber wie alles im Leben wäre es flüchtig. Sie würde ihn eines Tages durch den Schleier hindurch verlieren.

Fiona konnte nicht entscheiden, ob es eine Gabe oder ein Fluch war – ihr Glück gedämpft zu bekommen durch das Wissen, dass sie diesen Mann irgendwann verlieren würde. Sie wollte wissen, wann das passieren würde. Ihr Blick verschwamm, während John sie hielt, die Wellen der Bucht harmlos, während sie verzweifelt auf ein Zeichen wartete – irgendetwas – das nie kam.

Und war das nicht eine Lektion an sich?

Vielleicht war es egal, wann sie ihn verlieren würde. Vielleicht war es das Geschenk, das die Bucht ihr gab – jeden Moment zu schätzen, den sie mit ihm hatte, als wäre es ihr letzter. So viele Leute nahmen ihre Leben und die Menschen darin für gegeben. Wenn sie John verlieren musste – oder ihn von der anderen Seite des Schleiers lieben – würde sie das tun und niemals einen Moment seiner Zeit als selbstverständlich hinnehmen.

„Lass uns weitergehen. Ich glaube, ich hatte nur gerade einen Aussetzer. Heute war ein überwältigender Tag gewesen", sagte Fiona leise.

„Es war ein ganz besonderer Tag, oder? Einer für die Bücher, das ist mal sicher", sagte John leichthin und schubste sie ein bisschen, um den Pfad weiter in die Bucht zu gehen. Fiona marschierte vorwärts, als sie den Weg am

Kliff heruntergingen. Der Dreck und Sand des Weges drückten sich in ihre nackten Füße, ihr Geist war taub, während sie verarbeitete, was die Bucht ihr gezeigt hatte.

Alles hatte ein Ende. Es war der Kreislauf des Lebens und je eher sie das akzeptierte, desto besser würde sie als Heilerin und Frau sein.

Fiona schlitterte am Fuß des Pfads zu einem Halt und streckte ihren Arm aus, um John davon abzuhalten weiterzugehen.

„Mann, das ist, als wäre ich gestorben und in den Himmel gekommen", sagte John und Fiona erstarrte bei der Wahl seiner Worte. Sie drehte sich um und sah ihn fragend an.

„Diese Bucht? Sie ist...sie ist atemberaubend. Von oben sieht es schon toll aus, aber wenn du hier unten bist, kannst du den Effekt richtig spüren. Diese steilen Felswände umarmen dich fast – oder? Behüten dich in deiner eigenen privaten Welt. Und dieser Strand – er ist wie aus einem Märchen. Ich kann es auch fühlen – diesen Druck der Kraft. Ich verstehe, warum du hierherkommst. Und warum andere wegbleiben", sagte John. Sein Gesicht leuchtete vor Staunen, während er sich in der Bucht umschaute.

„Es ist magisch", sagte Fiona, trat nach vorn und begann, im Sand mit ihrem Zeh einen Kreis zu zeichnen.

„Was machst du da jetzt?", fragte John, stemmte seine Arme in seine Hüften und sah sie fragend an.

„Ich zeichne einen Kreis. Das ist der Trick, wie ich hier in der Bucht sein darf. Ich habe deine Eltern ein bisschen angelogen. Hier ist Magie. Ich bin auch magisch. Und dieser Kreis und das Ritual, das ich gleich durchführe, sind für deinen Schutz." Fiona schaute suchend in sein Gesicht.

John sah Fiona an und wartete einfach, dass sie weitermachte.

„Also, wenn du damit einverstanden bist, werde ich das Ritual durchführen", sagte Fiona. Sie fühlte sich etwas unbehaglich bei seinem andauernden Schweigen.

„Dann mach. Ich fände es jedenfalls gut, wenn du mich beschützt", sagte John locker und Fiona versteifte sich. Waren seine Worte eine Vorahnung für das, was kommen würde? Sollte sie ihn vor etwas in der Zukunft beschützen? Sie schluckte gegen die sehr wirkliche Angst, die ihre Kehle verstopfte. Fiona nickte und schob ihn in den Kreis.

„Der Zweck dieses kleinen Rituals ist, eine Art Schutz zu bieten, wenn du die Bucht betrittst. Du musst etwas opfern oder ein Geschenk geben, um zu zeigen, dass du keinen Schaden anrichten willst", sagte Fiona.

„Opfern?"

„Na ja, gib etwas von dir her oder etwas, das du schön findest. So oder so, es ist eine Art Gabe. Energie ist geben und nehmen. Deine Absicht sollte rein sein und wenn sie es ist, dann darfst du herein."

John wurde steif und sein attraktives Gesicht wurde rot. Er schob seine Hand durch seine vollen Haare und sah sie verlegen an.

„Meine Gedanken sind nicht gerade rein, wenn es um dich geht", gab er zu.

Jetzt war Fiona dran zu erröten und sie leckte ihre Lippen. Leidenschaft beherrschte plötzlich ihre Gedanken.

„Rein in der Bedeutung, dass du nicht hier bist, um die Magie, die du hier findest, zu schädigen oder mitzuneh-

men. Du wirst diesen Platz nicht entehren oder beschmut-
zen. Du wirst ihn respektieren", sagte Fiona vorsichtig.

„Ach so. In dem Fall sind meine Gedanken rein."

Fiona lachte ihn an. Sie konnte nicht anders. Leidenschaft und Gelächter und Licht erfüllten sie und sie drehte
sich zum Wasser und hielt Johns Hand in ihrer. Sie zog den
Quarz aus ihrer Tasche und hielt ihn hoch, so dass die
Sonne die Facetten des Steins einfing und er in Licht
explodierte.

„Ich biete dieses Geschenk dem Wasser der Bucht, wo
das Blut meines Blutes liegt. Wir kommen hierher, um
Freude zu feiern und Wahrheiten zu teilen. Kein Schaden
wird der Bucht zustoßen und es ist keiner beabsichtigt."

Fiona warf den Quarz ins Wasser und sie beobachteten,
wie er in der Luft glitzerte, bevor er mit einem *platsch!* im
Wasser landete.

„Und jetzt?", flüsterte John aus einem Mundwinkel.

„Jetzt können wir machen, was wir wollen", sagte
Fiona spielerisch und sprang aus dem Kreis. Sie rannte am
Strand entlang, der Sand warm an ihren Füßen. Die Sonne
hing niedrig – ein glühender orangenfarbiger Ball
schwebte über dem nebligen Fleck, wo der Himmel und
der Ozean verschmolzen. Ihre Strahlen durchbrachen die
Öffnung der Bucht und badeten den Strand in ihrem
goldenen Licht. Sie hielten den Moment für immer fest für
Fiona, während sie auf dem Strand lief und lachte. John
rannte hinter ihr her.

Er fing sie und hob sie wieder hoch, um sie vor Freude
herumzuwirbeln. Als seine Lippen sich auf ihre legten,
fühlte Fiona den Druck der Magie gegen ihre Haut und
dann das leise Summen der Verwünschung an ihrem

Körper. Sie zog sich von seinen Lippen weg, blieb eng an ihn gedrückt und drehte einfach ihren Kopf, so dass ihre Wange auf dem Stoff seines Hemds lag. Ihr Gesicht war dem Wasser zugewandt.

„John – schau", sagte Fiona leise und hielt ihre Arme um seine Taille geschlungen. Sie spürte den Moment, als er es sah – sein ganzer Körper wurde steif und instinktiv legte er seine Arme enger um Fiona, um sie zu beschützen. Die Reaktion fand sie bezaubernd. Es war unglaublich beruhigend, wenn dich jemand hielt, der dich liebte und dich beschützen wollte.

„Was passiert? Hat das Ritual nicht funktioniert?", sagte John in ihre Haare.

„Oh, es hat funktioniert", sagte Fiona leise und staunte über die Schönheit dessen, was vor ihnen lag.

Brillantes blaues Licht aus der Tiefe der Bucht schien jede Vertiefung im Sand unter der Oberfläche zu beleuchten – jeden Felsen und jede Koralle. Das blaue Licht schoss hoch in den Himmel, mischte sich mit den goldenen Strahlen der Sonne und kreierte einen wunderschönen Regenbogeneffekt aus Licht, der die Felswände über ihren Köpfen badete.

„Ich versteh das nicht", flüsterte John.

„Man sagt, dass die Bucht so leuchtet, wenn Liebe gegenwärtig ist", sagte Fiona leise und blinzelte die drohenden Tränen weg. Sie hatte in ihrem ganzen Leben noch nie etwas so Schönes gesehen. Wer auch immer behauptete, dass Magie furchterregend war, hatte niemals ein derartig wohlwollendes und liebendes Spektakel erlebt.

Fiona trat zurück und entfernte sich etwas von John, damit er sie zwangsweise ansah. Sie stand mit ihrem

Rücken zur Bucht, so dass das Licht sie umringte und sah
in seine Augen.

„Das bin ich, John. Ich komme aus dieser Blutlinie.
Grace O'Malley ist hier begraben. Ich habe ihr Blut in mir.
Das bedeutet, dass ich magisch bin. Ganz und gar magisch.
Ich kann Menschen mit meinen Händen heilen. Ich kann
die Gefühle der Menschen lesen. Ab und zu habe ich kurze
Einblicke in die Gedanken der Menschen. Ich kann Rituale
durchführen, Heilmittel herstellen und meine Magie
Cremes und Lotionen hinzufügen, um den Menschen zu
helfen, dass sie sich schöner fühlen. Ich weiß nicht, ob es
von Gott kommt oder nicht, aber die Absicht und die
Essenz von mir ist, dass ich immer helfen will – nie
schaden."

Fiona atmete tief ein. Ihr ganzer Körper bebte von der
Anstrengung, die es kostete, um die Mauer herunterzurei-
ßen, die versteckte, was sie war – sich selbst John komplett
zu zeigen. Es war, als ob sie ihm ihr Herz in ihren Händen
anbot und wartete, um zu sehen, ob er es akzeptierte oder
nicht.

John atmete tief ein und sie beobachte ihn, als er über
ihre Worte nachdachte. Fiona musste zugeben, dass sie
einen Mann bewunderte, der Dinge überdachte, bevor er
reagierte. Das konnte sie von sich nicht immer behaupten.

„Ich fühle mich geehrt, dass du diese Seite von dir mit
mir teilst. Meine Worte stehen, Fiona. Ich liebe dich – voll
und ganz. Den magischen Teil, den weiblichen Teil und die
gute Person, die geschworen hat, ihr Leben damit zu
verbringen, anderen zu helfen. Ich bin nicht nur geehrt,
dass du das mit mir teilst – ich wäre geehrt, dich als Part-

nerin zu haben, solange ich mit dir zusammen bin. Zumindest in dieser Welt."

Da waren diese Worte wieder. So lange geliebt werden, wie er mit ihr in dieser Welt war. Was meinte er damit? Sie wollte fragen aber konnte nicht, da er sie in seine Arme nahm und seine Lippen auf ihre drückte.

In Augenblicken verschwanden die Gedanken aus ihrem Kopf, als ein anderes dringendes Bedürfnis sie erfüllte.

Fiona schloss ihre Augen und ließ sich mitreißen.

# KAPITEL DREISSIG

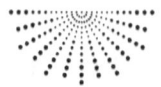

„Ich glaube, in der Bucht ist ein Liebeszauber", sagte Keelin. Ihre Stimme unterbrach Fionas Geschichte.

Margaret lachte laut und wurde dann sofort rot.

„Als ob ich nicht wüsste, was du und Sean da unten vor all den Jahren gemacht habt", sagte Fiona und sah Margaret vielsagend an.

„Du auch? Meine Güte, Mama", sagte Keelin mit hochgezogenen Augenbrauen.

„Ich glaube, wir können uns darauf einigen, dass wir als Frauen in unserem Leben geliebt haben und geliebt wurden. Dabei sollten wir es belassen", sagte Fiona fröhlich.

„Ja, das machen wir", sagte Margaret schnell.

„Lass uns etwas zu trinken organisieren. Ich brauche etwas Wasser, wenn ich die Prinzessin hier demnächst stillen soll. Und wir brauchen mehr Pie. Ich glaube nicht, dass ich den nächsten Teil der Geschichte mag und das bedeutet, dass ich etwas zu essen brauche", sagte Keelin, stand von der Couch auf und reckte sich. Sie ging durch den Raum, nahm den Schürhaken von der Seite des Kamins und stocherte in der Glut, bis Funken flogen und legte dann noch mehr Holzscheite auf. Sie kniete und blies vorsichtig auf die Asche, bis die Flammen hochzüngelten und das Holz umringten.

Ein Schrei durchbrach die Stille.

„Das passt ja. Die Prinzessin ruft", sagte Keelin mit einem Seufzer, aber hatte trotzdem ein Lächeln auf ihrem Gesicht.

„Bring sie herunter, sie wird das Feuer mögen", sagte Fiona und winkte Keelin zu.

„Ich hole das Wasser und den Pie", sagte Margaret und stand auf, um sich zu strecken.

„Ich helfe dir", begann Fiona und Margaret winkte ab.

„Bleib sitzen. Ich glaube auch nicht, dass ich den nächsten Teil der Geschichte mögen werde. Es wird für dich anstrengend werden, es zu erzählen. Ich hole schon alles." Noch während sie sprach, nahm Margaret die Whiskeyflasche und goss etwas in das Glas ihrer Mutter ein. Sie hielt inne, lehnte sich herüber und küsste Fiona auf die Wange.

„Ich liebe dich."

Fiona hielt sich an diesen Worten fest, als Margaret aus dem Zimmer ging und starrte auf eine der Flammen, die höher flackerte als die anderen mit einem wunderschönen Blau in der Mitte.

Sehr ähnlich wie das Wasser der Bucht an dem Tag.

# KAPITEL EINUNDDREISSIG

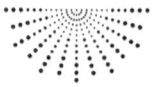

F iona wollte ihn an dem Abend nicht verlassen.

Sie standen vor ihrem Haus und stahlen Küsse im Mondschein, waren vor Liebe und Leidenschaft wie im siebten Himmel. Er hatte ihr am Strand die körperliche Seite der Liebe gezeigt und doch war da so viel mehr dabei als nur seine Berührung. Es war, als ob sein inneres Wesen über und durch sie ging und sich mit ihr vermischte, als wären seine DNA mit ihrer DNA für immer verstrickt.

Fiona wusste, dass sie in diesem Leben nie wieder einen anderen lieben würde. Diese Gewissheit war so klar wie ihr nächster Atemzug.

„Müssen wir warten, bis wir heiraten können?", fragte Fiona und legte ihre Hand auf seine Wange, als sie im Hof ihres Hauses standen.

„Da wir nicht kirchlich heiraten, sehe ich keinen Grund, warum wir warten müssen", sagte John mit einem Lächeln.

„Obwohl wir unseren Müttern wahrscheinlich ein bisschen Zeit für die Planung geben sollten", sagte Fiona verlegen.

„Wir geben ihnen einen Monat. Auf die Weise können sie nicht es übertreiben und es reicht trotzdem, ein hübsches Kleid für dich zu finden, das du nur für mich trägst", sagte John. Seine Augen leuchteten vor Liebe.

„Ein Monat", sagte Fiona, und Aufregung raste durch sie. Sie strich die Frisur glatt, die sie im Auto auf dem Weg nach Hause erfolglos versuchte hatte wiederherzustellen. Sie hatte gehofft, sich an ihrer Mutter vorbeischleichen zu können und sie zu richten, bevor Bridget ihre unordentliche Aufmachung sah.

„Ein Monat. Und dann bist du eine O'Brien. Lass dich nicht von meiner Mutter überrollen in dem Planungsprozess", sagte John gegen ihre Lippen, bevor er sich zurückzog. Ihn davongehen zu sehen war, als würde sie einen Teil ihrer Seele separat sehen und sie war überrascht, wie eng verbunden sie ihm schon war.

Fiona drückte für einen Moment ihre Hände an ihre Brust und genoss das Gefühl von frischer Liebe, von dem sie wusste, dass es mit der Zeit wachsen und sich ändern würde. Aber jetzt – in diesem Moment? Es war so frisch und wunderbar, dass es fast schmerzte. Sie konnte das Lächeln nicht von ihrem Gesicht wischen, als sie leise die Haustür öffnete.

Bridget saß in der hinteren Ecke in ihrem Schaukelstuhl mit einem Knäuel Wolle auf ihrem Schoß. Ihre Stricknadeln klickten. Das weiche Licht des Kamins spielte über ihr Gesicht und versteckte ihre Falten. Für einen Moment sah sie aus wie ein junges Mädchen.

„Mutter. Du bist noch wach. Ist Vater zu Hause?"

„Er ist wie erwartet im Pub. Trinkt einige Glück-
wunschpints." Bridget zuckte mit den Achseln und Fiona
fühlte sich sofort schlecht, weil sie allein im Dunkeln saß.
Sie hoffte, ihre Mutter würde ihr eines Tages ihre eigene
Liebesgeschichte erzählen.

Fiona ging durch den Raum und setzte sich ihrer
Mutter gegenüber auf den Stuhl. Sie strich ihre Haare aus
ihrem Gesicht und legte einen Gesichtsausdruck auf, von
dem sie hoffte, dass er unschuldig aussah.

„Du hast also John zur Bucht mitgenommen", sagte
Bridget mit ihrem Blick auf Fiona.

„Das habe ich. Das Licht hat wieder geleuchtet. Du
hattest recht", sagte Fiona leise.

„Na, dann bin ich froh für dich. Du solltest dich
niemals mit weniger zufriedengeben als mit dem, was dein
Herz begehrt", sagte Bridget fast bitter.

„Wir werden heiraten. In einem Monat. Wir werden
nicht in der Kirche heiraten und würden gerne ein Handfasting machen", sagte Fiona.

„Gut, dafür danke ich dir. Du bist mehr als die
Einschränkungen der Kirche. Deine Liebe sollte mit der
Magie der Natur leuchten – frei und im Licht der Sonne.
Ich glaube, dass es die perfekte Wahl für dich ist", sagte
Bridget. Ihr Gesicht erhellte sich angesichts der Freude
ihrer Tochter.

„Findest du? Ich war etwas besorgt, aber Johns Familie
scheint es gut aufzunehmen", sagte Fiona, lehnte sich im
Stuhl zurück und überkreuzte ihre Beine. Sie konnte nicht
anders als sich im Raum umsehen, der weit entfernt war
vom viel größeren Wohnzimmer der O'Briens.

„Lass nicht zu, dass Celeste alles bestimmt. Es ist

deine Hochzeit", murrte Bridget, als sie eine neue Strick-reihe anfing.

„Das werde ich nicht. Sie war erst nicht sehr angetan davon, dass wir heiraten. Aber am Ende unseres Gesprächs schien sie sich mit dem Gedanken anzufreunden."

„O'Briens sind bekannt für ihre Sturheit. Na ja, ich denke, wir Iren sind das alle, oder? Sie weiß wahrschein-lich, dass John fest entschlossen ist. Entweder kämpft sie dagegen an und verliert ihren Sohn oder sie akzeptiert es und ist Teil deiner Familie."

Fiona zitterte bei ihren Worten. Es schien, dass das Universum sie ständig daran erinnerte, dass sie John in der Zukunft verlieren würde.

„Heute ist etwas merkwürdiges passiert", begann Fiona.

Bridget hielt ihren Blick auf den klickenden Nadeln.

„War das bevor oder nachdem du dich diesem Mann hingegeben hast?"

Fiona hustete. Scham durchlief sie, als Hitze ihre Wangen hochkroch. Sie rutschte verlegen auf ihrem Platz herum und war sich plötzlich der empfindlichen Stellen sehr bewusst, die John an dem Tag berührt hatte.

„Em, das war vorher", murmelte Fiona.

Bridget lachte und deutete ihr an, fortzufahren.

„Liebe ist Liebe. Erzähl weiter."

„Es war so komisch...wir gingen auf dem Pfad herunter und ganz plötzlich schaute ich auf John und konnte durch ihn hindurchsehen. Es war, als ob er im Licht schimmerte und dann durchsichtig wurde. Ich kann nicht anders als fühlen, dass die Bucht mich vor etwas in meiner Zukunft warnen wollte", platzte Fiona heraus. Sie wollte unbedingt die Meinung von jemandem anderem hören zu dem, was sie gesehen hatte.

Die Stricknadeln fielen in Bridgets Schoß.

Fiona sah von ihren zusammengepressten Händen im Schoß hoch und blickte im dämmrigen Licht des Raums in Bridgets sorgenvolle Augen.

„Er wird dir genommen werden", sagte Bridget prägnant.

Eine Höhle schien sich unter Fiona zu öffnen und sie hatte das Gefühl, als würde sie fallen – in die Dunkelheit einer Verzweiflung, die sie noch nicht kannte.

„Wie soll ich ihn lieben – ihn heiraten, wenn ich glaube, dass das wahr ist?", sagte Fiona. Sie sprach jedes Wort langsam und deutlich aus und tat ihr Bestes, sich unter Kontrolle zu halten.

„Weil die Bucht dir ein Geschenk des Wissens gibt. Du wirst lieben können – heftig und mit ganzem Herzen – mehr als andere in ihrem ganzen Leben. Aber nicht für immer. Also ergreifst du die Chance, aus deinem tiefsten Inneren heraus zu lieben, egal für wie lange? Oder drehst du der wahren Liebe den Rücken zu und nimmst eine sicherere Alternative?"

Fiona wusste, dass ihre Mutter über sich selbst sprach.

„Was hast du gemacht?"

„Ich habe ihr meinen Rücken zugedreht. Ich kann mich nicht über mein Leben beschweren – und ich habe dich daraus bekommen. Aber ich habe ohne wahre Liebe gelebt. Dein Leben verblasst zu Grauschattierungen, wenn du so lebst. Mir wäre es lieber, du würdest mit jedem Zentimeter und jeder Faser in dir lieben – für wie lange du hast – als den sicheren Weg zu gehen", sagte Bridget. Ihr Ausdruck war gleichzeitig ernst und traurig.

Bridgets Worte waren wie kleine Messer in Fionas Bauch und schnitten durch ihre Glücksblase.

„Aber wie kann ich wirklich glücklich sein? Wirklich diese Person lieben? Wenn ich weiß, dass er mir genommen werden wird?", flüsterte Fiona.

„Du bewahrst jeden Moment in deinem Herzen auf. Dein Leben wird deswegen reicher sein, da ihr euch nicht gegenseitig als selbstverständlich hinnehmt. Es wird die beste Art von Liebe sein – und vielleicht wird es genug sein, dich für dein ganzes Leben zu nähren. Aber letztendlich werden wir alle irgendwann in unserem Leben Verlust erleben. Wenn du denkst, dass du das Schicksal kontrollieren kannst, dann machst du dir selbst etwas vor."

„Also das ist es? Ich gehe hinein mit dem Wissen, dass ich ihn verlieren werde?"

Bridget sah sie mit ernsten Augen an.

„Liebst du ihn?"

„Ja, das tue ich."

„Dann gib ihm das beste von dir, so lange wie ihr zusammen seid. Das ist alles, was du tun kannst", sagte Bridget achselzuckend.

„Ich schwöre, es ist, als ob er es wüsste. Die Art, wie er Dinge von sich gibt...er redet immer wieder darüber, dass wir uns in diesem und dem nächsten Leben lieben", sagte Fiona und umklammerte ihre Hände in ihrem Schoß.

„Vielleicht weiß er es. Wenn er eine alte Seele ist – vielleicht versteht er, dass seine Zeit hier begrenzt ist. Eines Tages wird er durch den Schleier in die andere Welt treten. Das werden wir alle."

Fiona stand auf. Sie war an die Grenze ihrer Emotionen gekommen heute – von Angst zu Liebe und zurück zu Angst. Es war fast zu viel für sie.

„Ich bin erschöpft. Dieser Tag war so ereignisreich, dass ich nicht sicher bin, was ich tun soll oder wo ich alle diese Gedanken und Gefühle hintun soll", gab Fiona zu.

Bridget stand auf und legte ihre Nadeln zur Seite. Sie küsste die Wange ihrer Tochter.

„Manchmal sind die besten Tage so. Schlaf gut und denk daran, dass du eine Liebe empfindest, die die meisten Menschen nie erleben werden. Wir gehen morgen und finden ein hübsches Kleid für dich. Nimm es Tag für Tag, mein Liebling."

Fiona versuchte, sich glücklich zu fühlen bei dem Gedanken, dass sie morgen ein Kleid kaufen würden.

Aber alles, woran sie denken konnte, waren die Worte ihrer Mutter.

Nimm es Tag für Tag.

# KAPITEL ZWEIUNDDREISSIG

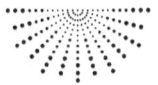

Die Wochen, die Johns Heiratsantrag folgten, vergingen wie im Flug.

Fiona hatte noch nicht mal Zeit, in ihre geliebten Hügel zu gehen. Zwischen den Hochzeitsvorbereitungen und ihrer plötzlichen Bekanntheit als Heilerin gehörte ihre Zeit nicht mehr ihr.

John war auch sehr beschäftigt; er plante eine Überraschung für sie, über die er nicht reden wollte. Er achtete darauf, an andere Dinge zu denken, wenn sie in der Nähe war, so dass Fiona noch nicht mal seine Gedanken lesen konnte.

Sie schob ihre Sorge um John beiseite und konzentrierte sich stattdessen darauf, ihren großen Tag zu planen. Es hatte eigentlich gar nicht als große Feier angefangen, aber als bekannt wurde, dass es ein Handfasting geben würde, schien das ganze Dorf kommen zu wollen.

Es gab keinen Tag, an dem Fiona im Dorf nicht von Leuten gefragt wurde, ob sie zur Hochzeit eingeladen waren. Am Ende warf Fiona ihre Hände in die Luft und überließ

Celeste und ihrer Mutter die Einladungen – die sich inzwischen gut zu verstehen schienen, nachdem sie ein gemeinsames Ziel hatten, nämlich eine Party auf die Beine zu stellen.

Fiona seufzte, als sie in der Praxis von Dr Collins ankam. Sie hatten an einigen der schwierigen Krankheitsfälle, die Grace's Cove heimsuchten, zusammengearbeitet und Fiona stellte fest, dass sie die Arbeit wirklich genoss. Obwohl es immer noch Leute gab, die auf die andere Straßenseite gingen und sich bekreuzigten, wenn sie vorbeilief, nahmen viele andere gern ihre Hilfe an.

Da waren sogar ein oder zwei Nächte, in denen Bridget sie aufgeweckt hatte, weil eine verängstigte Mutter oder ein besorgter Ehemann an der Tür klopften, und sie hatte sich angezogen und war in die Nacht hinausgegangen, um zu helfen, soweit sie konnte. Sie würde lügen, wenn sie sagte, dass sich das nicht gut anfühlte –in der Lage sein, zu helfen und gebraucht zu werden.

Aber Fiona machte sich jetzt schon Sorgen darüber, dass sie einen Gottkomplex bekommen würde, wenn sie sich nicht selbst unter Kontrolle hielt. Sie musste mit ihrer Mutter darüber reden, weil sie merkte, wie einfach es wäre, ein Ego zu bekommen oder zu denken, dass sie allmächtig war.

Und Fiona wusste im tiefen Innersten, dass, egal welche Kraft sie hatte, um zu helfen, Schicksal und Bestimmung die wahren Herrscher waren. Sie war nichts als eine Verbindung – ein Werkzeug, wenn überhaupt.

Seufzend schüttelte Fiona ihren Kopf, als sie die Straße hochging, einige Menschen anlächelte und diejenigen ignorierte, die ihr eilig aus dem Weg gingen. Sie merkte sich die, die sich weigerten, mit zu ihr zu sprechen, um sicherzustellen, dass Celeste und Bridget diese Familien nicht zu ihrer Hochzeit einluden. Das letzte, was sie brauchte, waren Menschen, die sie verurteilten oder ihr bei ihrer eigenen Hochzeit Böses wünschten.

Fiona schüttelte ihren Kopf. Hier hatte sie düstere Gedanken, und morgen sollte sie ihre große Liebe heiraten. Sie konnte es nicht erwarten, ihn zu heiraten und zu sehen, was für eine Überraschung er für sie hatte. Sie hatte selbst eine kleine Überraschung, die sie ihm geben wollte, dachte Fiona mit einem kleinen Lächeln, als sie in das Geschäft des Goldschmiedes ging.

„Hallo David, wie geht es heute?", rief Fiona, als sie in den kleinen Laden trat. Mit einem Glasfenster und einer einzigen Theke, die den Laden von der Werkstatt trennte, war es kein großes Geschäft. Aber Fiona wusste, dass David ein Meister seines Handwerks war, daher hatte sie ihn beauftragt, einen schmalen Ehering für John anzufertigen.

Sie fragte sich, wie er sich dabei fühlen würde, einen Ring zu tragen. Nicht alle Männer im Dorf taten es. Aber sie schwor sich selbst, dass sie nicht eingeschnappt sein würde, wenn er beschloss, keinen zu tragen.

„Ich freue mich auf einen schönen Tag morgen. Ich schließe das Geschäft dafür", sagte David strahlend, kam nach vorn und wischte seine Hände an einem kleinen Tuch ab, das in seinem Hosenbund steckte. Ein stoppeliger rotbrauner Bart verbarg viel von seinem freundlichen Gesicht und er sah sie wohlwollend an.

„Ich bin sicher, dass es ein toller Tag wird. Ich freue

mich jedenfalls darauf, dass die Planung vorbei sein wird", sagte Fiona mit einem Lächeln.

„Ich habe den Ring hier. Es hat Spaß gemacht, das Kriegerschild auf einem Ring zu kreieren", gab David zu und entfaltete ein kleines Samttuch, um den Ring freizulegen.

„Oh David. Er ist perfekt", sagte Fiona, nahm den Ring und untersuchte die Handwerkskunst. „Die O'Briens stammen von großen Kriegern ab. Er ist atemberaubend."

„Es war mir eine Freude, so etwas für dich zu machen", sagte David und grinste sie an.

„Er ist perfekt. Wirklich. Vielen Dank", sagte Fiona begeistert, dann sah sie auf die kleine Uhr an ihrem Handgelenk. „Ich muss los. Wir sehen uns morgen!"

„Alles Gute", rief David hinter Fiona her, als sie herausging und an den Leuten auf der Straße vorbeieilte auf ihrem Weg zur Schneiderin. Sie hatte die letzte Anprobe für das Kleid, das sie und Bridget in einem kleinen Laden in einem Nachbarort gefunden hatten.

„Caren, ich bin hier", rief Fiona und ging in den Laden, wo Bridget und Caren schon auf sie warteten.

„Du bist spät dran", sagte Bridget mit erhobener Augenbraue.

„Es tut mir leid. Ich habe Dr Collins mit einem Heilmittel geholfen und dann musste ich Johns Ring holen und – oh. Ist das mein Kleid?", fragte Fiona und stand gebannt vor dem Kleid auf dem Ständer.

„Das ist es. Es ist schön geworden, oder? Ein sehr ungewöhnliches Kleid", sagte Caren und überkreuzte ihre Arme, als sie es anschaute.

„Fiona ist keine gewöhnliche Frau", sagte Bridget.

„Nein, das ist sie nicht. Das wird an ihr leuchten", stimmte Caren zu.

Es war ein Kleid aus Spitze und Chiffon mit kurzen Spitzenärmeln, einem tiefen Ausschnitt und unter der Brust fiel es einfach in losen Wellen aus Chiffon herunter. Es war luftig, ätherisch und unglaublich schön. Perlen unter der Brust und an den Schultern gaben einen Hauch von Glitzer.

Und es war rosa.

Ein wunderschön gefärbtes Rosa, das gerade auffallend genug war, ohne skandalös zu sein. Der Farbton würde Fiona perfekt stehen und sie konnte sich jetzt schon die überraschten Gesichtsausdrücke ihrer Gäste vorstellen, wenn sie in diesem Kleid herumging.

„Es ist perfekt", sagte Fiona.

„Na, dann raus aus deinen Klamotten. Die Veranstaltung der Saison, die in aller Munde ist, kann keine Braut haben, deren Kleid nicht perfekt passt. Wenigstens nicht, wenn ich etwas dazu zu sagen habe", murmelte Caren mit Nadeln in ihrem Mund und Fiona lächelte sie an.

„Es wird wirklich die Veranstaltung der Saison werden, oder?"

# KAPITEL DREIUNDDREISSIG

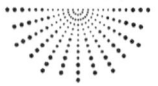

„Du siehst wunderschön aus", sagte Bridget.

Sie standen in einem der Schlafzimmer in der Farm der O'Briens. Nach sorgfältigen Verhandlungen hatten sie sich alle geeinigt, die Zeremonie auf dem kleinen Hügel oberhalb der Farm abzuhalten, wo der Ausblick auf den Ozean ungehindert war. Fast so gut wie an der Bucht zu heiraten, aber Fiona hatte nicht darauf gedrängt. Sie versuchte, das Mantra zu befolgen, das sie sich selbst auferlegt hatte, als sie Celeste das erste Mal kennengelernt hatte: Wähle deine Schlachten.

Es war ihr eigentlich ziemlich egal. Alles, was zählte, war, dass sie ein hübsches Kleid tragen und den Mann, den sie liebte, heiraten konnte.

Heute Abend würde sie Fiona O'Brien sein. Sie fröstelte bei dem Gedanken an ihre neuen ehelichen Pflichten. Egal, wie lange sie John für sich hatte, sie war entschlossen, die beste Ehefrau zu sein, die sie sein konnte.

Sie hatte das Gespräch mit Bridget im weichen Licht des Feuers an jenem Abend nicht vergessen. Aber sie hatte es verdrängt und sich geweigert, dem Gedanken, dass sie John verlieren würde, zu viel Bedeutung beizumessen. Es wäre einfach, betrübt und besorgt zu sein über etwas, das noch nicht passiert war. Stattdessen beschloss sie, den Moment zu feiern.

Fiona drehte sich zum Spiegel und schaute sich selbst an.

Das blassrosa Kleid passte ihr wie angegossen – es zeigte ihre Figur und floss trotzdem in weichen Wellen um sie herum. Ihre Mutter hatte ihre Haare oben am Kopf geflochten und blassrosa Rosen mit eingebunden. Ihre Haare fielen dann in losen Locken über ihre Schulter und ihren Rücken herunter. Kleine Perlenohrringe hingen an ihren Ohren und eine Perlenkette – die ihre Mutter ihr gegeben hatte – waren der einzige Schmuck, den sie trug.

Ihre Mutter hatte ihr Lidschatten aufgelegt und ihre Wimpern getuscht, so dass ihre Augen tiefer, größer und irgendwie weiser aussahen. Es war kein Rouge nötig, da ihre Wangen einen gesunden roten Hauch hatten. Ein bisschen Lippenstift und Fiona war eine schöne engelhafte Braut.

„Ich fühle mich wie eine Göttin oder so", flüsterte Fiona.

„Du siehst auch aus wie eine. Warte nur, bis die Dorfbewohner dich sehen. Du wirst das Gesprächsthema in der Stadt sein. Niemand wird ein überladenes Hochzeitskleid haben wollen, wenn sie erstmal deins gesehen haben."

„Bist du bereit, Fiona?", rief Celeste die Treppe hoch.

„Ja, das bin ich."

„Na, dann lass uns gehen, mein Liebling", sagte Bridget und ihre Augen leuchteten vor Freude. Sie sah gut

aus in einem hübschen lilafarbigen Kleid mit Perlmuttknöpfen. Ihre Haare waren eng an ihren Kopf geknotet und
an ihrer Kehle lagen auch Perlen.

Zusammen gingen sie die enge Treppe hinunter,
Bridget hinter Fiona trug die kurze Schleppe des Kleids,
damit sie nicht auf dem Boden schleifte. Sie traten ins
Vorzimmer, wo Celeste, Henry und Fionas Vater warteten.

„Oh. Oh Mann. Das habe ich nicht erwartet", sagte
Celeste. Ihr Blick ging von Fionas Füßen bis hoch zu ihren
Haaren.

„Mein Baby. So wunderschön." Fionas Vater trat vor
und küsste sie auf die Wange. Der Geruch von Whiskey in
seinem Atem wehte über sie und sie knirschte mit ihren
Zähnen.

„Danke", sagte Fiona bescheiden und sah an ihm
vorbei zu den O'Briens, wo Henry wartete, um zu sehen,
wie Celeste reagierte.

Celeste schürzte ihre Lippen, als sie Fionas Kleider-
wahl begutachtete. Die Stille dehnte sich zwischen ihnen,
als sie warteten und Fiona bewegte sich verlegen.

„Du bist atemberaubend und wirst einen neuen Trend
für alle Bräute in der Stadt festlegen", sagte Celeste
endlich, als ob sie ein Urteil über das Land verkünden
würde und Fiona atmete erleichtert aus.

„Das gleiche habe ich auch gesagt, Celeste", sagte
Bridget.

„Mein Sohn kann sich glücklich schätzen", sagte
Henry.

Sie verließen das Wohnzimmer und gingen aus der
Vordertür, damit Fiona in die Hochzeitskutsche einsteigen
konnte, die Henry kreiert hatte. Zwei Pferde, mit Rosen

drapiert, standen vor einem Wagen, der ebenfalls mit rosa Rosen und Knautschsamt dekoriert war. Fiona wurde in die Kutsche geholfen und der Rest der Familie stieg ein. Henry saß auf dem Vordersitz, um die Pferde zu führen.

Fiona umklammerte Bridgets Hand, als die Pferde losgingen. Die Kutsche schaukelte sanft, als sie den Hügel hinter der Farm hochfuhren zu einer Stelle, wo reihenweise Heu aufgestapelt war, auf dem Decken lagen, um eine Art Gang zu errichten. Fionas Herz zog sich zusammen, als John ins Blickfeld kam. Er stand in seinem besten Sonntagsanzug vorn und strahlte sie an.

Die Dorfbewohner begannen, untereinander zu tuscheln und Fiona wusste, dass sie die Farbe ihres Kleids kommentierten. Wartet nur, bis ihr alles seht, dachte sie mit einem Lächeln.

Ein paar der beliebtesten Musikanten der Stadt begannen ein fröhliches Lied zu spielen, so wie Fiona sie instruiert hatte, da sie nichts Traditionelles wollte. Henry brachte die Kutsche am Ende des Gangs zum Halt, stieg aus und hielt seine Hand erst für Celeste und dann für Bridget aus. Er drehte sich und lächelte die Menge an. Dann begleitete er die beiden Frauen zu ihren Sitzen und Fiona wartete auf ihren Vater, damit er ihr aus der Kutsche half.

Die Menge schnappte nach Luft, als er aus der Kutsche stolperte, ausrutschte und fast seinen Kopf an der Stufe aufschlug. Fiona schloss kurz ihre Augen und öffnete sie dann wieder, während sie ein Lächeln auf ihr Gesicht legte.

„Entschuldige, Liebes. Jetzt habe ich dich."

Fiona sah herunter auf ihren Vater und sah die Scham

und das Bedauern in seinen Augen. Die Wut auf ihn
verließ sie. Es war nur wichtig, dass er ein guter Mann war
– mit einem großen Herzen. Und er war hier, um sie den
Gang hinunterzuführen.

Mit hochgehobenem Kopf stieg sie aus der Kutsche
aus und legte ihren Arm durch den ihres Vaters. Sie hielten
am Ende des Gangs an und alle Gäste sahen schockiert aus
über ihr Kleid. Sie glaubte nicht, dass einer von ihnen
vorher schon mal ein rosa Hochzeitskleid gesehen hatte.

Aber Fiona sah nicht auf die Menge. Nicht, nachdem
ihr Blick auf John gelandet war. Er sah gut aus wie immer,
seine Haare waren zurückgestrichen und sein Anzug frisch
gebügelt. Ein breites Lächeln lag auf seinem Gesicht, als
er sie ansah und er nickte einmal, als wollte er sagen: *Das
ist mein Mädchen.*

„Bist du bereit, mich den Gang hinunterzuführen?",
fragte Fiona lächelnd ihren Vater. Sie fühlte sich erfüllt
von Glück an diesem perfekten Tag.

Die Band begann ein fröhliches Lied, das Sehnsucht
und Glück vermischte, und Fiona trat nach vorn, bereit, ihr
neues Leben anzunehmen.

Es fühlte sich an, als würde es gleichzeitig ewig und
doch überhaupt nicht lange dauern, den Gang herunterzu-
gehen. Augenblicke später waren ihre und Johns Hände
mit einem Band umwickelt, während sie Schwüre mit
traditionellen keltischen Segnungen und Versprechen
aufsagten. Fiona fühlte, wie Liebe durch John hindurch in
sie hineinfloss, und sie konnte die magische Verbindung
fühlen, die sie fürs Leben zusammenschweißte – ähnlich
wie die Bänder, die um ihre Handgelenke hingen.

Sie hatte nicht gewusst – nicht wirklich – wie es sein

würde, einem Mann so verbunden zu sein. Aber dies war ganz anders und viel größer als ihre Erwartungen. Als sie die uralten keltischen Worte von Liebe und Bindung sprach, fühlte sie Magie durch sie pulsieren und sie mit John verbinden.

Ihre Augen trafen sich und sie wusste, dass John es auch spürte.

Einmal verbunden, konnte es nie gebrochen werden.

Fiona lächelte John sanft an, als der Zeremonienmeister die Elemente anrief und den traditionellen keltischen Handfasting-Gelübden folgte. Als die Segnungen auf sie einregneten, gab sie sich selbst ein Versprechen.

Dass, für wie lange auch immer sie das Geschenk dieses Mannes hatte, sie ihn so lieben würde, wie wenige das jemals erlebten. Komplett und ganz, ohne Zögern oder Einschränkung.

In diesem Leben und dem danach war sie mit ihm verbunden.

# KAPITEL VIERUNDDREISSIG

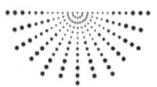

Die Feier dauerte bis spät in den Tag. Die Musikanten wechselten sich ab und die Dorfbewohner gesellten sich dazu. Essen und Wein gab es reichlich und Fiona lachte mehr als je zuvor in ihrem Leben. Es war ein Tag der Magie und des Segens und es gab nur wenige Momente, in denen Johns Hand nicht in ihrer lag oder seine Lippen weit von ihren entfernt waren. Sie tanzten, tranken und jubelten und segneten die, die ihre Freude teilten.

Als die Sonne am Horizont versank, zog John sie zur Seite.

„Es ist Zeit für meine Überraschung für dich", flüsterte John in ihr Ohr. Seine Worte ließen sie beben. Sie lächelte ihn an und vibrierte förmlich vor Liebe für ihn.

„Sollen wir uns verabschieden?", flüsterte Fiona und sah über seine Schulter zur Party, die hinter ihnen tobte.

„Überhaupt nicht. Du weißt doch, ein ordentlicher irischer Abschied ist, unbemerkt von der Feier wegzuschleichen", sagte John und zog sie den Hügel herunter um die Seite des Hauses. Fiona prustete vor Lachen, als sie die Bänder und Fähnchen sah, die an seinem Auto flatterten.

„Deine Kutsche wartet, meine Dame", sagte John und schwang seinen Arm weit, als er die Tür öffnete und ihr einsteigen half.

„Habe ich dir schon gesagt, wie wunderschön du heute Abend aussiehst? Meine schöne Braut in einem rosa Kleid, über das die ganze Stadt redet."

Fiona zwinkerte ihm zu.

„Ich glaube, wir sollten uns daran gewöhnen, dass die Stadt über uns tratscht", neckte Fiona.

„Ja, das Leben wird nie langweilig werden, wenn ich mit jemand Magischem verheiratet bin", erwiderte John scherzend, als er den Wagen die Straße entlangfuhr, die die Kliffe der Bucht umringte.

„Fahren wir zur Bucht, um zu sehen, ob das Licht wieder leuchtet?", sagte Fiona und grinste ihn an. „Ich bin ziemlich sicher, dass es das tun wird. Es ist offensichtlich, dass wir füreinander bestimmt sind."

John lachte, aber sagte nichts. Sie lächelte, als sie die Abzweigung zur Bucht erreichten und dachte, dass es ein schöner Fleck wäre, um an einem Tag, an dem Träume wahr wurden, zu beobachten, wie die Sonne hinterm Horizont verschwand. Stattdessen bog er nach rechts ab und folgte der Straße den Hügel hoch.

„Wo fährst du...", sagte Fiona und dann verließen sie die Worte.

Ihr Haus.

Das Haus, von dem sie geträumt hatte. Wo vor einem Monat die Felder über der Bucht noch leer gewesen waren – stand jetzt ein schönes Steinhäuschen. Mit hübschen

Fensterboxen voll großer fröhlicher roter Blumen, einer leuchtend roten Tür und blitzendem neuen Glas in den Fenstern. Fiona schluckte einen Schluchzer herunter, als der Wagen vor dem Haus anhielt.

„Wie? Wie ist das passiert?", flüsterte Fiona.

„Magie?", fragte John mit erhobener Augenbraue, bevor er aus dem Wagen sprang und um ihn herumrannte, um die Tür für sie zu öffnen. Tränen flossen aus Fionas Augen – sie ruinierten ganz sicher ihr Makeup – aber es war ihr egal.

Ihr Haus. Direkt aus ihren Träumen gepflückt und wahr gemacht. Es war perfekt. John war perfekt.

„Ich liebe dich", sagte Fiona und fiel in seine Arme, als er sie aus dem Fahrzeug zog.

„Ich hoffe, du magst es. Hier war ich die ganze Zeit. Das Land ist ein Geschenk meiner Eltern. Das Haus ist ein Geschenk von mir und deinen Eltern. Wir haben alle ununterbrochen gearbeitet, um es rechtzeitig für die Hochzeit fertigzustellen. Ich bin nicht mal sicher, ob die Farbe an den Blumenkästen schon trocken ist", plapperte John. Sein Gesicht war vor Aufregung errötet.

„Ich wollte schon mit dir darüber sprechen, wo wir leben würden. Ich hatte ziemliche Angst, dass wir bei deinen Eltern einziehen würden." Fiona schlug sich eine Hand über ihren Mund und riss ihre Augen weit auf. „Entschuldigung. Das war sehr unhöflich von mir. Besonders, nachdem sie uns dieses Land gegeben haben."

„Glaub mir, ich verstehe es. Ich hatte nicht vor, weiterhin bei meinen Eltern zu leben und meine neue Frau auch nicht", lachte John und dann hielt er inne, als sie der Tür näherkamen. Er ergriff ihre Schultern und drehte sie so, dass sie über die grünen Hügel sehen konnten, die vor ihnen ins Meer abfielen. Die Sonne schoss ihre warmen Strahlen über das Wasser, kleine gelbe und rote Funken schnitten in das Blau. Es war atemberaubend und genau so, wie Fiona es sich vorgestellt hatte.

„Ich kann nicht glauben, dass ich jeden Morgen mit dieser Aussicht aufwachen werde", sagte Fiona.

„Und du bist nah an all deinen Kräutern und dem Moos aus der Bucht. Stell dir vor – du kannst direkt von hier losgehen", sagte John.

„Ich kann nicht glauben, dass es wirklich unseres ist", flüsterte Fiona so glücklich, dass sie dachte, ihr Herz würde brechen.

„Lass mich dir das Innere zeigen", sagte John und zog sie zur Tür.

Fiona lachte.

„Ich war so begeistert über das Äußere, ich habe gar nicht an das Innere gedacht!"

John schwang die hübsche rote Tür auf und hielt inne. Er zog Fiona in seine Arme und hob sie vom Boden hoch, dann trat er durch die Tür und trug sie in ihr neues Zuhause.

„Ich liebe es", sagte Fiona sofort und John lachte, seine Lippen warm gegen ihren Hals.

„Du hast es ja kaum gesehen."

„Aber es ist perfekt", sagte Fiona und drehte sich, um den Raum anzusehen. Die Tür ging direkt in einen großen Raum. Zu ihrer Linken war eine lange Arbeitsfläche mit Spülbecken und Herd. Ein großes Fenster erstreckte sich über die Länge der Wand und bot einen freien Blick auf das Wasser. Die Wand auf der anderen Seite war vom

Boden bis zur Decke voller Regale und wurde nur durch zwei Türen unterbrochen. Ein schöner geölter Holzbauerntisch mit langen Bänken auf beiden Seiten stand in der Mitte des Raums. Zur Rechten war eine nette kleine Nische mit einem Tisch und zwei Stühlen neben einem kleinen Kamin. Einer der Stühle war ein schön geschnitzter Holzschaukelstuhl mit einer Schleife.

„Was ist das für ein Stuhl? Wer hat ihn gemacht?", fragte Fiona, als John sie wieder auf ihre Füße stellte. Sie ging hinüber und strich mit ihren Händen über das glatte Holz. „Ist das Teak? Er ist wunderschön."

Das war er. Glattes Teakholz, poliert, bis es leuchtete, mit breiten Armlehnen. Fiona schob die Schleife beiseite, setzte sich in den Stuhl und lächelte John an.

„Es fühlt sich an, als würde er mich umarmen", sagte Fiona, erstaunt, dass etwas aus so hartem Material sich so weich und anschmiegsam anfühlen konnte.

„Ich habe ihn gemacht. Für dich. Ich wollte, dass du weißt, dass ich dich immer mit meiner Liebe umarme", sagte John schüchtern und Fionas Kinnlade fiel nach unten.

„Aber John, ich wusste gar nicht, dass du so etwas machen kannst", sagte Fiona mit ihrem Herz in ihren Augen.

„Überraschung", sagte John leise.

„Und das zusätzlich zum Bau des Hauses? Oh John, das ist zu viel", sagte Fiona und stand auf, um ihm näher zu sein. Sie wollte ihn anfassen – alles von ihm – und ihn eng an sich halten und nie loslassen. Dieser Mann war, als ob jeder ihrer Träume wahr geworden war und sie schnappte nach Luft nur bei dem Gedanken, dass sie ihn nicht in ihrem Leben haben würde.

„Nimm mich mit in unser Schlafzimmer", flüsterte Fiona in sein Ohr und John hob sie wieder hoch und ging durch die rechte Tür.

Ein großes Bett mit einem schmiedeeisernen Kopfteil stand in der Mitte des Zimmers mit einer einfachen weißen Decke darüber. In einer Wand des Raums war ein großes Fenster mit feinen weißen Spitzenvorhängen, die zurückgezogen und mit grünen Schleifen zusammengebunden waren. Fiona konnte in der Ecke des Schlafzimmers ein kleines Badezimmer sehen. Dicke Holzbalken kreuzten sich über ihrem Kopf und machten den Raum noch schöner.

„Ich kann nicht glauben, dass es unseres ist. Es ist perfekt." Fiona strahlte John an, als er sie aufs Bett legte.

„Ich will, dass alles für dich perfekt ist. Meine gutherzige schöne Braut. Ich würde dir die Welt geben, wenn ich könnte", sagte John. Er rahmte sie mit seinen Armen auf der Matratze ein und seine Augen leuchteten vor Liebe.

„Danke für den Stuhl, für unser Zuhause, und dafür, dass du so bist wie du bist. Du hast dies den perfekten Tag gemacht – ich kann es nicht abwarten, unser gemeinsames Leben zu beginnen", sagte Fiona und strich mit ihrer Hand über seine Wange.

„Was ist mit einer Familie? Meinst du, dass du gern Mutter wärst, Fiona?"

Mit ihrem Herz in der Kehle nickte Fiona.

Sie würde alles tun, um ein Stück von John bei sich zu behalten. Für immer.

# KAPITEL FÜNFUNDDREISSIG

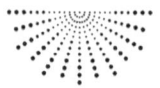

F iona stand pfeifend an der Küchenspüle und träumte vor sich hin, während sie eine Schüssel abwusch. Es war ein grauer Tag, typisch für Winter in Irland, aber ihre Stimmung war genau das Gegenteil.

Es war fast Frühling und Fiona konnte es in der Luft spüren. Die kleinen Veränderungen, ein paar sprießende Blätter und die Geburt von neuem Leben.

John legte seine Arme von hinten um sie und Fiona lehnte sich an ihn und genoss seine Wärme und solide Präsenz.

Es waren fast neun Monate seit ihrem Hochzeitstag vergangen, und getreu seinem Wort, hatten sie in ihrer Hochzeitsnacht eine Familie gegründet. Fiona hatte es gewusst, genau wie sie wusste, dass sie eine Tochter bekommen würde. Sie träumte von ihr – ein kleines Mädchen mit rotblonden Haaren und sherryfarbigen Augen, aber sie wusste noch nicht, welche magische Gabe ihrem Blut beigegeben würde.

Beide Seiten der zukünftigen Großeltern waren überglücklich über die bevorstehende Ankunft und sie hatten das zweite Schlafzimmer im Haus mit allen möglichen Geschenken für Babies und Kleinkinder gefüllt.

Ihr Leben mit John war perfekt. Er arbeitete weiterhin mit seinem Vater zusammen, aber auf Fionas Ermunterung hin hatte er angefangen, Holzmöbel zu schnitzen und zu verkaufen. Fiona saß jeden Abend in dem Schaukelstuhl, den er für sie gemacht hatte, schaukelte das Baby in ihrem Bauch und hörte am Feuer Johns Geschichten zu.

Fionas Praxis war auch gewachsen und sie wurde nicht nur endlich für Heilungen bezahlt, ihre Hautpflegemittel und Tonika waren auch sehr beliebt. Sie hatten schon einen netten Betrag auf die Seite gelegt für Notfälle und Fiona fand, dass sie nicht viel mehr brauchten. Sie liebte ihr Haus – war begeistert von ihrem Haus. Es war nicht zu groß, einfach sauber zu halten und war der perfekte kleine Platz für sie, ein Nest zu bauen. Sie ging jeden Tag in die Hügel – egal, wie das Wetter war – und hatte ihre Spaziergänge beibehalten, selbst, nachdem John sie gebeten hatte, damit aufzuhören, als sie sich dem Ende ihrer Schwangerschaft näherte. Als er merkte, dass sie sich von ihren Wanderungen nicht abhalten ließ, hatte John aufgegeben und war mit ihr mitgegangen.

Fiona fühlte sich gut – stark und gesund – und sie wollte ihre Küche fertig aufräumen, bevor die Wehen einsetzten.

Sie hatte in der vorigen Nacht davon geträumt. Morgens hatte sie Essen vorbereitet und jetzt, da ihre Küche ordentlich war, war sie bereit. Sie schloss ihre

Augen und lehnte sich gegen John. Sie gab ihrem Körper Erlaubnis loszulassen.

Als die ersten Wehe zuckte, drehte sie sich um und lächelte John an.

„Es ist Zeit."

„Was? Jetzt? Es ist Zeit?" John begann sofort, im Raum herumzutänzeln, nicht sicher, was er tun sollte.

„Ruf Dr Collins. Ich werde das Baby hier zur Welt bringen", sagte Fiona sanft und sah zu, wie John in Kreisen durch den Raum rannte.

„Hier? Aber, aber..."

„Es bleibt nicht mehr viel Zeit. Das Bett habe ich schon abgedeckt. Ruf bitte auch meine Mutter. Ich setze etwas Wasser auf."

Fiona lachte vor sich hin, während John hysterisch herumlief und sogar später – durch den Schmerz – hörte sie nicht auf zu lächeln und mit John zu lachen, der immer an ihrer Seite war. Sie war entschlossen, durch die Geburt ihrer Tochter hindurchzulachen – und damit ihrer Tochter und ihrem Mann das Geschenk einer lachenden Mutter und Ehefrau zu geben.

Und so lächelte sie während der ganzen Geburt, sogar wenn sie vor Schmerz schrie, lächelte sie trotzdem und lachte erleichtert auf, als ihre Tochter von ihrem Körper in die wartenden Arme von Dr Collins geschoben wurde.

„Es ist ein Mädchen", sagte Dr Collins.

„Hast du das gehört, Fiona? Wir haben ein hübsches kleines Mädchen", sagte John und umklammerte Fionas Hand, als er sie küsste.

„Ja, das tun wir. Baby Margaret."

„Willkommen in der Welt, Margaret O'Brien", flüsterte John und sah auf das zerknitterte Gesicht des rosa Babys, während sie ihren Mund öffnete, um ihren ersten Schrei herauszulassen.

# KAPITEL SECHSUNDDREISSIG

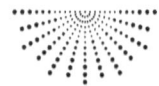

Das Schreien hörte nicht auf.

Fiona lächelte ihr jetzt dreijähriges, wissbegieriges Kind an, als sie durch die Hügel wanderten. Lir war inzwischen ein ausgewachsenes Schaf und folgte ihnen. Obwohl John versucht hatte, Lir auf der Farm zu lassen, hatte er darauf bestanden, ihnen zu folgen. Jetzt hatten sie eine kleine gelbe wuschelige Katze und ein Schaf.

Margaret quietschte und brabbelte dem Schaf zu, bevor sie nach ihrer Mutter schrie.

Sie hatte das erste Jahr ihres Lebens fast nur geschrien, bis Fiona klar wurde, dass ihre junge Tochter ein Empath war. Wenn sie Emotionen auffing, die sie nicht verstehen konnte, kommunizierte sie auf die einzige Art, die sie kannte – durch Schreien.

John hatte alles gelassen hingenommen und war geduldig aufgestanden, um mit Margaret in seinen Armen herumzugehen. Seine Liebe beruhigte seine aufgewühlte Tochter immer sofort. Jetzt, nachdem Fiona ihre Tochter besser verstand, konnte sie sie vor vielen der Emotionen, die auf sie einwirkten und die ihr so viel Stress verursachten, beschützen.

Obwohl sie ein ziemlich turbulentes erstes Jahr mit Margaret gehabt hatten, war Fiona glücklich. John war weiterhin der geduldige und liebevolle Mann, den sie geheiratet hatte, und sie liebte ihn weiter von ganzem Herzen. Es verging kein Tag, an dem sie nicht morgens aufwachte und Gott für einen weiteren Tag mit diesem Mann dankte, der sie und Margaret so liebte.

Sogar Celeste hatte kommentiert, wie glücklich John war. Eines Abends hatte sie etwas zu viel getrunken und zugegeben, dass sie nicht gedacht hatte, dass Fiona gut zu ihrem Sohn passen würde. Und doch, drei Jahre später, summte John regelrecht vor Glück und niemand konnte verleugnen, dass er ein engagierter Vater war.

„Du wirst heute Oma und Opa sehen", sagte Fiona zu Margaret, als sie über den Hügel zurück zum Haus gingen. Bridget hatte um einen Tag mit Margaret gebeten, was Fiona einen Tag erlauben würde, an einem ihrer Tonika zu arbeiten, das noch nicht ganz so war, wie sie es gerne hätte.

„Hündchen?", fragte Margaret und sah zu ihr hoch mit zwei hüpfenden Zöpfen.

„Ja, Oma nimmt dich mit, um den Hund zu sehen", stimmte Fiona zu und lächelte auf ihre Tochter herunter. Auf einer Farm in der Nähe ihrer Eltern war ein neuer Wurf Welpen. Bridget hatte Margaret jede Woche mitgenommen, um zu sehen, wie sie wuchsen.

John stand bei seinem Wagen und hielt eine kleine Tasche, in der ein paar von Margarets Lieblingsspielzeugen lagen. Sobald Margaret John sah, rannte sie über

das Gras, so schnell ihre kleinen Beine sie trugen und er
bückte sich herunter, um sie hoch in die Luft zu schwin-
gen, als sie ihn erreichte. Ihr Kichern war ansteckend und
Fiona lachte, als sie bei ihnen ankam.

„Sie will die Welpen sehen. Sag Mama, sie soll sie
hinbringen", sagte Fiona.

„Ja, ich bin sicher, dass sie das weiß. Alles, worüber
Margaret reden kann, sind die Welpen", sagte John. Er
hielt Margaret in seinem Arm und bückte sich herunter, um
einen heißen Kuss auf Fionas Lippen zu legen. Die Jahre
hatten ihre Liebe nicht gedämpft, wie Fiona ursprünglich
befürchtet hatte. Stattdessen schien sie jeden Tag stärker
und heißer zu werden – es vereinnahmte sie fast. Margaret
klopfte ihnen beiden auf die Wangen, während sie sich
küssten. Fiona drehte sich zu ihr um und lachte.

„Du bekommst auch einen Kuss, meine kleine Köni-
gin", sagte Fiona und gab ihrer Tochter einen Schmatzer,
bevor sie sich umdrehte, um John einen letzten Kuss zu
geben.

„Ich liebe dich", sagte Fiona gegen seine Lippen. Jedes
Mal, wenn sie ihn küsste, spürte sie, wie sich ein Band der
Kraft um sie legte und einen kleinen Kreis der Liebe
erschuf, der mit seiner eigenen Energie pulsierte.

„Ich liebe dich noch viel mehr", sagte John und strich
mit seiner Hand über ihre Wange, seine Augen warm mit
Liebe.

Sie schickte sie auf ihren Weg. In Gedanken war sie
schon bei dem Tonikum, das ihr Probleme bereitete. Fiona
war ziemlich sicher, wenn sie ein bisschen Anis dazutat,
würde es vielleicht funktionieren.

Stunden später war Fiona darin vertieft, eine frische

Portion Tonika zu mischen – nachdem sie die vom Morgen weggeschüttet hatte – als das Telefon klingelte.

Eine Welle der Vorahnung traf Fiona so hart, dass sie nach Luft schnappte und ihr der Löffel aus der Hand fiel und gegen die Schüssel schepperte. Fiona drehte sich um und starrte auf das Telefon auf dem kleinen Küchentisch – immer noch eine Neuheit für sie, so weit draußen auf dem Land – während es laut klingelte.

Fiona wischte ihre schweißnassen Handflächen an ihren Hosen ab und ging hastig zum Telefon. Sie schüttelte über sich selbst ihren Kopf. Es könnte genauso gut nichts sein. In ihrem Kopf stellte sie sich immer gleich das Schlimmste vor. Sie nahm den Hörer ab, hielt ihn ans Ohr und atmete tief ein.

„Hallo?"

„Fiona, hier ist John. Wir hatten einen kleinen Unfall. Ich glaube, Margaret hat sich das Bein gebrochen." Fiona konnte Margaret im Hintergrund schreien hören und jeder mütterliche Instinkt, den sie hatte, lief auf Hochtouren.

„Ich komme."

„Nein, bleib. Wir sind auf dem Weg. Es ist einfacher, sie zu dir zu bringen und du heilst sie zu Hause. Wir fahren jetzt sofort los."

Fiona war kurz davor, ihm zu sagen, dass er dortbleiben sollte – dass sie zu ihnen kommen würde.

Es war ein ignorierter Impuls, den sie für den Rest ihres Lebens bedauern würde.

# KAPITEL SIEBENUNDDREISSIG

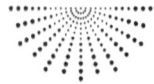

F iona lief vor dem Haus auf und ab und betete, dass Margaret okay wäre und dass es nur ein einfacher Knochenbruch war, den man leicht richten könnte.

Wolken waren hereingerollt, wie es so üblich war in Irland, und der trübe graue Tag passte zu Fionas nervöser Stimmung. Lir trottete um das Haus und zum Feld, um zu sehen, ob da Pflanzen zu fressen waren, die er vorher übersehen hatte. Fiona spannte die Ohren an und horchte nach dem Geräusch des näherkommenden Autos, während sie hin und her ging. Ihre Nägel waren in ihren Handflächen eingegraben.

Endlich erreichte Motorengeräusch ihre Ohren und Fiona atmete erleichtert aus. Nichts war schlimmer als warten – das Gefühl, als wäre sie machtlos. Jetzt, als sie fast hier waren, konnte Fiona etwas tun, statt herumzusitzen und sich zu sorgen.

Fiona verspannte sich, als sie Johns Wagen auf der Küstenstraße um die Kurve kommen sah.

Was war hier los? Das Auto fuhr unglaublich schnell und Fionas Herz hörte einfach auf zu schlagen – nur für einen Moment – als sie das Gesicht ihres Vaters hinter dem Lenkrad sah. John saß auf dem Beifahrersitz mit Margaret in seinen Armen, ein Ausdruck von Terror auf seinem Gesicht.

Man sagt, dass alles so schnell passiert – in einem Augenblick eigentlich. Aber für Fiona zog sich jede Sekunde wie eine Ewigkeit hin und hing schwerelos in der Luft, als der Wagen in die niedrige Steinmauer raste. Durch die Geschwindigkeit und die Fahrtrichtung flog er in die Luft. Dort hing er für einen Moment – während Fionas Leben stillstand – bevor er auf der Nase landete und sich überschlug. Die Fahrerkabine wurde mit einem furchtbaren Geräusch von splitterndem Glas und verbogenem Metall zusammengedrückt.

Es war, als ob sie geflogen wäre. Fiona hatte keine Erinnerung daran, über die Felder zu rennen, ihr Herz in ihrer Kehle. Tränen flossen über ihr Gesicht und Schreie hallten über ein leeres Feld.

Was sie fand, war komplette Zerstörung. Sie nahm jedes Detail auf und brachte es doch nicht fertig, hinzusehen.

Fiona kniete neben der platten Fahrerkabine und schloss ihre Augen für eine Sekunde, bevor ihre Gedanken versuchten aufzunehmen, was sie gezwungen wurde zu sehen.

Ihre Familie – ihr Herz – lag zerstört in einem Haufen aus Gliedmaßen und Blut. Es war schwierig zu sehen, wer wer war, bis Fiona ihren Blick dorthin lenken konnte, wo

John seinen Körper gedreht hatte, um Margaret zu schützen und mit seinem Körper zu bedecken. Margaret starrte Fiona an, ihre Augen glasig, als der Schock einzusetzen begann.

Fiona verschluckte sich fast an einem Schluchzer, als John ausatmete und in seiner Brust ein tiefes Rumpeln zu hören war. Es klang wie der Todesatem auf Schlachtfeldern und Fiona wusste in dem Moment, dass sie in den Krieg ziehen würde.

Sie legte ihre Hände auf die Brust ihrer Tochter und schnappte nach Luft, als sie auf klebrige Nässe trafen. Sie zog ihre Hände zurück und Horror durchlief sie, als sie Blut von ihren Fingern tropfen sah.

„Nein, nein, nein", heulte Fiona und schloss ihre Augen. Sie ging in sich und begann einen geistigen Scan von Margarets kleinem Körper. Ihre Augen flogen auf, als sie merkte, wie nah dem Tod die winzige Figur war. Fiona schluckte ihre Tränen, zog ihre Hände zurück und berührte John, während sie seinen Körper mit dem Geist untersuchte.

Es war schlimmer, als sie erwartet hatte. Das blaue Licht seiner Seele war nur ein schwaches Flackern wie eine Flamme im Wind.

„John, nein", schluchzte Fiona, so voller Angst, dass sie nicht wusste, was sie tun sollte.

„Rette sie", sagte John und seine Augen öffneten sich für einen Moment, um Fiona anzusehen. „Ich liebe dich. Jetzt und immer."

Seine Augen schlossen sich und Fiona jammerte. Sie fühlte sich – das erste Mal seit Ewigkeiten – komplett hilflos.

Ihre Hände zitterten, als sie sie um Margarets Körper-
mitte legte und ihre Augen schloss. Sie würde verdammt
nochmal nicht auf John hören, dachte Fiona. Sie würde sie
alle retten – auch wenn es bedeutete, dass sie dabei sterben
würde.

Ihre Hände bebten, als Kraft aus ihr floss und Margarets Körper mit Licht erfüllte. Fiona begann ein Wett-
rennen gegen die Zeit, um die Wunden zu heilen, die
drohten, die Seele ihrer kleinen Tochter in die nächste Welt
mitzunehmen.

„Bleib bei mir, Baby", flüsterte Fiona aufgeregt,
während sie durch den Körper ihrer Tochter raste – sie
richtete Knochen, heilte gerissene Arterien und setzte
einen Schädelbruch zusammen, bei dem ihr nur vom
Ansehen schwindlig wurde. Als sie dem Ende ihrer
Heilung näherkam, begann Fionas ganzer Körper vor
Anstrengung zu beben. Ihr scheinbar endloser Vorrat an
Heilungskraft war erschöpft.

„Mama, Mama, Mama", flüsterte Margaret mit offenen
Augen und blinzelte Fiona an.

„Oh mein Schatz, ich liebe dich", schluchzte Fiona und
wischte Blut von der Wange ihrer Tochter. Sanft nahm sie
Johns Arme um Margaret gelegte Arme weg und zog sie
aus dem Wrack. Sie umarmte sie einmal fest, dann legte
sie sie auf das Gras neben ihr.

„Baby, du musst still liegenbleiben. Ich habe noch
Arbeit vor mir", sagte Fiona zu Margaret. Sie biss die
Worte heraus, während sie sich bückte und ihren Körper
halb in das zerdrückte Auto steckte, um ihre Arme um
John zu legen. Sie schloss ihre Augen und ging tief in sich.
Mit ihrem geistigen Auge raste sie durch Johns Körper

und versuchte verzweifelt, die Flamme seiner Seele zu finden.

Als ein ganz schwaches Licht flackerte, weinte Fiona und drückte ihr Gesicht gegen Johns Brust. Es war ihr egal, dass sein Blut über ihre Wange lief.

„John, du kannst mich nicht verlassen. Bleib stark, mein Liebling", flüsterte Fiona, völlig erschöpft von ihrer ersten Heilung, aber entschlossen, das Licht von Johns Seele nicht in die nächste Welt gehen zu lassen. Sie schloss ihre Augen und Kraft floss aus ihren Händen, als sie begann, an der größten Verletzung zu arbeiten, die sie finden konnte – ein Riss in seiner Hauptschlagader. Schwärze kroch über ihren Blick, als sie benommen besuchte, die gerissene Ader zu reparieren.

„Fiona, du musst aufhören." Eine sanfte Stimme mit einem Hauch von Stahl dahinter wusch über sie. Fiona ignorierte es, so konzentriert war sie zu versuchen, ihren Mann zu retten – den Mann, den sie für alle Ewigkeiten lieben würde.

„Fiona, ich befehle dir, sofort aufzuhören", sagte die Stimme wieder und dieses Mal war sie begleitet von einem geistigen Energieschlag, der Fiona in ihrer Heilung aufhielt. Bei etwas so Ernstem unterbrochen zu werden, machte sie wütend und sie drehte sich, um die Stimme anzuschreien.

Fiona erstarrte.

Das Land hinter ihr war verschwunden, genau wie ihre Tochter, die neben ihr auf dem Boden gesessen hatte. Stattdessen schien Fiona fast in einem runden Tunnel zu schweben, aus dem weißes und blaues Licht mit warmen Strahlen von purer Liebe kam, die ihre Haut streichelten.

„Was passiert hier?", krächzte Fiona und drehte sich, um Johns Körper anzuschauen, aber merkte, dass sie auch ihn nicht länger sehen konnte.

„Du bringst dich gerade selbst um", sagte Grace O'Malley und trat ins Licht. Fiona wusste sofort, wer sie war, da sie in dem ledergebundenen Buch, das von Generation zu Generation weitergegeben wurde, ein Abbild von ihr gesehen hatte. Ihre Augen brannten, wilde Wellen von Haaren quollen unter einem roten Schal heraus und sie trug ein gebieterisches Gewand. Grace hob ihr Kinn hoch und warf ihre Haare über ihre Schulter.

„Ich bringe mich nicht um. Ich rette John", sagte Fiona verzweifelt und wollte wieder zurück, um die Liebe ihres Lebens zu heilen.

„Du kannst sie nicht beide heilen. Deinen Vater auch nicht. Du musst wählen", sagte Grace mit den Händen an ihrer Hüfte.

„Ich kann nicht wählen. Du kannst mich nicht zu dieser Entscheidung zwingen. Sie sind alle wichtig für mich, jeder auf seine Art – eine andere Art der Liebe", keuchte Fiona. Schmerz ging durch ihre Brust, als sie darüber nachdachte, was sie verlieren könnte.

„Wenn du John weiter heilst, wirst du sterben. Du musst wählen, am Leben zu bleiben und eine Mutter für deine Tochter zu sein – und gleichzeitig in diesem Leben auch hunderte und tausende Menschen zu heilen – oder dein Leben zu verlieren, um deinen Mann zu retten. Du kannst nicht beides haben."

Es war, als würden tausende Pfund Gewicht gegen Fionas Brust drücken und sie rang erstarrt nach Atem. Wie konnte sie so eine Wahl treffen?

„Dann werde ich John retten", beschloss Fiona und bot sofort ihr eigenes Leben an.

Grace kam zu ihr und stand vor Fiona. Sie strich mit ihrer Hand über Fionas Wange – ähnlich, wie Bridget es machte, um sie zu beruhigen.

„Tochter meiner Töchter, dir wurde ein großes Geschenk gegeben. Einmalig im Leben eigentlich. Du wirst in dieser Welt gebraucht. Die Leben, die du in der Zukunft retten wirst, werden eines Tages die Pfeiler unserer Gesellschaft bilden – unserer Welt, wie wir sie kennen. Um die Heilerin zu werden, die die Welt ändern kann, musst du ein Opfer bringen. Solange du nicht direkt vorm Abgrund stehst und wieder zurückkommst, wirst du nie eine wahre Heilerin sein. Dies ist deine Linie – hier ist, wo du dich entscheidest, ob du lebst oder stirbst. Auch wenn die Wahl deine ist, da ich keinen Einfluss auf deinen freien Willen habe, möchte ich *ernsthaft* vorschlagen, dass du bleibst und eine Mutter für dein Kind bist, ebenso wie eine Heilerin für diese Welt. Selbst wenn es bedeutet, dass du deinen Mann und deinen Vater verlierst."

Tränen rannten Fionas Gesicht herunter, blockierten ihren Blick und erschwerten es ihr zu atmen und zu sehen. Sie konnte diese Wahl unmöglich treffen.

Und doch wusste sie mit einer Endgültigkeit, die ihr Herz entzweiriss, dass sie es musste.

Ihr Kopf hing herunter, als sie einmal nickte.

„Ich werde ihn dir im Schlaf bringen. John wird in deinen Träumen sein. Es ist das Beste, was ich tun kann, um so einen Verlust leichter zu machen. Es tut mir leid, *a ghra,* meine Liebe, Blut meines Blutes. Es muss so sein", sagte Grace leise. Das Licht begann, schwächer zu werden, als sie verblasste.

Fiona war augenblicklich zurück im Auto mit John, ihre Arme um seine Brust gelegt, während sein Blut über ihr Gesicht floss. Sie bewegte ihren Kopf, um sein Gesicht zu sehen und heulte vor Verzweiflung, als sie spürte, wie er von ihr glitt. Seine Seele schimmerte über seinem Körper für einen kurzen Moment und schien sie fast mit Liebe zu streicheln, bevor sie außer Sicht verschwand.

Sie wusste es sofort, als er von ihr gegangen war. Seine vorher überlebensgroße Präsenz war jetzt nur noch Stille. Fiona schloss ihre Augen, während ihr Körper von Schluchzern geschüttelt wurde. Sie zog eine Hand hervor, um nach Cians Körper zu fühlen. Als ihre Hand mit seiner Wärme verbunden war, durchsuchte sie ihn geistig und stellte fest, dass er bereits tot war.

Fiona war mächtig, aber selbst sie konnte keinen Toten wieder zum Leben erwecken.

„Mama?"

Sie drückte für einen Moment ihr Gesicht an Johns Brust und atmete seinen Geruch ein. Sein Körper war noch warm mit Leben, bevor sie sich aus dem Auto zog. Fiona nahm ihren Rock, um sich das Blut aus dem Gesicht zu wischen, bevor sie sich zu Margaret umdrehte.

Ihre Tochter stand vor ihr mit ihrem Daumen im Mund und sah Fiona mit großen und ängstlichen Augen an. Fiona konnte sich nur vorstellen, was die kleine Margaret als Empath fühlte. Ihr Kinn begann zu zittern und große dicke Tränen kullerten ihr kleines Gesicht herunter. Sie hinterließen saubere Spuren im Blut. Fiona ging augenblicklich auf ihre Knie und legte ihre Arme um Margaret.

„Ich bin hier, mein Liebling. Ich werde dich immer schützen. Ich bin hier, Baby", summte Fiona in Margarets Hals und schaukelte sie hin und her, als sie ihre Tochter hochhob und vom Auto zum Haus ging.

Und versuchte, den Fluss der Trauer einzudämmen, die ihr Leben für immer verfolgen würde.

# KAPITEL ACHTUNDDREISSIG

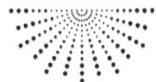

„Sie haben gesagt, es war die Bremsleitung. Dass sie vom Meersalz korrodiert war", sagte Fiona vorsichtig und strich mit ihren zitternden Händen über die Decke, die ihre Mutter vor Jahren gewebt hatte.

Keelin und Margaret sahen beide aus, als hätte sie jemand mit einer Bratpfanne ins Gesicht geschlagen. Sie waren fast überwältigt von dem, was sie gehört hatten. Margarets Hände bebten, als sie ihr Whiskeyglas auf den Tisch neben dem Sofa stellte und aufstand. Sie eilte durch den Raum, fiel auf ihre Knie und vergrub ihr Gesicht im Schoß ihrer Mutter.

Das Geräusch ihres Schluchzens erfüllte das Zimmer.

„Sch, Margaret, es ist viele Jahre her", sagte Fiona und blinzelte ihre eigenen Tränen weg.

„Aber du hast mich gerettet. Und ich war die ganzen Jahre so ein furchtbarer Idiot dir gegenüber. Du hast mich geheilt, wenn du stattdessen den Mann, den du liebtest, hättest retten können. Du hättest mehr Babies haben können und ein glückliches Leben", sagte Margaret. „Und dafür habe ich dir und dieser Welt so lange meinen Rücken zugedreht."

„Ich glaube, dass du es mehr oder weniger ausgeblendet hast, obwohl du dich teilweise an meine Trauer in der Zeit erinnerst. Aber der Unfall an dem Tag war der Anstoß dafür, dass du deine Gabe abgelehnt und Grace's Cove verlassen hast. Du hattest eine Abneigung dagegen, hier zu leben, seit dem Tag, als du deinen Vater und Großvater verloren hast. Es war nicht nur, dass du ein rotziger, sturer Teenager warst; da steckte mehr dahinter", sagte Fiona und strich über die Haare ihrer Tochter.

„Aber ich war so schrecklich. Und du hättest mich sterben lassen können." Margarets Stimme brach.

„Ich glaube, jede Tochter ist irgendwann gemein zu ihrer Mutter, mein Schatz. Ich würde dieselbe Entscheidung jederzeit wieder so treffen", sagte Fiona leise.

„Das würdest du?" Margaret sah Fiona an und ihr Herz leuchtete in ihren Augen.

„Natürlich würde ich das, es ist, was eine Mutter tut. Du könntest sagen, die Entscheidung wurde für mich in dem Moment getroffen, als das Auto in die Steinmauer knallte. Oder vielleicht war es, als ich Mutter wurde." Fiona zuckte mit den Achseln. „Es ist einfach so."

Margaret hockte sich auf ihre Fersen, drehte sich um und starrte ins Feuer. Ihr Kopf lehnte gegen den Oberschenkel ihrer Mutter.

„Ich erinnere mich an die Zeit. Ich war so jung, aber ich erinnere mich, dass deine Trauer mich fast erstickte. Es war, als würde mich eine klatschnasse Decke aus Emotionen bedecken und ich konnte kaum atmen."

Fiona fühlte Scham durch sie gehen.

„Ich hätte dich davor schützen sollen. Es tut mir leid. Ich war so gefangen in meiner Trauer, dass ich Schwierigkeiten hatte, daran zu denken, wie viel meine emphatische Tochter davon aufnehmen würde."

„Was ist mit Bridget passiert", fragte Keelin.

„Wir haben sie zehn Jahre später verloren. Im Schlaf. Ich denke, nach allem, was ich vom Sterben gesehen habe, dass es ein sanftes Ende war", sagte Fiona leise.

„Was ist danach passiert? Wie haben sie herausgefunden, dass es die Bremsleitung war?"

„Die Dinge änderten sich, nachdem John gestorben war. Die O'Briens waren mindestens ein Jahr lang wütend auf mich – sie nahmen es mir übel, dass ich meine ‚Hexenkraft' nicht genutzt hatte, um ihn zu retten. Jedes Mal, wenn sie auf die andere Straßenseite gingen und sich weigerten, mit mir zu sprechen, war es, als wäre ich wieder in dem Auto und sah, wie Johns Seele aus seinem Körper entwich. Die Schuld war unglaublich", gab Fiona zu. Sie nahm einen Schluck von ihrem Whiskey und ließ sich vom Brennen auf der Zunge wärmen.

„Es war nicht deine Schuld. Du wärst gestorben, wenn du John geheilt hättest. Und wer kann schon sagen, ob er es überhaupt überstanden hätte. Du hättest mitten in der Heilung sterben können, und dann hätte Margaret gar keine Eltern mehr gehabt. Ich glaube, dass Grace recht hatte, als sie dich gestoppt hat", sagte Keelin und schaukelte ihr Baby in ihren Armen. Baby Grace drehte sich und sah sie an.

„Ich weiß, dass Grace recht hatte", murmelte Fiona und Baby Grace lächelte sie an.

Keelin und Flynn würden ihre Hände voll haben, dachte Fiona mit einem Lächeln.

„Aber das macht es nicht einfacher, wenn du trauerst", sagte Margaret.

„Das stimmt. Trauer ist kompliziert. Gerade wenn du denkst, du hast es überwunden oder du bist endlich geheilt, passiert etwas Merkwürdiges, das dich wieder genau dahin zurückwirft, wo du warst. Du riechst etwas, das dich an ihn erinnert oder du denkst, du hast ihn im Laden gesehen oder wenn du unten am Hafen spazieren gehst. Es hat Jahre gedauert, bis ich nicht mehr in Tränen ausbrach beim Anblick eines großen dunkelhaarigen Mannes mit ähnlicher Statur, weil ich dachte, es wäre John. Ich denke bis heute immer noch an ihn."

„Besucht er dich? In deinen Träumen, so wie Grace gesagt hat?"

Baby Grace legte ihren Kopf schräg, um Fiona anzusehen.

„Ja, das tut er. John erscheint in meinen Träumen. Ich erzähle ihm von meinem Tag und meinem Leben. Er weiß alles von dir und was so passiert. Es ist ein nur ein kleiner Trost – aber es ist nichtsdestoweniger Trost."

„Glaubst du, dass es wirklich er ist?", fragte Margaret und drehte sich auf ihrem Platz am Boden, um ihre Mutter anzusehen.

„Ja. Das tue ich. Ich glaube, wenn er wiedergeboren wäre, würde ich den Verlust in mir spüren. Ich weiß nicht wirklich, wie ich das erklären soll. Du weißt, wie ich gesagt habe, dass es fast so war, als wäre unsere DNA magisch zusammengestrickt? Na ja, das würde ich fühlen. Tief in mir. Und obwohl er auf die andere Seite ging, hatte ich nie das Gefühl, dass dieser Teil von mir aufgelöst wurde. Da ist etwas, das seine Seele mit meiner verbindet. Als ob er auf mich wartet. Und mich in meinen Träumen besucht", sagte Fiona achselzuckend.

„Du glaubst doch nicht, dass du uns verlassen wirst, oder?", fragte Keelin leise und hielt Baby Grace so, dass ihre Wange gegen die ihrer Tochter drückte.

„Ich bin fit wie ein Turnschuh, Keelin. Der Tag, an dem ich nicht durch meine Hügel wandern kann, ist der Tag, an dem du erwarten kannst, dass ich diese Erde verlasse", lachte Fiona.

„Mutter...ich muss fragen...hast du, war es...meinst du, dass dein Vater getrunken hatte?", fragte Margaret und stolperte über die brüske Frage.

Fiona seufzte und nahm einen weiteren Schluck von ihrem Whiskey. Ihr Blick ging zurück zum Kamin, während der Wind draußen stürmte.

„Ja, das habe ich gedacht. Ich war so wütend. Fast untröstlich wütend. Ich konnte nicht verstehen, warum John ihn hatte fahren lassen – wenn er wusste, dass Cian so gern trank. Es war erst, nachdem meine Mutter mir erzählt hatte, dass er an dem Tag noch nicht im Pub gewesen war und ich herausfand, dass die Bremsleitung schuld war, dass ich meinem Vater letztendlich vergab. Und dann fühlte ich mich unglaublich schuldig dafür, dass ich so wütend war und ihn beschuldigte, meinen Mann und mein Kind in eine Mauer zu fahren. Ich kann nur hoffen, dass er meine Entschuldigung von der anderen Seite hört." Fiona zuckte mit den Achseln.

„Es ist ja nicht so, als ob es so eine abwegige Schluss-folgerung war", sagte Margaret und streckte ihre Beine

aus, so dass ihre Füße näher am Feuer waren. Keelin legte
Baby Grace auf den Teppich und das Kind begann, zu
Margaret zu rollen.

„Nein, das war es nicht. Und ich hatte noch aus
anderen Gründen Wut auf ihn – dass er kein guter Mann
für meine Mutter gewesen war oder ein abwesender Vater
für mich. Aber am Ende habe ich verstanden, dass er eine
Krankheit hatte und so, wie ich nicht verärgert mit
jemandem wäre, der Krebs hat, konnte ich nicht wegen
seiner Sucht auf ihn wütend sein. Es kommt ein Punkt,
wenn du nicht so leben kannst, immer wütend auf Leute zu
sein. Vergebung ist ein viel besserer Pfad. Wir sind alle nur
hier und tun unser Bestes, um zu lernen und zu wachsen",
sagte Fiona und winkte Baby Grace zu, die zu Margaret
kroch. Margaret hob das Baby in die Luft, worüber Grace
verzückt quietschte, und hielt sie über ihren Kopf, um das
Baby anzulächeln.

„Es tut mir leid. Wirklich, Fiona", sagte Keelin und
biss sich auf ihre Lippe, als sie zu Margaret sah, die Baby
Grace in die Luft hielt. „Das ist meine größte Angst –
Flynn zu verlieren oder, dass Gracie etwas passiert. Ich
glaube, ich würde einfach sterben, wenn das eintreten
sollte."

„Du würdest nicht sterben. Das kannst du nicht. Aber
du musst lernen, wieder einen Fuß vor den anderen zu
setzen", sagte Fiona leise.

„Was ist hinterher passiert? Konntest du gleich wieder
heilen oder hat es lange gedauert?", fragte Margaret und
streichelte die Wange des Babys.

„Ich habe es zurück zum Haus geschafft – wo ich wort-
wörtlich umgefallen bin vor Erschöpfung – und rief

Bridget an. Dann habe ich die O'Briens angerufen. Und Dr Collins. Und die Brogans. Als ich alle angerufen hatte, die mir einfielen, hob ich Margaret hoch, stolperte ins Schlafzimmer und fiel mit dem Gesicht nach unten aufs Bett. Da haben sie uns beide im Tiefschlaf gefunden, aber ich habe hinterher gehört, dass sie dachten, wir wären auch gestorben, weil da so viel Blut auf uns war." Fiona schaute aus dem dunklen Fenster. „Die Blutflecken habe ich nie aus der hübschen weißen Bettdecke herausbekommen."

Stille breitete sich aus, als die Frauen vor sich hin grübelten. Fiona schüttelte sich selbst aus ihrer Traurigkeit.

„Und ich habe danach für fast eine Woche geschlafen. Ich bin rechtzeitig für die Beerdigungen aufgewacht. Monatelang lebte ich in Furcht davor, jemanden zu heilen, da ich Angst hatte, Margaret zu lange allein zu lassen. Es hat eine Weile gedauert, bis ich es über mich brachte, von ihr getrennt zu sein – und meinen eigenen Heilungskräften wieder zu vertrauen. Was die Einsamkeit anbelangt, na ja, das ist einfach Bestandteil meines Lebens", sagte Fiona achselzuckend.

„Bist du immer noch einsam? Ich habe gedacht, es wäre jetzt besser", sagte Keelin mit Traurigkeit auf ihrem Gesicht, die im Feuerschein zu erkennen war.

„Nein, nicht, seit du hier bist und Margaret zu Hause ist. Außerdem habe ich immer noch viel zu tun mit den Dorfbewohnern. Ich habe ein gutes Leben gehabt, sogar ein erfülltes. Ich erinnere mich selbst daran, dass ich recht gesegnet bin. Mehr als viele in dieser Welt", sagte Fiona mit einem sanften Lächeln, während sie sich mit Liebe im Blick im Raum umschaute.

„Danke, dass du uns die Geschichte erzählt hast. Es ist

schön, ein Stück meines Vaters zurückzuhaben", sagte Margaret und drückte ihren Kopf gegen Fionas Bein. Fiona strich mit ihrer Hand über ihre Haare, eine Bewegung, die alle Frauen in der Familie zur Beruhigung machten.

„Ich freue mich, dass ich ihn mit dir teilen konnte. Es ist schön, wieder über ihn zu reden."

# KAPITEL NEUNUNDDREISSIG

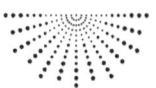

In der Nacht träumte sie wieder von ihm.

„Die hübsche Fiona mit den tanzenden Augen und heilenden Händen – wie sehr ich mir wünschte, ich könnte wieder an deiner Seite sein", sagte John and lachte sie an. Heute Abend waren sie wieder im Restaurant, wo sie ihr erstes Abendessen zusammen genossen hatten. Fiona konnte fast das braune Brot riechen.

„Der attraktive John mit dem lauten Lachen", lachte Fiona zurück und weigerte sich, Traurigkeit in ihren Traum sickern zu lassen.

Das war eine ihrer Regeln. Wenn sie das Geschenk bekommen hatte, von ihrer Liebe zu träumen, dann wollte sie keine Trauer oder Wut in ihren Träumen zulassen. Sie bestimmte es sogar. Deswegen hatte sie diese kurzen Momente von Glückseligkeit mit John und ihre Nächte mit ihm waren genug, um ihre Tage zu bereichern.

„Baby Grace ist groß geworden", erzählte Fiona ihm, so wie sie es ihm beim Abendessen erzählen würde, wenn er noch lebte.

„Ich bin mir sicher. Sie wird mal eine Schönheit",
lachte John und Fiona lachte zurück. In ihren Träumen
waren sie immer jung, daher machte es keinen Sinn, über
eine Enkelin zu reden. Aber was war der Punkt von Träumen, wenn du nicht ein paar Jahre verlieren konntest?
Fiona versuchte, sich John als alten Mann vorzustellen,
aber das passte nicht zu ihrer Erinnerung von ihm.

„Ich wünschte, ich könnte dich zurückbringen. Ich
suche schon seit Jahren, aber ich habe noch keinen Zauberspruch gefunden, der das kann", seufzte Fiona.

John nahm ihre Hand in seine.

„Wünsch dir etwas, Fiona. An einem dieser Abende,
wenn der Mond tief steht und die Sterne leuchten. Wünsch
stärker, als du jemals gewünscht hast."

Danach wachte Fiona auf. Es war eine merkwürdige
Bitte und eine ungewöhnliche Wendung in den Träumen,
die sie normalerweise von John hatte. Sie fragte sich, ob
seine Bitte Bedeutung hatte und stand auf, um ihren Tag zu
beginnen.

Keelin hatte genug gekocht, um eine zwanzigköpfige
Familie satt zu bekommen, dachte Fiona, als sie den Inhalt des
Kühlschranks begutachtete. Er war vollgestellt mit Frischhal-
tedosen und es war unmöglich, dass sie das alles essen könnte.

Fiona machte ihren Tee und gab einem tänzelnden
Ronan sein Frühstück.

„Vielleicht gebe ich dir sogar etwas Pute dazu,
Schatz", sagte Fiona zu Ronan und er bellte sie kurz an, als
ob er verstand, was sie sagte. Lächelnd zog Fiona den
Behälter mit der Pute heraus und schnitt ein paar kleine
Stücke ab, um sie in seine Schale mit Trockenfutter zu

legen. Ronan sprang begeistert um seinen Napf herum und Fiona kicherte.

„Ich freue mich wirklich, dass du hier bist", sagte Fiona zu dem Hund.

Sie drehte sich und begutachtete den Inhalt ihres Kühlschranks nochmal. Vielleicht würde sie etwas zu Aiden Doyle mitnehmen. Sie wusste, dass er sich in der letzten Zeit nicht so gut fühlte. Als Witwer lebte er ähnlich wie sie, in einem kleinen Häuschen etwas außerhalb des Dorfs, das über das Meer blickte.

„Genau das mache ich", beschloss Fiona und nahm den Hörer ab, um ihn anzurufen. Sie starrte aus dem Fenster über der Spüle auf den launischen grauen Himmel und hörte zu, wie es eine Weile klingelte, bevor endlich jemand abnahm.

„Hallo?" Die Stimme am anderen Ende war Aidens, aber er klang nicht so robust und gesund wie sonst.

„Aiden? Hier ist Fiona. Ist alles okay? Habe ich dich geweckt?"

„Ich fühle mich nicht so gut, Fiona. Nichts, worüber du dir Sorgen machen musst."

Fiona rollte mit ihren Augen. Typisch irischer Mann – stur wie nur was und weigerte sich zuzugeben, dass er krank war.

„Ich rufe dich an, weil ich gestern Abend ein riesiges Thanksgiving-Essen mit Keelin hatte. Ich habe mehr übrig, als ich bewältigen kann. Da habe ich gedacht, ich könnte vorbeikommen und dir ein paar Reste bringen", sagte Fiona, ihr Blick auf dem Himmel, der in diesem Moment die Schleusen öffnete.

Da war eine Pause und Fiona konnte ein leichtes Keuchen durch die Leitung hören, bevor Aiden antwortete.

„Natürlich, ich kann doch zu einem guten Essen von einer hübschen Frau nicht nein sagen, oder?"

Der übliche Charme, der sonst durch sein neckisches Flirten ging, schien zu fehlen und Fiona fragte sich, ob etwas Gravierendes nicht in Ordnung war.

„Ich packe ein und komme mittags vorbei", sagte Fiona.

„Ich freue mich schon", sagte Aiden und verabschiedete sich schnell.

Fiona stand einen Moment still und starrte auf den Regen, bevor sie sich umdrehte und am Kühlschrank vorbei zu der langen Wand mit Regalen ging, auf denen viele ihrer Heilmittel standen. Sie klopfte sich mit ihrem Finger gegen den Mund, als sie über ihre Möglichkeiten nachdachte. Basierend auf der Energie, die sie durch das Telefon gespürt hatte, hatte sie den Verdacht, dass er eine schlimme Erkältung hatte oder sogar eine Lungenentzündung. Sie bezweifelte, dass es Grippe war, weil er ihr nicht erlaubt hätte zu kommen, wenn das der Fall wäre.

Etwas später hatte Fiona Essen und einige ihrer Heilmittel in einem kleinen Korb zusammengepackt. Sie und Ronan waren nach dem Telefongespräch mit Aiden spazieren gegangen, und danach brauchten beide ein Bad. Das Wetter war mehr als scheußlich und selbst Ronan schien erleichtert, nach einem kurzen Ausflug im Regen zum Haus zurückzukommen. Jetzt lag er zusammengerollt auf seiner Decke und arbeitete fröhlich an der Kante eines Knochens.

„Ich bin heute Nachmittag wieder da, Schatz", rief Fiona ihm zu, als sie die Kapuze ihres Regenmantels hochzog und aus dem Haus eilte. Sie schloss die Tür hinter sich und rannte zu ihrem Auto.

„Scheußlicher Tag", sagte Fiona, als sie die Heizung aufdrehte und ihre Lichter anmachte, um die Trübe des Regentages zu durchdringen.

Aiden lebte auf halbem Weg zwischen ihrem Haus und Grace's Cove. Er hatte einen Teil des Landes von den O'Briens gekauft und ein kleines Haus gebaut, als seine Frau starb – mindestens fünfzehn Jahre war das her, erinnerte sich Fiona. Er war ein großer lebensfroher Mann gewesen – der Mittelpunkt jeder Party, zu der er ging. Aber als er seine Frau verlor, war es, als wäre das Licht ausgegangen und er begann zu verblassen.

Fiona konnte es ihm nicht verdenken. Serena war ruhig und sanft gewesen – es war ihr recht gewesen, dass Aiden die Aufmerksamkeit auf sich zog – und war immer sein Hafen im Sturm gewesen. Er redete oft von ihr und Fiona störte es nicht. Er war einer der wenigen Menschen, mit denen sie offen über John sprechen konnte. Durch ihre Unterhaltungen war es, als ob die beiden, die in die nächste Welt übergetreten waren, immer noch lebten und mit ihnen atmeten.

Vielleicht war es ein bisschen egoistisch von ihr, mit einem anderen Mann über John zu reden, aber da Aiden begierig war, über Serena zu sprechen, erlaubten sie sich gegenseitig, langgezogene Geschichten aus der Vergangenheit zu erzählen.

Es war eigentlich ein Segen für sie beide, dachte Fiona,

als sie langsam auf dem Pfad oberhalb der Klippen entlangfuhr und vorsichtig um die Kurven bog. Bevor Keelin und Margaret sie nach John gefragt hatten, hatte sie selten die Chance gehabt, über ihn zu reden. Leuten war es oft unangenehm, wenn jemand tot war. Sie wussten nicht, was sie sagen sollten, also sagten sie meistens gar nichts. Wenn sie seinen Namen erwähnte, wurde der Raum still, bevor die Leute verlegen zum nächsten Thema übergingen. Manchmal wollte Fiona die Menschen anschreien, dass sie über John reden wollte. Er hatte gelebt – er war immer noch wichtig! Aber sie schwieg und ging zur nächsten Unterhaltung über.

Sie fuhr scharf links auf eine kleine Kiesstraße, die den Hügel hochging. Fiona schob die Gedanken an John beiseite, um sich darauf zu konzentrieren, was mit Aiden nicht stimmte. Dank des feuchten Wetters hatte er sich wahrscheinlich eine Erkältung eingefangen. Fiona hupte, um Aiden wissen zu lassen, dass sie angekommen war, bevor sie mit dem Korb unter ihrem Arm aus dem Auto eilte.

Sie wartete nicht an der leuchtend grünen Tür des kleinen Steinhauses, da der Regen jetzt von der Seite kam. Sie drückte den Griff herunter und platzte zusammen mit Wind und Regen ins Haus. Sie lachte etwas, als sie die Tür fest hinter sich schloss.

„Es ist ganz schön stürmisch da draußen heute", bemerkte Fiona, schob ihre Kapuze zurück und blickte nach rechts zu dem Sessel am Kamin im kleinen Wohnzimmer, wo sie Aiden erwartete zu sehen.

Aber der Raum war dunkel und es brannte kein Feuer. Sorge durchlief sie.

„Aiden? Ist alles okay?", rief Fiona. Sie wusste, dass sein Zimmer hinten links im Flur war. Es schickte sich nicht, dass sie einfach nach hinten ging, um nach ihm zu sehen, weil er sich vielleicht gerade umzog oder auf der Toilette war. Fiona zog ihren tropfenden Mantel aus und hing ihn an einen Haken bei der Tür, bevor sie den Korb auf den kleinen Tisch in der Essnische stellte.

„Aiden?", rief Fiona erneut und ihre Sorge wuchs.

„Ich bin hier, ich...es tut mir leid. Ich glaube nicht, dass ich dich heute empfangen kann", rief Aiden aus dem Schlafzimmer. Fiona ging den Flur herunter und fand die Tür fest verschlossen. Sie lehnte sich gegen die Wand und klopfte leise.

„Ist es okay, wenn ich hereinkomme?", fragte Fiona.

„Es ist alles okay, wirklich, es ist nichts", sagte Aiden durch die Tür.

„Aiden, du weißt, dass ich eine Heilerin bin. Ich habe inzwischen so ziemlich alles gesehen. Warum lässt du mich nicht hereinkommen und sehen, was mit dir ist?", fragte Fiona in einem strengen Ton.

Stille entgegnete ihren Worten und Fiona wartete.

„Also gut, aber mach nicht so viel Wind", grummelte Aiden und ein Grinsen ging über Fionas Gesicht. Sie schob die Tür auf und betrat zum ersten Mal sein Schlafzimmer. Fiona war überrascht zu sehen, dass es ziemlich groß war. An der Decke überkreuzten sich die Balken. Eine grün-weiß karierte Decke lag über einem großen Bett, das von grob gezimmerten Brettern umrahmt war. Das einzige Licht im Raum kam von einer kleinen Lampe auf dem Nachttisch.

Aiden lag im Bett in einem weißen Nachthemd, seine

Augen lebhaft und sein Ausdruck verärgert. Seine kurzen weißen Haare standen in alle Richtungen weg und Fiona wollte sie glätten. Stattdessen kreuzte sie ihre Hände vor ihrer Brust und sah ihn mit schräggelegtem Kopf an.

„Du empfängst deine Besucher jetzt im Bett?", fragte Fiona leichthin.

„Nein, ich habe nur dieses verdammte..." Ein Husten unterbrach Aidens Worte und Fiona eilte durch den Raum, als Aiden nicht aufhörte zu husten. Sein Körper schüttelte sich vor Anstrengung. Sie legte ihre Hand auf seine Schulter und schickte automatisch eine Welle von heilendem Licht durch ihn, bevor sie seinen Körper geistig durchsuchte.

„Danke", sagte Aiden und wischte seinen Mund mit einem Taschentuch ab.

„Wie lange fühlst du dich schon so?", fragte Fiona und Aiden schüttelte ihre Hand von seiner Schulter ab.

„Hin und wieder seit einer Weile. Leichte Lungenentzündung vielleicht. Nichts, was ich nicht abschütteln kann", sagte Aiden mit einem verärgerten Gesichtsausdruck.

„Aiden...ich...", begann Fiona, aber Aiden hob seine Hand, um sie aufzuhalten.

„Was habe ich da gehört von Essensresten?", sagte Aiden und sah sie mit erhobener Augenbraue an. Sein attraktives Gesicht war lebhaft, aber es verbot auch weitere Fragen. Fiona lächelte ihn an, während sie abwägte, wie sie das Thema ansprechen würde, ihn zu heilen.

„Ich mache es warm und bringe es dir bald", sagte Fiona fröhlich.

„Ich kann es im Wohnzimmer essen – mach ein Feuer an", sagte Aiden, aber seine Worte klangen schwach.

„Hier ist genauso gut. Ich sehe, dass du hier auch einen kleinen Kamin hast. Ich fange mal mit dem Zündholz an, damit die Wärme die Feuchtigkeit vertreiben kann", sagte Fiona und ging durchs Zimmer zu dem kleinen Kamin in der Ecke, der auf beiden Seiten von Fenstern umrahmt war. Sie hatte das Feuer schnell in Gang gebracht, während sie versuchte, ihre Emotionen zu unterdrücken.

„Das ist doch viel besser", sagte Fiona, als eine fröhliche Flamme zündelte.

„Danke", sagte Aiden ernst.

„Also, ich habe Putenbraten, Füllung, Brötchen, Mais und noch etwas. Oh ja! Preiselbeersoße habe ich auch", sagte Fiona. „Ich mache einfach alles heiß und bringe dir einen Teller, okay?"

„Bist du sicher? Ich kann nach vorn kommen zum Essen", sagte Aiden, aber da war nicht viel Kraft hinter seinen Worten.

„Nein, nein. Bleib. Ruh dich aus, wenn du Ruhe brauchst, du alter Kauz", lachte Fiona, als sie den Raum verließ. Aber das Lächeln verschwand augenblicklich aus ihrem Gesicht, als sie im Flur stand. Sie könnte ihn heilen, das wusste sie. Die Frage war, ob er gerettet werden wollte oder nicht. Das letzte, was Fiona je tun würde, war jemandem eine Heilung aufzuzwingen, der nicht geheilt werden wollte.

Es war aber das erste Mal für sie. Fast jeder, dem sie in all den Jahren als Heilerin begegnet war, wollte gerettet werden. Aber bei Aidan fühlte es sich anders an. Fiona biss sich auf ihre Lippe, während sie Essen auf zwei weiße

Keramikteller häufte und sie zum Aufwärmen in den Ofen schob.

Sie lehnte sich an die Arbeitsfläche und blickte auf den stürmischen Himmel, während sie darüber nachdachte, was ein weiterer Verlust für sie bedeuten würde.

# KAPITEL VIERZIG

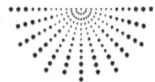

N achdem sie das Geschirr weggeräumt hatte, saß sie an Aidens Bett und sah in seine Augen.

„Du und ich – wir waren recht gut füreinander, oder?", begann Fiona und Aiden lächelte sie an.

„Du bist eine gute Freundin für mich, Fiona. Die einzige, bei der ich über meine schöne Serena reden konnte. Du bist natürlich auch hübsch. Aber sie ist hübscher."

„Das bezweifle ich nicht, Aiden. Sie war eine tolle Frau. Und sie hatte Glück, einen attraktiven Mann wie dich zu haben. Fast so attraktiv wie mein lieber John", neckte Fiona und verursachte ein Lachen, das sich in einen hohlen Husten verwandelte. Fiona streckte sofort ihre Hand aus und erleichterte seinen Husten mit ihrer Kraft.

„Ich vermute mal, dass du nicht weißt, wie man Leuten *nicht* hilft, oder?", fragte Aiden leise.

„Es ist Teil dessen, was ich bin. Ich respektiere deine Wünsche. Das...mein Problem ist, dass ich nicht weiß, ob ich dir sagen soll, was du hast." Fiona schluckte schwer.

Aiden bewegte seine Hand, bis sie auf ihrer auf der Bettdecke lag.

„Ich weiß, was ich habe. Ich habe es gewollt", sagte Aiden. Er drückte ihre Hand etwas und Fiona blickte bei seinen Worten zur Seite.

„Du hast es gewollt? Zu sterben? Warum gehst du dann nicht einfach raus und springst vom Kliff?", fragte Fiona wütend und Aiden lachte leise. Diesmal streckte er seine Hand aus, um sie zu berühren – schickte seine eigene Art beruhigender Energie zu ihr.

„Weil alles seinen richtigen Zeitpunkt hat, Fiona. Du weißt das so gut wie jeder andere. Ich habe einfach gespürt, dass meine Zeit näherkam und...na ja, ich will mit Serena zusammen sein. Zur Wintersonnenwende sind es genau fünfzehn Jahre, seit sie mich verlassen hat. Ich glaube, das wäre ein guter Zeitpunkt, um ihr zu folgen", sagte Aiden leise und Fiona schloss ihre Augen.

„Du hast also deine Entscheidung getroffen", flüsterte Fiona.

„Ich glaube schon. Auf meine eigene Art. Obwohl ich nicht sicher bin, dass ich Lungenkrebs gewählt hätte", sagte Aiden. Ein weiterer Hustenanfall rüttelte seinen Körper. Fiona war überrascht, dass sie es all die Male, die sie ihn besucht hatte, übersehen hatte. Aber jetzt, da sie genauer hinschaute, konnte sie sehen, dass er abgenommen hatte und seine Haut viel blasser war.

„Ich kann nicht glauben, dass ich es nicht gemerkt habe", gab Fiona zu und fühlte sich schuldig. Er war ihr Freund und sie hätte sich um ihn kümmern sollen, bevor es zu spät war. Selbst wenn es nicht das war, was er wollte.

„Ich habe es vor dir verborgen. Wenn ich wusste, dass

du kommst, habe ich mich angezogen und so getan, als wäre ich total gesund. Aber wenn du dann weg warst, habe ich stundenlang geschlafen. Ich habe auch absichtlich nicht daran gedacht, wenn du bei mir warst, sondern stattdessen entschieden, von glücklicheren Zeiten zu reden."

„Du hast mich abgelenkt", murmelte Fiona und legte ihre Hand um seine knöchernen Gelenke.

„Das habe ich, Mädchen; es war nichts, worüber du dich sorgen solltest", sagte Aiden.

„Du bist mein Freund. Es ist mein Job, mich zu sorgen. Und um Gotteswillen, Aiden, ich muss dir sagen…ich kann dich heilen. Zumindest bin ich ziemlich sicher, dass ich das könnte. Oder dein Leben verlängern und dir ein paar weitere gesunde Jahre geben. Du musst das wissen…das ist, was ich für dich möchte." Fionas Stimme brach.

„Ach, meine liebe Fiona, du bist die beste Freundin. Das weiß ich. Ich habe gewusst, dass du mir helfen kannst, seit der Spezialist mir vor sechs Monaten die Diagnose gegeben hat. Aber versteh bitte, dass es nicht um dich geht. Es ist meine Wahl, ich werde mit meiner hübschen Serena zusammen sein."

Fionas Kopf fühlte sich bleischwer an, als sie auf die karierte Decke sah. Ihr Blick folgte den Nadelstichen, wo die Fäden zusammengewoben waren. Sie erinnerte sich selbst daran, dass der Weg jeder Person auf dieser Erde wie ihr eigener Teppich war, verknüpft mit anderen Fäden, von denen einige zur Vollendung führten und andere ausfransten und versagten.

„Ist es das, was du wirklich willst? Aus der Tiefe deiner Seele und deines Herzens? Denn es sagen und es durchführen sind zwei verschiedene Dinge", sagte Fiona und sah ihm wieder in die Augen.

„Ja. Ich hatte viele einsame Nächte, in denen ich darüber nachgedacht habe. Es ist, was ich will. Ich weiß, dass Serena es auch will. Sie vermisst mich, genauso wie ich sie vermisse", sagte Aiden leise. Seine Augen wurden weich, als er das sagte.

Ihr Atem stockte in ihrer Kehle.

„Besucht sie dich? Siehst du sie?", flüsterte Fiona.

„Nur in meinen Träumen", sagte Aiden.

„Ach ja, das habe ich gemeint. Geht sie mit dir im Traum spazieren?"

„Du wolltest nicht wissen, ob sie jeden Abend bei mir sitzt und mit mir isst? Ob ihr Geist mit mir am Feuer Whiskey trinkt?" Aiden lachte – was wieder in einem Hustenanfall endete.

„Ja, ich denke, dass ich das gemeint habe. Aber John begleitet mich auch in meinen Träumen. An manchen Tagen ist das der beste Teil", seufzte Fiona.

„Für mich auch", sagte Aiden und lächelte sie sanft an.

„Was kann ich für dich tun?", flüsterte Fiona.

„Komm vorbei, sitz hier mit mir und hilf mir, die Zeit zu verbringen. Ich habe die meisten meiner Dinge geregelt, aber vielleicht kannst du helfen, ein paar meiner Sachen zu spenden. Und ich habe es niemandem im Dorf gesagt, aber ich fände es schön, ein letztes Fest zu haben – etwas Musik mit Freunden zu hören – bevor ich gehe", sagte Aiden und sah sie fragend an.

„Ich bleibe hier im zweiten Schlafzimmer mit Ronan, um dir Gesellschaft zu leisten", beschloss Fiona. „Und du wirst die beste Abschiedsfeier überhaupt haben."

Aiden lachte und seine Augen leuchteten vor Freude.

„Das würde mir gefallen. Eine Abschiedsfeier. Ja, lass uns das machen."

Fiona sah ihn mit schräggelegtem Kopf an.

„Du bist sicher, dass es die Wintersonnenwende sein wird?"

„Soweit ich das beurteilen kann. Es ist zumindest das, was Serena mir sagt."

„Und du glaubst ihr? Was erzählt sie dir so in deinen Träumen? Ich habe mich immer gefragt, was mein Unterbewusstsein ist und was wirklich John." Fiona sah Aiden mit erhobener Augenbraue an, als sie sich herüberlehnte, um die Decke etwas höher zu ziehen.

„Ja, das tue ich. Ich denke mal, wenn du meine Füße ins Feuer halten würdest und wissen wolltest, warum, könnte ich nur sagen, dass es ein Gefühl ist. Ein starkes. Mein Mädchen würde mich nicht anlügen", sagte Aiden.

„Nein, ich vermute, dass John mich auch nicht anlügen würde." Fionas Gedanken schossen zurück zu ihrem Traum in der vorherigen Nacht und wie John sie gebeten hatte, einen Wunsch auszusprechen. Es schien, dass sie heute Nacht im Schlaf nochmal mit ihm reden müsste – vielleicht könnte sie mehr Informationen aus ihm herausbekommen.

„Ich gehe nach Hause, Aiden. Ich bringe ein paar Laken und Handtücher mit und was zum Anziehen für mich. Die Wintersonnenwende ist nicht mehr lange hin. Ich helfe dir in deinen letzten Tagen – und darüber gibt es keine Diskussion." Fiona hob einen warnenden Finger. „Ich werde deinen Schmerz etwas erleichtern. Ich verspreche, dich nicht zu heilen. Aber ich kann deine letzten Tage etwas angenehmer machen. Können wir das einen Kompromiss nennen?"

Aiden schloss seine Augen für einen Moment, dann atmete er tief ein, drehte sich auf seinem Kissen und lächelte sie an.

„Ja, dem stimme ich zu. Ich habe Schmerzen, auch wenn ich es nicht zugeben möchte, und ich habe medizinische Behandlung verweigert."

„Lass mich das mal machen. Ich habe ein paar Tricks im Ärmel." Fiona zwinkerte ihm zu, als sie aufstand. „Jetzt schlaf ein bisschen. Ich bin bald wieder da und dann hast du Ronan, der hier hochspringen und dir Gesellschaft leisten kann. Das wird dir gefallen, er hat dich immer gemocht."

„Guter Hund", stimmte Aiden zu, aber seine Augen fielen schon langsam zu.

Wie hatte sie übersehen können, wie krank er war? Fiona staunte über die Tatsache, dass einer ihrer guten Freunde dem Tod nah war und sie es noch nicht gemerkt hatte.

Vielleicht hatte Aiden recht – sie hatte es nicht wissen sollen. Selbst wenn sie mit seiner Entscheidung nicht einverstanden war, lag es nicht an ihr, das zu ändern.

# KAPITEL EINUNDVIERZIG

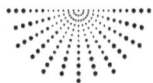

Die Tage vor der Wintersonnenwende vergingen wie im Flug, und doch schienen sie länger zu werden – jeder Moment eingefroren – als sie Aiden half, seine letzten Tage auf dieser Erde zu feiern.

Wie versprochen war sie an dem Nachmittag eingezogen und ein ständiger Strom von Dorfbewohnern kam, um ihn zu besuchen. Fiona lernte schnell, wie ermüdend das für Aiden war, also begann sie, die Besuche einzuschränken auf eine Stunde am Morgen und eine Stunde am Nachmittag.

Es war schön, wieder für jemanden zu kochen, obwohl er nicht viel aß. Seinem Wunsch gemäß, gab Fiona die meisten seiner Besitztümer weg und vermachte sein Haus dem örtlichen Fremdenverkehrsverein. Sie hatte gehört, dass es eine Diskussion darüber gab, es in ein Touristenzentrum umzuwandeln mit Informationen über all die Steinkreise in den umliegenden Hügeln. Sie dachte, dass es schlechtere Wege gab, das Haus zu nutzen.

Ronan war wie immer ein besänftigender Einfluss – er

sprang hoch, um Aiden warm zu halten und in seinem Schmerz beizustehen. Fiona hatte sich ihr altes Lederbuch von Keelin wieder ausgeliehen und sie hatten darüber diskutiert, welche Rituale durchgeführt werden konnten, die den Schmerz linderten, aber nicht heilten. Es war nicht so einfach, wie sie gedacht hatte, da der Akt des Schmerzlinderns oft Hand in Hand ging damit, die Ursache des Schmerzes zu heilen.

Keelin war jetzt hier und half mit den Vorbereitungen für die Feier am Nachmittag. Fiona hatte sich gefragt, ob sie die Party an der Wintersonnenwende ausrichten sollte, aber Aiden hatte darum gebeten, den Abend für sich allein zu verbringen.

Man musste immer die Wünsche eines sterbenden Mannes respektieren.

Also war Keelin da und Cait würde demnächst mit Getränken aus dem Pub kommen. Der Rest der Mädchen würde nachfolgen. Sie hatten sich auf eine Art Rotation bei der Feier geeinigt, damit das Haus immer mit Musik und Stimmen erfüllt war, aber nicht so voll, dass es Aiden überwältigen würde. Es war mehr ein Tag der offenen Tür.

„Er hat mir gesagt, ich soll Baby Grace bei ihm lassen. Ist das nicht das verrückteste Ding? Ich hoffe, dass sie ihn nicht erschöpft", sagte Keelin und kam aus dem Schlafzimmer, in das sie mit Baby Grace auf der Hüfte reingeschaut hatte, um Aiden zu begrüßen.

„Irgendwie überrascht mich das nicht", murmelte Fiona und rührte den Rindereintopf, der vor sich hinköchelte.

„Was soll das heißen?", fragte Keelin.

Fiona fragte sich, wann sie Keelin sagen sollte, dass

Baby Grace in Wirklichkeit die Seele von Grace O'Malley war – die berüchtigte Vorfahrin, die ihre Blutlinie begonnen hatte. Sie dachte, dass sie noch ein bisschen Zeit hätten, bevor sie diese Information enthüllen musste. Keelin musste erst in die Mutterrolle wachsen und sich und ihr Baby kennen, bevor Fiona diese Bombe platzen ließ. Alles zu seiner Zeit, sagte sie sich selbst.

„Er liebt Babies, das ist alles. Und Gracie ist sehr entzückend", sagte Fiona. Sie fragte sich insgeheim, was für eine magische Unterhaltung die beiden hatten.

„Das ist sie, oder?", sagte Keelin. Ihr Herz war in ihren Augen, wenn sie von ihrem kleinen Mädchen sprach.

„Ja, ich denke, dass sie unvergesslich sein wird", lachte Fiona und konzentrierte sich wieder auf das Kochen. „Jetzt stell mal Teller auf den Tisch. Ich habe gedacht, wir bauen alles in einer langen Reihe auf und jeder kann sich selbst bedienen, wenn sie kommen und gehen."

„Das klingt nach einem guten Plan", sagte Keelin und ging durch den Raum, um die Teller auf den Tisch zu stellen. „Fiona, ist alles okay? Ich mache mir Sorgen, dass Aidens Tod ein weiterer großer Verlust für dich sein wird."

Fiona klopfte den Löffel gegen die Seite des Topfs und legte ihn dann auf den Halter daneben. Sie drehte sich um, wischte ihre Hände an einem Handtuch ab und sah Keelin an.

„Aiden ist einfach ein guter Freund", sagte Fiona leise.

„Das weiß ich. Ich glaube, ich hatte auf mehr gehofft – wenigstens für eine Weile, als du so oft hier vorbeigekommen bist", sagte Keelin achselzuckend und faltete Servietten in ordentliche kleine Quadrate.

„Wir mögen unsere gegenseitige Gesellschaft, aber viel

unserer Zeit dreht sich um die Vergangenheit – wenn wir uns an unsere geliebten Menschen erinnern."

„Also ist es okay für dich, wenn er stirbt?"

„Ich würde nicht sagen, dass ich glücklich darüber bin, da ich ihn bestimmt vermissen werde. Aber Aiden möchte bei Serena sein. Und ich kann einem Freund dieses Glück nicht übelnehmen, oder?", fragte Fiona. Die Haustür schwang auf und sie drehten sich beide um, als Cait mit Weinflaschen im Arm hereinkam, voller Schwung wie immer.

„Ich habe noch mehr im Auto", sagte Cait. Ihr schlanker Körper hatte erstaunliche Kraft.

„Du hast das Baby nicht allein im Wagen gelassen, oder?"

„Natürlich nicht. Ich habe das Baby im Pub gelassen, damit es Bier zapft." Cait rollte mit ihren Augen und stellte die Flaschen auf den Tisch, bevor sie wieder nach draußen ging in den windigen grauen Tag – ein kleines Bündel Energie.

„Sie hat eine ganz schöne Klappe", sagte Fiona und Keelin kicherte.

„Und Mutterschaft hat es keinesfalls geschwächt", sagte Keelin und dann hielt sie ihren Kopf in Richtung Hinterzimmer. „Ich glaube, ich habe Grace schreien gehört. Ich gehe mal gucken."

Das Weinglas, das Fiona gerade säuberte, fiel fast aus ihrer Hand, als Aiden aus dem Hinterzimmer kam – komplett angezogen und mit Farbe im Gesicht, gefolgt von Keelin mit Baby Grace in einem hübschen grünen Samtkleid im Arm. Fiona sah baff zu Baby Grace – die definitiv einen schelmischen Ausdruck auf ihrem Gesicht hatte –

und Aiden. Seine Haare waren ordentlich gekämmt und er trug ein schönes rotkariertes Hemd, das in gebügelten Cordhosen steckte. Der graue Farbton war von seiner Haut verschwunden und seine Augen schienen noch mehr zu blitzen.

„Aiden, ich kann nicht glauben, dass du aufgestanden bist", sagte Fiona, stellte das Weinglas ab und ging zu ihm. Sie versuchte, nicht zu glucken, aber ein Teil von ihr wollte ihn abtasten und einen geistigen Scan machen. Hatte Baby Grace etwas gemacht, als sie allein in seinem Zimmer waren?

„Ich werde doch nicht meine eigene Abschiedsfeier verpassen", sagte Aiden entschlossen und küsste Fiona auf die Wange, bevor er ins Wohnzimmer ging, wo er sich unbeholfen bückte und im Feuer stocherte. „Morgen müssen wir den Yule log für die Sonnenwende anzünden."

Fiona sah mit verengten Augen auf seinen Rücken. Er wollte, dass dies seine Abschiedsparty war und trotzdem wollte er den Weihnachtsscheit anzünden, der normalerweise für zwölf Tage brannte? Sie öffnete ihren Mund, um etwas zu sagen, aber die Tür schwang wieder auf – und dieses Mal kam das halbe Dorf hinter Cait herein, alle mit Armen voller Essen und Instrumenten.

„Hallo alle! Ich bin gerade aus dem Bett aufgestanden für eine gute Feier", sagte Aiden laut, setzte sich in den Sessel am Feuer und war augenblicklich von Freunden umringt. Fiona schüttelte nur ihren Kopf und ging, um ihm ein Glas seines Lieblingswhiskeys, Middleton Very Rare, einzuschenken. Sie stoppte vor dem Hochstuhl, in den Keelin Baby Grace mit ein paar Stücken zerdrückter

Banane gesetzt hatte. Fiona beugte sich herunter und sah ihr in die Augen.

„Ich bin dir auf die Schliche gekommen", flüsterte Fiona.

Baby Grace prustete und warf ein Stück Banane vom Stuhl.

„Ein guter Ablenkungsversuch, aber ich bin so sicher wie die Sonne scheint, dass du dahinten im Schlafzimmer einen Trick ausgeführt hast."

Baby Grace knallte ihre Handfläche auf das Tablett und zermatschte fröhlich ein Bananenstück zwischen ihren Fingern.

Fiona strich ihre Hand über die weichen Locken auf Graces Kopf.

„Und ich danke dir dafür. Es ist ein schönes Geschenk", flüsterte Fiona und küsste ihren Kopf. Baby Grace wurde ruhig, als sie wegging und wie erwartet zwinkerte ihr das Baby zu. Fiona kicherte, als sie in die Küche ging, um die Suppe zu rühren.

„Die Suppe ist fast fertig und wir haben noch viel mehr Essen für alle", rief Fiona in den Raum, als die ersten Töne einer Flöte durch das Zimmer schwebten. Kurz danach kam eine Fiedel dazu.

Bis spät in die Nacht war das kleine Haus von Gelächter und Musik erfüllt. Die Töne wurden von dem stürmischen Wind, der um das Haus wehte, weitergetragen, und Licht schien aus jedem Fenster. Aus der Entfernung sah es aus, als stünde das Haus in Flammen. Wie ein Signal des Lebens und der Liebe in der dunklen Dezembernacht.

# KAPITEL ZWEIUNDVIERZIG

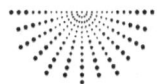

„Wünsch dir etwas, schöne Fiona. Wünsch dir etwas", flüsterte John ihr in dieser Nacht in ihren Träumen zu. Er hatte das seit Wochen jede Nacht wiederholt. Vielleicht lag es am Whiskey, den sie bei der Feier getrunken hatte, denn Fiona brach ihre Regel, in ihren Träumen nicht wütend zu sein, und griff ihn an.

„Du sagst das immer wieder! Aber du sagst mir nicht, was du meinst!", zischte sie und ging in Kreisen um ihn herum. In diesem Traum waren sie auf dem Kliff, das Grace's Cove überblickte, die Sonnenwärme sanft auf ihren Schultern – ähnlich der Liebe, die von John ausging.

„Wenn der Mond tief steht und die Sterne leuchten – darfst du wünschen, sollst du wünschen", sang John. Auch wenn seine Stimme neckend war, erkannte sie einen Hauch von Ernst hinter seinen Worten.

„John, Kinderlieder helfen jetzt nicht", sagte Fiona, überrascht, dass sie den Tränen nah war. Sie hatte in ihren Träumen mit John nie geweint – niemals. Die Momente, die sie mit ihm verbrachte, waren viel zu kostbar, als dass sie sie mit Tränen oder Wut verschwenden wollte. Und doch, hier war sie jetzt – wütend und in Tränen.

„Darfst du wünschen, sollst du wünschen", wiederholte John und strich seine Hand über ihre Wange, bevor er außer Sichtweite verblasste und sie blinzelte die Balken an, die die Decke in Aidens Gästezimmer kreuzten. Ihre Augen tränten und Fiona konnte nicht anders, als Wut in ihrem Magen zu fühlen. Es war nicht fair. Es war nicht fair, dass sie John verloren hatte und jetzt verlor sie auch noch ihren Freund Aiden.

*Das Leben ist nicht fair.*

Der Lieblingsspruch ihrer Mutter ging ihr durch den Kopf und Fiona schloss ihre Augen für eine Sekunde. Ihre Mutter hatte ihr nicht beigebracht, in ihr Kissen zu weinen, wenn etwas Schlimmes passierte. Sie wusste genau, dass Tränen den schlechten Tag nicht verschwinden ließen.

Fiona blinzelte wieder, als sie sich im Raum umsah. Tageslicht kam durch ihre Fenster. Mittagslicht sogar. Fiona setzte sich auf, als ihr Stille entgegenkam.

„Oh Mist, Mist, Mist", sagte Fiona, schwang ihre Beine aus dem Bett und steckte ihre Füße in ihre Hausschuhe. Sie hatte gar nicht so lange schlafen wollen, aber die Party war bis spät in die Nacht gegangen – Aiden hatte voller Energie durchgehalten. Mehr als eine Person hatte sie beiseite gezogen, um wegen seiner guten Gesundheit zu kommentieren. Fiona hatte nur hilflos mit den Schultern gezuckt und war unfähig, es zu erklären.

„Aiden?", rief Fiona, steckte ihre Arme in ihren Bademantel und verknotete den Gürtel um ihre Taille, als sie ihre Tür öffnete und wieder nach ihm rief.

„Ich bin hier", rief Aiden und Fiona drehte sich zum

Schlafzimmer, bevor sie innehielt. Die Stimme war aus dem Wohnzimmer gekommen. Sie legte ihren Kopf verwirrt schräg und marschierte ins Wohnzimmer.

„Und was glaubst du, was du da machst?", fragte Fiona ihn streng, während er am Herd stand und einen Streifen Speck in der Pfanne briet.

„Ich mache mein letztes Frühstück, das mache ich", sagte Aiden fröhlich.

Fiona begutachtete ihn. Seine Farbe war immer noch gut und er sah ganz sicher nicht aus, als wäre er auf dem Sterbebett. Sie ging durch den Raum und schubste ihn vom Herd weg.

„Du wirst dir ganz sicher nicht dein letztes Frühstück selbst machen", sagte Fiona und nickte ihm zu, damit er sich am Tisch hinsetzte. „Hol dir etwas Saft und ich mache gleich Tee."

„Also eigentlich hätte ich lieber einen irischen Kaffee", sagte Aiden.

Fiona drehte sich um und sah ihn an.

„Da du ja heute keine schweren Maschinen bedienen wirst, kann du den zum Frühstück haben", stimmte Fiona zu und Aiden lachte. Sie stellte den Speck auf niedrige Stufe und ging zum Kühlschrank, wo sie eine Flasche Sahne fand. Während sie sie in einer Metallschüssel schlug, sah sie Aiden über ihre Schulter an. „Das hat Spaß gemacht gestern Abend."

„Das hat es. Eine sehr schöne Abschiedsfeier – wie für einen König." Aiden lächelte sie an und sie kam einfach nicht über die Veränderung in ihm hinweg. So glücklich und gesund hatte sie ihn seit Wochen nicht gesehen. Sie schlug den Schneebesen am Schüsselrand

ab und drehte sich mit den Händen in ihren
Hüften um.

„Jetzt reicht's. Du erzählst mir besser, was zwischen
dir und Baby Grace passiert ist. Ich schwöre, das Kind hat
dich verhext, weil ich dich schon lange nicht mehr so
gesund gesehen habe. Und du bist einfach so glücklich",
sagte Fiona.

„Ach ja, Grace ist ein tolles Baby. Ich denke, dass sie
große Dinge in dieser Welt bewirken wird", nickte Aiden
und nahm einen Schluck von seinem Orangensaft.

Fiona wartete. Es war nicht das erste Mal, dass jemand
ihren Fragen auswich. Schlussendlich seufzte Aiden.

„Was macht der Speck?", fragte er hoffnungsvoll in
einem letzten Versuch, ihre Frage nicht zu beantworten.
Fiona sah ihn nur mit erhobener Augenbaue an.

„Fiona, ich bin glücklich, weil ich heute Abend Serena
sehe. Ich habe lange Zeit darauf gewartet. Grace hat mir
einfach das Geschenk des Friedens gegeben, das ist alles",
sagte Aiden und zuckte mit seiner Schulter, während er
Fiona verlegen ansah.

Fiona dachte einen Moment darüber nach. Sie gab zu,
dass er wirklich nur darüber geredet hatte, dass er Serena
wiedersehen würde. Vielleicht war seine Freude der Grund
für diese plötzliche Gesundheit.

„Das macht wohl Sinn. Gestern haben viele nach dir
gefragt", sagte Fiona. Sie drehte sich herum, um ihm eine
Tasse Kaffee mit einem kräftigen Schluck Whiskey darin
einzuschenken. Sie löffelte etwas geschlagene Sahne auf
den Kaffee und stellte ihn vor Aiden.

„Das ist eine gute Tasse Kaffee", sagte Aiden mit
leuchtenden Augen – ein Bild der Gesundheit.

Fiona gab auf. Dies war der letzte Tag auf Erden für den Mann. Wenn er über einfache Dinge reden wollte, dann war das seine Entscheidung. Sie würde ihn nicht den ganzen Tag mit Fragen bombardieren.

„Also Aiden, warum erzählst du mir nicht, wie du den Tag verbringen möchtest?"

„Ich möchte zur Bucht gehen."

Fiona drehte sich um. „Und du willst mir erzählen, dass du gesund genug bist, um in die Bucht herunterzuklettern?" Vielleicht hatte der Mann einfach komplett den Verstand verloren.

Aiden kicherte und prostete ihr mit seinem Kaffee zu.

„Ich möchte sie nur sehen. Den schönsten Teil von ganz Irland. Ich möchte meinen letzten Tag mit schönen Dingen füllen."

„Na, dann sollte ich wahrscheinlich gehen", witzelte Fiona.

„Du bist eine schöne Frau, Fiona", sagte Aiden ernst. Fiona drehte sich um und sah ihn an.

„So schlecht siehst du auch nicht aus", lächelte sie ihn an. Das tat er wirklich nicht. Er erinnerte sie mit seiner großen Statur und den breiten Schultern sehr an John. Niemand würde ihren John je ersetzen können, aber das hieß ja nicht, dass sie nicht einen attraktiven Mann bewundern konnte, wenn sie ihn sah.

„John hatte großes Glück gehabt", sagte Aiden, als Fiona ihm einen Teller mit einem kompletten irischen Frühstück brachte, inklusive einer gebackenen Tomate am Tellerrand.

„Ich war diejenige, die Glück hatte", seufzte Fiona und machte sich selbst einen irischen Kaffee, bevor sie sich

Aiden gegenüber hinsetzte und einen kleinen Schluck nahm. „Ich glaube, ich bin ein bisschen neidisch auf dich."

„Fiona O'Brien, ich bin schockiert", sagte Aiden. Seine Gabel blieb auf halbem Weg zu seinem Mund in der Luft hängen.

„Nicht, dass du glaubst, dass du heute stirbst – aber dass du wieder mit Serena zusammen sein wirst. Gott, das wird eine schöne Wiedervereinigung", sagte Fiona mit erhobener Kaffeetasse.

„Es wird göttlich sein, ich bin sicher."

„Sag John, dass ich ihn liebe", flüsterte Fiona und drehte sich für einen Moment, um auf das Wasser zu schauen, so dass die Tränen, die ihr in die Augen gestiegen waren, nicht fallen würden.

„Sag es ihm selbst", sagte Aiden und Fiona riss ihren Kopf herum.

„Was soll das heißen?"

„Einfach, dass sie hier bei uns sind. Er kann dich hören", sagte Aiden schnell und schob sich eine Gabel voll Ei in den Mund.

„Ja, natürlich", sagte Fiona sofort.

„Was meinst du, hübsche Fiona? Fährst du mich nach dem Frühstück zur Bucht?"

Fiona schaute auf den Horizont. Obwohl graue Wolken tief am Himmel hingen, wo das Wasser die Luft traf, fiel kein Regen.

„Es sieht aus, als würdest du eine klare Wintersonnenwende haben. Natürlich fahre ich dich zur Bucht", sagte Fiona und streichelte automatisch Ronans Ohren, als er seine Schnauze auf ihr Knie legte. „Und Ronan würde wahrscheinlich einen guten Spaziergang mögen."

„Es wird ein schöner letzter Tag", sagte Aiden fast singend und Fiona staunte über ihn. Sie fragte sich, ob sie fähig wäre, ihren eigenen Tod mit so viel Würde und Freude zu begrüßen wie der Mann, der vor ihr saß.

Wenn John auf sie wartete, könnte sie das bestimmt.

# KAPITEL DREIUNDVIERZIG

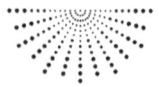

W as letzte Ausblicke anging, konnte man mit der Bucht nicht falsch liegen, dachte Fiona, als sie und Aiden langsam den Pfad entlanggingen, der sie zu den Klippen führen würde, die die verwunschenen Gewässer umarmten. Sie gingen langsam, als wären sie völlig sorgenfrei und hingen ihren eigenen Gedanken nach. Unnötiges Schwatzen hatte in einem Moment wie diesem keinen Platz.

Fiona lächelte, als Ronan über das Feld rannte, seine Ohren hinter ihm flatternd, während er ein eingebildetes wildes Biest jagte. Sie konnte über dem Hügel eine dünne Rauchschwade sehen und es beruhigte sie zu wissen, dass ihre Familie bei dieser Wintersonnenwende sicher und warm war.

Sie kamen endlich am Beginn des Pfads an und Fiona zog eine abgenutzte karierte Decke aus ihrer Umhängetasche und hielt sie vor Aiden hoch.

„Sollen wir uns setzen?"

Erleichterung ging über Aidens Gesicht. Auch wenn

er am gestrigen Tag gute Gesundheit gezeigt hatte, erinnerte sich Fiona selbst daran, dass er trotz allem sehr, sehr krank war. Sie legte die Decke auf das Gras an der Seite des Kliffs und dann bot sie Aiden ihren Arm. Er senkte sich unbeholfen auf den Boden, sein Gewicht machte es etwas schwierig für Fiona, ihn zu unterstützen. Ein Seufzer entfuhr ihm, als er sich hinsetzte und Fiona kam neben ihn und zog eine zweite Decke aus ihrer Tasche.

„Hier ist eine, die uns warmhält", sagte Fiona, entfaltete sie und legte sie über Aidens Schultern, dann zog sie sie um sich selbst, bis sie von der weichen Wolle umhüllt waren. Ronan rannte zurück und schob sich zwischen sie. Er hechelte vor Anstrengung und sein pelziger Körper strahlte Wärme zwischen ihnen aus.

Die Bucht lag bilderbuchhaft zu ihren Füßen an diesem grauen Tag und das Wasser war friedlich. Es war eine beruhigende Atmosphäre, das Gewässer unbeeindruckt von dem enormen Gewicht, das auf den Schultern des Mannes lag, der auf es herabblickte. Fiona nahm es als Zeichen, dass der Übergang für Aiden gut laufen würde. Eine sanfte Stimmung begann, sich in ihr auszubreiten, während sie dem hypnotischen Rhythmus der Wellen zuschaute, die auf den Strand rollten und wieder in die Bucht flossen.

Am Ende begrüßte Fiona die Ruhe. Sie fand ihren eigenen Frieden mit Aidens Freude darüber, diese Welt zu verlassen.

Entspann dich, schien das Wasser zu sagen, es ist alles ein Kreis. Er wird nichts als Glück kennen, flüsterte die Bucht ihr im Wind zu. Fiona fragte sich fast, ob der

Ausflug zur Bucht für sie oder für Aiden gewesen war. Sie lehnte sich hinüber und schubste ihn mit ihrer Schulter an.

„Ich werde dich vermissen, mein Freund. Aber die Bucht scheint mir zu sagen, dass du einen leichten Übergang haben wirst. Du wirst Frieden finden und du wirst so glücklich sein, wieder in Serenas Armen zu liegen."

Aiden sah sie an und sein Gesicht leuchtete vor Glück.

„Es war eine gute Entscheidung. Sieh dich doch einfach um – es ist wirklich alles perfekt, oder? Die Kliffe ragen so stolz in den Himmel und das atemberaubende Wasser, das an diese Ufer rollt. Sie haben über tausende von Jahren Veränderungen, Trauer, Liebe, Leben und Tod gesehen. Ich werde diese Welt verlassen und in einer anderen meinen Platz finden. Ich bin genauso Teil der Zusammensetzung dieser Welt wie der nächsten."

Fäden, dachte Fiona. Sie waren alle Fäden, die im Gewebe des Universums miteinander verwoben waren.

„Möchtest du, dass ich deine Asche hier verstreue?", fragte Fiona. Sie hatten verschiedene Beerdigungsmöglichkeiten diskutiert, aber es war noch nichts festgelegt. Aiden hatte gesagt, es wäre zu makaber und dass er in einem Päckchen neben seinem Bett Instruktionen hinterlassen würde.

„Kein Grund, rührselig zu werden, Fiona", sagte Aiden ernst und Fiona kicherte und schubste ihn nochmal an der Schulter.

„Ich bin nicht diejenige, die beschlossen hat, zu sterben", sagte Fiona.

„Ja, da hast du recht. Ich denke, nach diesem Ausflug zur Bucht möchte ich gern ein bisschen am Feuer sitzen, in dem der Weihnachtsscheit brennt. Ich habe noch ein paar

Dinge, die ich gern aufschreiben würde. Wenn der Abend kommt, werde ich mich in mein Schlafzimmer zurückziehen. Ich bitte darum, dass du mich allein lässt, bis du sicher bist, dass ich gegangen bin. Ich möchte den Tod allein begrüßen", sagte Aiden leise.

Fiona dachte über seine Worte nach, als sie auf das Wasser der Bucht schaute. Das dämmrige blasse Winterlicht machte das Wasser fast schieferblau.

„Ja, natürlich werde die Wünsche eines sterbenden Mannes ehren", sagte Fiona.

„Du bist eine gute Frau, Fiona. Ich werde sicher in deinen Träumen eines Tages erscheinen und Hallo sagen", witzelte Aiden und Fiona merkte, dass sie lächeln konnte – trotz ihrer Traurigkeit.

„Gehen wir?", fragte Aiden.

„Das tun wir." Fiona stand auf, zog die Decke mit und hielt Aiden eine Hand hin, um ihn hochzuziehen. Er drehte sich und begann, langsam zum Auto zu gehen, während Fiona sich bückte, um die andere Decke aufzuheben, auf der sie gesessen hatten, und sie auszuschütteln.

Ronans leises Bellen ließ ihren Kopf hochschnellen.

Ein leuchtendes blaues Licht, ätherisch und atemberaubend, schien tief aus dem schieferblauen Wasser der Bucht. Fionas Kinnlade fiel herunter, als sie herumwirbelte, um Aiden anzusehen und dann zurück zur Bucht.

„Aber...aber...", flüsterte Fiona, als ihr Tränen in die Augen stiegen. Wenn die Bucht ihr sagen wollte, dass Aiden ihre wahre Liebe wäre, dann hatte sie einen denkbar schlechten Zeitpunkt gewählt. Es macht noch nicht mal Sinn, wütete Fiona in ihrem Kopf, als sie dem Gewässer

mit ihrer Faust drohte. Sie hatte überhaupt keine romanti-
schen Gefühle für Aiden.

„Ich weiß nicht, was du mir sagen willst", sagte Fiona
am Ende. Sie fühlte sich hoffnungslos und war wütend auf
die Bucht – auf die Blutlinie, die ihr diese Gaben vermacht
hatte. Das Wasser hatte einmal für sie geleuchtet – für die
wahre Liebe ihres Lebens. Es sollte nicht für Aiden erneut
leuchten.

Von der Mischung aus Trauer und Wut war ihr flau im
Magen, und verwirrt drehte Fiona der Bucht den Rücken
zu und folgte Aiden mit Ronan an ihrer Seite.

Und schwor, dass sie die Wünsche eines sterbenden
Mannes bis zuletzt würdigen würde, egal was die Bucht
versuchte, ihr zu sagen.

# KAPITEL VIERUNDVIERZIG

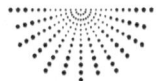

„Ich habe den Weihnachtsscheit angezündet", rief Aiden.

Fiona war ins Gästezimmer gegangen, als sie zurück-kamen. Sie musste sich umziehen und die Kälte aus ihren Knochen schütteln, die sie von der Bucht mitgebracht hatte.

„Möchtest du Tee? Oder noch einen irischen Kaffee?", fragte Fiona, als sie ins Wohnzimmer kam.

Von seinem Platz am Kamin, wo der hübsche Weih-nachtsscheit gerade anfing zu brennen, prostete Aiden ihr mit einem Glas Whiskey zu. Er zeigte auf ein zweites Glas mit Whiskey beim Sessel neben ihm.

Fiona nahm es und rollte sich in dem Sessel zusam-men. Sie nippte langsam am Whiskey, während sie die Flammen beobachtete. Über so viel im Leben wurde beim Flackern eines Feuers sinniert, dachte sie.

„Hältst du das Feuer für mich am Leben? Hinterher? Die ganzen zwölf Tage?", fragte Aiden.

„Das kriege ich vermutlich hin", sagte Fiona mit einem Lächeln.

Sie verbrachten den Nachmittag damit, sich gegenseitig Geschichten aus vergangenen Zeiten zu erzählen, bevor Fiona am Ende still wurde und nur noch Aiden zuhörte, der über sein Leben mit Serena sprach und all die Dinge, auf die er sich freute, wenn er sie wiedersah. Ihr Herz wurde traurig und zum ersten Mal seit langem erfüllte sie Einsamkeit. Ein Teil von ihr sehnte sich danach sagen zu können, dass sie ihre Liebe auch bald sehen würde.

Als die Schatten länger wurden und das Licht draußen dunkler, drehte sich Aiden zu ihr um.

„Es ist Zeit."

„Ich glaube, ich bleibe hier und lasse mich vom Feuer beruhigen", sagte Fiona mit leiser Trauer.

Aiden und Fiona standen auf und er legte seine Arme um sie. Sie lehnte sich in das tröstende Gewicht seiner Arme, die sich solide um sie anfühlten und drückte ihr Gesicht an seine Brust. Sie blieben für einen Moment so stehen und brauchten keine Worte. Liebe umgab sie.

Fiona wollte unbedingt ihre Hände ausstrecken und ihn heilen. Stattdessen trat sie zurück und sah ihn an.

„Eine gute Reise, mein Freund", flüsterte Fiona, ihre Hand an seiner Wange. Er drehte sich um und küsste ihre Handfläche sanft – fast so wie ein Liebhaber.

„Du hast mein Leben mit deinem Dasein bereichert – und damit, mir zu erlauben, es unter meinen Bedingungen zu beenden. Es war eine Freude und Ehre, dich in meinem Leben zu haben", sagte Aiden und hielt seine Finger zum Gruß an seine Stirn.

Fiona lächelte und beobachtete, wie er sich umdrehte. Sie behielt ihn die ganze Zeit im Blick, während er seine letzten Schritte tat und die Tür zu seinem Zimmer schloss.

„Und jetzt warten wir", murmelte Fiona Ronan zu, ihre Augen wieder auf das Feuer gerichtet.

Die Zeit schien sich zu dehnen und in der Luft zu hängen und bald fand Fiona es fast unmöglich stillzusitzen. Ihr ganzen Leben lang war sie aktiv gewesen – jemand, der sich um andere kümmert. Bei einem Feuer zu sitzen und darauf zu warten, dass jemand starb – das war fast unmöglich. Sie sah sich im Raum um, aber er war blitzblank, genau wie die Küche. Sie hatte an dem Tag schon fanatisch geputzt.

„Lass uns etwas frische Luft schnappen", beschloss Fiona. Aiden brauchte es nicht, dass sie hier saß – er hatte nur darum gebeten, dass sie ihn nicht störte, bis sie sicher war, dass er gestorben war. Es gab keine äußeren Anzeichen, dass er tot war – und ein kurzer mentaler Scan zeigte, dass immer noch ein weiteres Leben im Haus war.

Es war schließlich Wintersonnenwende, dachte Fiona, als sie auf Zehenspitzen zu ihrem Zimmer ging, um einen dicken Pullover, ihren Mantel, ein paar ihrer Kristalle und andere magische Kleinigkeiten zu holen. Es würde ihr guttun, die Sonnenwende in der uralten Tradition ihrer Vorfahren zu ehren.

„Na komm, Junge", flüsterte Fiona und ging leise zur Tür, wo sie ihre Gummistiefel anzog und die Tür leise öffnete. Ronan trottete neben ihr heraus und sie standen einen Moment in der Dunkelheit, das einzige Licht kam aus dem vorderen Fenster.

„Lass uns hier langgehen, Ronan, weg von seinem

Schlafzimmerfenster. Ich will ihn nicht stören, falls er hinausschaut", entschied Fiona und ging nach links.

Die Kälte drückte auf sie ein und Fiona zog ihre Mütze tiefer in die Stirn, um die feuchte Kühle des irischen Winters abzuhalten. Ihre Füße machten kein Geräusch, als sie durch die Hügel gingen und sie konnte kaum das bisschen weiß in Ronans Fell sehen, als er ihr voraus über die Hügel rannte. Der Mond stand tief am Himmel, aber wenigstens waren die Sterne hell.

Fiona erstarrte.

# KAPITEL FÜNFUNDVIERZIG

E in Zittern begann durch ihren Körper zu gehen – Fiona wusste nicht, ob es Schock war oder eine Ahnung, die ihren Körper zum Beben brachte.

Konnte es sein? War es möglich?

Fiona zerbrach sich den Kopf und dachte über die Wintersonnenwende und ihre Bedeutung nach. Sie geschah dann, wenn sich das Rad des Lebens am Tod vorbeidrehte und zu Helligkeit und Liebe ging. Es ging um Keimlinge und den Pfad zur Neugeburt – neuem Leben.

Fiona kniete sich hin, eng zusammengerollt gegen den scharfen Wind, und zog ein paar Kristalle heraus. Sie zeichnete einen Kreis auf dem Boden und legte ihre Kristalle an die Richtungspunkte. Sie trat in die Mitte, blieb aber für einen Moment stumm, während sie sich im Kreis drehte, um in alle Richtungen zu schauen.

Dunkelheit umhüllte sie komplett – das einzige Licht kam vom Fenster des Hauses unten am Hügel und ein paar leuchtenden Sternen im Himmel. Der Mond war nur eine Sichel und hing niedrig am Horizont. Fiona drehte sich weg

und hob ihren Kopf, um sich auf einen Stern zu konzentrieren – den Stern, der von allen am hellsten schien.

„DIE MAGIE DER SONNENWENDE BLEIBT,
    obwohl die Kindheitstage sind vergangen.
    Wenn im normalen Kreis des Lebens,
    ein nobler Zauber wird vollbracht."

FIONA SCHLOSS IHRE AUGEN, während sie das Ritual
durchführte und betete. Sie wünschte sich etwas – genau
wie John sie gebeten hatte – und betete, dass alles, was er
versucht hatte ihr zu sagen, richtig war. Sie öffnete ihre
Augen und sah um sich.

Es war alles wie vorher.

„Ich habe gewünscht, John! Der Mond steht niedrig
und die Sterne leuchten! Ich habe gewünscht, verdammt!",
schrie Fiona. Ihre Worte wurden vom Wind weggerissen,
der stärker geworden war. Tränen begannen, ihr Gesicht
herunterzufließen. Sie war dumm gewesen zu denken, dass
da ein Flimmer Hoffnung in ihrem unmöglichen Plan war.

Das geschah ihr recht nach dem Whiskey beim Feuer
am Nachmittag.

Fiona wischte die Tränen mit der Hand aus ihrem
Gesicht und wollte, dass sie aufhörten, aber sie flossen
weiter und verschleierten ihren Blick. Ihre Trauer und der
erneute Verlust kamen wieder in ihr hoch und zerschmet-
terten ihre Kraft noch einmal.

„Ich habe gewünscht, John", flüsterte Fiona elendig.

Ronan stupste sie mit seinem Kopf am Knie, dann drückte er seinen Körper an ihr Bein, um sie zu trösten. Sie schloss ihre Augen und zwang sich, regelmäßig zu atmen. Verlust war ein Teil des Lebens. Es waren nur ihre Gefühle darüber, Aiden zu verlieren.

Ronan bellte einmal scharf und Fiona öffnete ihre Augen.

Ein Licht, so intensiv, dass es weiß glühte, schwebte über dem Haus – als ob der Stern, zu dem sie ihren Wunsch geschickt hatte, gefallen war und sanft über dem Dach hing. Ihr Herz setzte aus und Fiona kniete sich hin und legte ihre Arme um Ronan. Sie drückte seinen pelzigen Körper an ihren. Er drehte sich einmal, um ihre Tränen abzulecken.

„Du liebst ihn", sagte eine Stimme rechts von ihr und Fiona erschrak sich fast zu Tode.

Sie drehte sich um und sah einen Mann in gebieterischer Garderobe, der sie anblickte. Er leuchtete leicht – nicht so wie der weiße Ball, der über Aidens Haus hing, aber gerade genug, dass sie seine Gesichtszüge ausmachen konnte. Fiona sah ihn mit zusammengekniffenen Augen an.

„Aiden? Ja, er ist mein Freund", sagte Fiona und hielt Ronan weiter fest, obwohl sein Fell jetzt hochstand.

„Nicht er." Der Mann winkte abwerfend mit der Hand. „Der andere. Dein Ehemann."

„Ja, ich liebe ihn mit meinem ganzen Herzen." Fionas Stimme brach.

„Du hast in dieser Welt Gutes getan und vielen geholfen", sagte der Mann, während er anfing, vor ihr auf und abzugehen. Seine Hände lagen an seinen Lippen und er grübelte.

„Entschuldigung, aber kenne ich dich? Ich habe sonst nur Grace gesehen", gab Fiona zu. Da war etwas vage Bekanntes an seinen Gesichtszügen, aber sie konnte es nicht ganz zuordnen.

„Ach ja, meine liebe Mutter. Sie war ein ganz schöner Hitzkopf, oder?" Der Mann grinste und Fiona fiel fast um.

„Murrough", sagte Fiona schockiert.

„Du willst mich doch nicht wirklich mit meinem verräterischen Halbbruder verwechseln", fluchte der Mann und sah plötzlich zornig aus.

„Theobald?", fragte Fiona. Theobald war aus Graces zweiter Ehe – sie war berühmt dafür, dass sie ihn auf See zur Welt gebracht hatte, kurz bevor sie in den Kampf zog. Fiona konnte sich nur vorstellen, wie wild er sich entwickelt haben musste.

„Ja, ich bin es, meine hübsche Verwandte. Ich bin gekommen, um dir einen Wunsch zu erfüllen – vielleicht einen Gefallen für einen Gefallen – ich habe es noch nicht entschieden."

„Soll ich etwas für dich tun?"

„Ja, oder vielleicht eine deiner Verwandten. Ich stelle fest, dass die junge Morgan sehr mächtig ist", sagte Theobald mit erhobener Augenbraue.

„Ja, sie ist ziemlich talentiert und hat mehr Gaben als die anderen." Fiona war nicht sicher, wo sie hinsehen sollte – auf Theobald oder das Leuchten, das über dem Haus schwebte.

„Nun, während deine Linie von Maeve abstammt, gibt es mehr von uns, die du anscheinend vergessen hast. Ich vermute, meine Verwandten wären deine Cousins", sagte Theobald und Fiona erstarrte.

„Mehr von uns", sagte sie und hielt ihre Arme eng um Ronan geschlungen.

„Ja, da sind mehr. Viele sogar, obwohl nur ein paar mit einer Gabe versehen sind wie deine Familie sie hat", sagte Theobald achselzuckend. „Irgendwas mit einer Göttin und Kraft, die von Frau zu Frau weitergegeben wird."

„Ja, ich denke, ich kann die mächtige Magie darin sehen", stimmte Fiona zu, unsicher, worauf er hinauswollte.

„Du hast heute Abend einen Wunsch ausgesprochen – und einen großen. Ich überlege, ob ich ihn erfüllen soll, aber ich brauche vorher ein Versprechen", sagte Theobald und drehte sich, um ihr in die Augen zu sehen.

Fiona hielt inne. Geistern ein Versprechen zu geben war ein heikles Ding und es war möglich, dass es dunkle Geister waren, die sie gerade verzauberten. Sie beschloss, Vorsicht walten zu lassen.

„Meine Familie ist auf einer Art Mission. Ich möchte nur, dass du – oder Morgan – ihnen auf ihrem Weg helfen."

„Was für eine Hilfe?", sagte Fiona sofort. Sie fühlte sich etwas unwohl dabei, in Morgans Namen ein Versprechen abzugeben. Das Mädchen hatte sich gerade erst vor kurzem daran gewöhnt, was sie war.

„Ach, Blut meines Blutes, ich verlange nicht zu viel. Ich bitte nur, dass du sie findest. Biete ihnen etwas von deinem Wissen an – oder gib es durch Morgan weiter. Sie könnten etwas Unterstützung gebrauchen, das ist alles."

„Was ist diese Mission, auf der sie sind? Wo leben sie? Wie heißen sie?"

Theobald lachte.

„Ich mag dich, Fiona. Ich habe starke Frauen immer bewundert. Wie wäre es damit…du bekommst die Information, wenn die Zeit dafür reif ist. Ich werde vorbeikommen." Theobald lächelte sie an. „So, als ob Dein Großonkel auf Besuch kommt, da Grace sich eher irdischen Freuden zugewandt hat."

„Ich habe es doch gewusst", sagte Fiona. „Sie ist in Baby Grace, oder?"

„Nur sie kriegt es hin, an der Bucht zu sterben und wiedergeboren zu werden. Meine Mutter war eine starke und stolze Frau." Theobalds Züge erhellten sich mit Freude und Stolz, als er von ihr sprach.

„Ich werde versprechen zu helfen, so gut ich kann, solange ich dabei nicht zu Schaden komme – oder alle, die ich liebe", sagte Fiona ernst. „Und ich kann nicht für Morgan sprechen. Es ist nicht fair, dass ich in ihrem Namen etwas verspreche, wenn sie nicht da ist."

Theobald sah sie prüfend an und dann ging ein weiteres Lächeln über sein Gesicht.

„Gut, das war nur ein Test. Ich wollte sehen, ob du stark genug bist, mir Widerstand zu leisten und nicht jemanden anders für deine eigenen Zwecke in die Schusslinie zu schieben. Ich werde dich bald wiedersehen, Fiona O'Brien." Theobald nickte ihr zu und einen Augenblick später war er verschwunden.

„Ist das wirklich gerade passiert, Ronan?"

Fiona zuckte zurück, als das Licht über dem Haus tausendmal heller als die Sonne blitzte und die Welt um sie herum erleuchtete, bevor es außer Sicht verschwand. Es hätte sie blenden sollen und doch konnte Fiona noch sehen. Sie hatte instinktiv ihre Hand gehoben, aber jetzt ließ sie sie sinken, um sich umzusehen.

Dunkelheit begrüßte sie.

„Kann es sein?", fragte sich Fiona und sprang auf ihre Füße – ihr Herz in ihrer Kehle. Sie rannte den Hügel herunter, Ronan an ihrer Seite, bis sie die Haustür erreichte. Sie schob die Tür auf und rannte den Flur herunter, bis sie keuchend vor Aidens Schlafzimmertür stand.

Fiona streckte ihre Hand aus und legte sie auf die Türklinke. Sie hielt inne und ihr ganzer Körper bebte.

Er hatte ihr gesagt, nicht hereinzukommen, bis sie sicher war, dass er davongegangen war. Der strahlende Lichtblitz musste seine verschwindende Seele gewesen ein. Fiona betete, dass sie keinen Fehler machte, drückte die Klinke herunter und schob die Tür auf.

# KAPITEL SECHSUNDVIERZIG

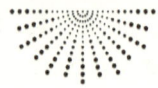

„Da ist meine Fiona – mit den hübschen lächelnden Augen", krächzte Aiden – nein, nicht Aiden, aber doch Aiden von seinem Bett aus. Das warme Licht der Tischlampe schien auf ihn.

„J...J...John?", stotterte Fiona und eilte nach vorn, bis sie am Bett stand. Sie hatte Angst Aiden/John anzufassen, unsicher, was sie tun sollte.

„Du hast es dir gewünscht", sagte John und lächelte sie an.

Seine Augen waren anders. Sie waren nicht mehr Aidens Augen, sondern Johns leuchtend blaue Augen sahen sie aus Aidens Körper an.

„John", sagte Fiona, völlig erstarrt und unfähig, das zu verarbeiten, was sie sah.

„Wir tauschten Plätze, mein Liebling. Er wollte unbedingt bei Serena sein und ich wollte so dringend bei dir sein, dass wir dieses Geschenk bekommen haben. Auch wenn es sich noch etwas komisch anfühlt in diesem Körper, bin ich sicher, dass ich mich daran gewöhne", sagte John leichthin, während Fiona ihn nur komplett benommen anstarren konnte.

„John", sagte Fiona nochmal.

„Und? Sagst du jetzt meinen Namen die ganze Nacht oder kommst du hierher und gibst mir einen Kuss?" Ein mürrischer Ausdruck, sehr typisch für John, ging über Aidens Gesicht und Fiona merkte, wie ihr schwindlig wurde.

„Ich glaube, ich werde ohnmächtig", sagte Fiona.

„Das brauchen wir aber nicht", sagte John sofort, sprang aus dem Bett und fing Fiona auf, als der Schwindel sie übermannte. Seine Arme fühlten sich stark und wirklich um sie an, und sie hoffte wider alle Hoffnung, dass sie nicht einen wilden, vom Whiskey verursachten Traum hatte. John legte sie sanft auf das Bett.

„Jetzt ziehen wir dir mal den Mantel aus", sagte er, machte den Reißverschluss auf und zog ihre lahmen Arme aus den Ärmeln.

„Der Pullover ist auch ganz schön dick", murmelte John und fuhr fort, ihre Sachen auszuziehen, bis sie nur in einem dünnen Oberteil und ihrer Unterhose auf dem Bett lag.

„Das ist doch viel besser", sagte John und legte sich neben sie. Fiona hatte das Gefühl, dass sie entweder unter Schock stand oder in einem ihrer Träume war, als sie ihm zusah, wie er seinen Kopf auf einem Ellenbogen abstützte und sie anlächelte – Aidens Gesicht mit Johns Augen. Es war eine merkwürdige surreale Erfahrung.

„Träume ich?", flüsterte Fiona, hob ihre Hand, um seine Wange zu berühren aber stoppte, bevor sie sein Gesicht erreichte.

„Fühlt sich das wie ein Traum an?", fragte John mit erhobener Augenbraue, bevor er sich nach vorn lehnte und seine Lippen über ihre legte, während seine Liebe aufstieg und sie umhüllte. Sie wusste in dem Moment sofort, dass er es wirklich war. Ähnlich, wie sie gefühlt hatte, wie sich ihre DNA während ihres Handfastings vereint hatte, fühlte sie ihn jetzt – in diesem Kuss. Fiona schluchzte gegen seinen Mund, plötzlich heißhungrig auf seinen Kuss, seine Berührung, seine Nähe. Sie wusste nicht, was das für eine Magie war – aber es war egal, solange sie John wieder in ihren Armen hatte.

„Warte, warte", Fiona lehnte sich zurück und sah in seine Augen – Augen, die in ihre Erinnerung eingebrannt waren und jetzt zurück im wirklichen Leben waren. „Wenn du Aidens Körper übernommen hast, bedeutet das, dass du auch seinen Krebs hast?" Angst stieg in ihr hoch, dass es zu spät wäre, ihn zu heilen – dass der Krebs zu weit fortgeschritten war.

John lächelte sie an.

„Die Engel haben ihn geheilt, als sie mich hereingebracht haben. Es ist Teil des Rituals, das sie ausführen. Du hast gewünscht – du hast mir zuerst nicht geglaubt – aber du hast gewünscht. Ich habe dir zugesehen, wie du gewünscht hast", sagte John, seine Augen warm vor Liebe.

„Ich habe nicht gewusst, dass es möglich war", gab Fiona zu. „Es kommt mir alles so verrückt vor – so weit hergeholt."

„Wir hatten eine Liebe für die Ewigkeit, Fiona. Durch andere Welten und zurück", sagte John.

„Ist das der Grund, warum die Bucht heute geglüht hat?" Fiona setzte sich aufgeregt auf.

„Ja, ich war da. Ich habe mich in Aidens Nähe aufgehalten – hoffte wider jede Hoffnung, dass du den Wunsch aussprechen würdest und dass ich Aiden nah sein würde, wenn er diese Welt verließ."

„Hast du...hast du ihn gesehen? Geht es ihm gut?"

„Ja, er ist so glücklich, wie man nur sein kann. Er wollte dieses Geschenk für dich, er wusste, was passieren würde. Es scheint, dass er Grace kennengelernt hat", sagte John mit tanzenden Augen.

„Ja! Ich wusste es! Ich wusste, dass Baby Grace mit ihm gesprochen hat." Fiona untermalte ihre Worte mit ihrem Finger.

„Aiden hat gesagt, dass er heute Nacht in deinen Träumen erscheinen wird, um sich ordentlich zu verabschieden", sagte John und zog Fiona enger an sich.

„Das ist sehr nett von ihm, obwohl ich nicht weiß, wie ich schlafen soll, jetzt wo du hier bist! Ich will jede Sekunde genießen", sagte Fiona.

„Wir haben Zeit, mein Liebling, viel Zeit. Ich habe es selbst ausgehandelt", lachte John und Fiona starrte ihn an. „Betrachte es als Entschuldigungsgeschenk dafür, dass ich so lange weg war."

„Das ist das beste Geschenk überhaupt", sagte Fiona und bald redeten sie nicht mehr, sondern verloren sich in der Nähe des anderen, als ihre Liebe aufstieg und sie umgab. Alles in ihrer Welt war wieder richtig.

# KAPITEL SIEBENUNDVIERZIG

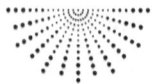

„Du und John, ihr lasst das Yule log brennen – hörst du? Das ist mein Geschenk an euch – mein Segen für ein neues Jahr."

Aiden stand in ihrem Traum vor ihr. John hatte recht gehabt – sie hatte schlafen können, als sie erstmal in seinen Armen lag. Der Schock, Johns Augen in Aidens Gesicht zu sehen, fing an abzuschwächen und er schien mit jeder Minute mehr und mehr auszusehen wie John. Obwohl das wahrscheinlich nur ihre Einbildung war – ihr Weg, damit umzugehen, was letzte Nacht passiert war.

„Aiden, bist du bei ihr? Hast du deine Serena gesehen?", fragte Fiona und wagte kaum zu hoffen, dass er so glücklich war wie sie. Aiden grinste und drehte sich um. Er streckte seine Hand nach jemandem aus, den sie hinter ihm nicht sehen konnte. Einen Moment später stand eine lächelnde dunkelhaarige Schönheit neben ihm – seine Serena, wenn auch Jahre jünger als vorher – angeschmiegt in seinem Arm und ihre Arme um seine Taille geschlungen.

„Danke, dass du dich so gut um ihn gekümmert hast. Du warst eine gute Freundin", sagte Serena.

„Danke dass du ihn mir ausgeliehen hast. Ich glaube, wir beide brauchten das. Und danke für das Geschenk, dass John wieder da ist", flüsterte Fiona.

„Es ist Zeit für uns zu gehen, Fiona. Ich habe versprochen, dass ich nach dir schauen würde, aber ich sehe, dass es dir gut geht. Sláinte, meine Liebe, sláinte." Aiden tat so, als würde er ein Whiskeyglas hochhalten und ihr zuprosten, bevor sie verblassten.

Fiona prostete zurück, kuschelte sich näher an den warmen Körper hinter ihr und fiel zum ersten Mal seit Jahren in einen friedlichen traumlosen Schlaf.

# EPILOG

„Ich muss zugeben, ich glaube, das ist das beste Weihnachten in der Geschichte der Menschheit", sagte Fiona über die Unterhaltungen hinweg, die das große Wohnzimmer in Flynns Haus erfüllten. Sie lehnte sich an Johns Seite. In den letzten Tagen hatte sie sich kaum ein paar Schritte von ihm wegbewegen können und sie lächelte zufrieden in den Raum.

Die Tage seit der Wintersonnenwende waren fast ein Wunder gewesen. Fiona hatte das Weihnachtsscheit brennen lassen, wie sie Aiden versprochen hatte und sie und John hatte ihre Zeit damit verbracht, bei Whiskey vor dem Feuer ihre Verbindung zu erneuern. Es hatte sich alles wie ein Traum angefühlt für sie und einer, den Fiona nicht loslassen wollte, bis John darauf bestand, dass sie ihrer Familie sagten, was los war.

Die offizielle Geschichte für das Dorf war, dass Aiden im letzten Moment entschieden hatte, dass er von Fiona geheilt werden wollte, und glücklicherweise war ihr das gelungen. Das Ziel dabei war, Johns Begegnungen mit den

Bewohnern einzuschränken, so dass es nicht zu merkwürdig war, wenn er sich nicht an Dinge erinnern konnte, die Aiden wissen würde. Sie hatten schon entschieden, dass sie nächstes Jahr Irland und Europa bereisen würden, daher war Fiona nicht allzu besorgt, dass die Leute etwas ahnen würden.

Ihre Familie war allerdings viel intelligenter. Keelin war am Tag nach der Sonnenwende am Haus aufgetaucht und hatte darauf bestanden, Fiona mit Aidens Leichnam zu helfen. Stattdessen fand sie einen sehr gesunden Aiden gemütlich neben Fiona am Feuer. Es hatte einen Moment gedauert, bis Keelin verarbeitete, was passiert war – und wunderbarerweise hatte sie es gelassen hingenommen. Die restlichen Mädchen waren gefolgt und jetzt verbrachten sie alle Weihnachten zusammen in Flynns Haus.

Fiona schaute auf ihre hübschen Mädchen – Keelin, Margaret, Aislinn, Cait – Morgan war da, aber in den Ställen – und strahlte förmlich vor Glück, dass sie sie alle so nah bei sich hatte. Sie hatten sich alle so gut entwickelt und in den letzten Jahren so viel gelernt, dass es schien, als ob alles seine Ordnung und Frieden hatte.

Am Ende hatte Fiona das wahre Weihnachtsgeschenk bekommen, dass sie immer gewollt hatte – Frieden und Glück für die, die sie liebte. Sie selbst eingeschlossen, dachte sie mit einem glücklichen Lachen, als sie John ansah. Fiona war ziemlich sicher, dass sie dieses Lächeln seit Tagen auf ihrem Gesicht hatte.

„Fiona, dies hat für dich an der Hintertür gelegen", sagte Morgan, kam in den Raum und zog ihren Mantel aus. Sie war rausgegangen, um den Pferden eine gute Nacht zu wünschen, wie sie es immer tat, wenn sie hier war. Morgan hatte eine spezielle Verbindung zu allen Tieren und sie drängten um ihre Aufmerksamkeit, wenn sie in die Scheune ging.

„Was ist es?", fragte Aislinn von ihrem Platz auf dem Boden vor dem Feuer, ihr Rücken an Baird angelehnt.

„Es ist ein Umschlag. Vielleicht ein Weihnachtsgeschenk?", sagte Morgan. Ihre Augen leuchteten vor Freude.

„Wir werden sehen", sagte Fiona und nahm den Umschlag von ihr. Kraft durchlief sie als ihre Hand das Papier berührte und Fiona sah Morgan mit erhobener Augenbraue an.

„Du hast nichts Ungewöhnliches gespürt, als du ihn angefasst hast?"

Morgans Augen weiteten sich.

„Nein, gar nichts."

„Das ist sehr ungewöhnlich. Sie müssen die Kraft blockiert haben", murmelte Fiona. Morgan spürte mehr als die anderen, da sie ein paar extra Fähigkeiten hatte. Es überraschte sie, dass Morgan die Energie, die vom Papier ausstrahlte, nicht hatte fühlen können.

„Ist es etwas Schlimmes?", fragte Cait mit schräg gelegtem Kopf, während sie Fiona beobachtete.

„Ich glaube nicht, dass es böse ist. Aber da ist Macht enthalten", sagte Fiona und schob ihren Finger unter die Klappe, um das Papier herauszuziehen. Das Blatt war dreimal gefaltet und aus dickem Material. Es sah zuerst leer aus.

„Es steht gar nichts drauf", sagte John und Fiona schüttelte ihren Kopf, als sie das Papier von ihm wegdrehte, so dass nur sie es sehen konnte. In dem

Moment, als sie es aus seiner Sicht nahm, erschienen Worte auf dem Blatt.

„Da hol mich doch gleich der Teufel", murmelte Fiona. „Da ist eine unsichtbare Hülle drüber. Sobald ich die Seite drehe, kann ich es lesen."

„Dann würde man meinen, sie würde es auch lesen", murmelte Cait. Aislinn lachte sie an und bedeutete ihr zu verstummen.

„‚Meine liebste Fiona'", begann Fiona und es wurde still im Zimmer – das einzige Geräusch war der Wind draußen und das Knacken der Flammen im Kamin.

„‚Wie ich bereits erwähnte, würde ich im Gegenzug für Johns Leben einen Gefallen einfordern.'" Fiona sah Johns überraschten Ausdruck. „Es ist okay, mein Schatz, das war es wert, dich zu Hause zu haben."

„Ich hoffe, der Preis dafür ist nicht zu hoch", murmelte John und strich mit seiner Hand über Fionas Oberschenkel.

„Dann lass uns das mal herausfinden, oder? ‚Wie du erfahren hast, gibt es einen weiteren Zweig dieser Familie, über den du wenig weißt.'"

Ein Raunen ging durch den Raum und Fiona hielt ihre Hand hoch, um Ruhe zu bekommen. „Ich habe gerade erst davon erfahren, meine Damen. Ich wollte es euch erzählen, aber ich war ein bisschen beschäftigt mit der Wiedervereinigung mit der Liebe meines Lebens und so. Lasst mich zu Ende lesen und dann reden wir."

Das Gemurmel wurde leiser und Fiona schaute zurück auf den Brief. Die Worte erschienen wieder, sobald sie sich auf die Seite konzentrierte.

„‚Meine Nachfahren wissen wenig darüber, wer oder was sie sind, und ich brauche eine von euch, um sie zu finden und sie auf ihrem Weg zu unterrichten. Ein paar von ihnen haben angefangen zu recherchieren, da es so gut wie unmöglich ist, dass sie ihre Magie ignorieren können. Ich war zufrieden damit, mich aus ihren Leben herauszuhalten, aber gefährliche Zeiten stehen bevor und du musst zu ihnen gehen und ihnen helfen'", sagte Fiona.

„Das ist doch lächerlich. Gefährliche Zeiten? Von wem ist das überhaupt?", explodierte Cait und schob frustriert ihre Hand durch ihre kurzen Haare.

„Theobald. Grace O'Malleys Sohn aus ihrer zweiten Ehe. Geboren auf See mitten in einer Schlacht. Ich vermute, dass er auch mächtige Magie besitzt", murmelte Fiona und hob dann wieder ihre Hand, um den Raum zum Schweigen zu bringen.

„'Ich bin sicher, ihr kennt den Schöpfungsmythos der vier Schätze. Nur, dass es kein Mythos ist. Es gibt wirklich vier Schätze, die von vier Frauen entdeckt werden müssen. Die Bestimmung der Frauen ist es, sie zu bewahren und dafür zu sorgen, dass sie nicht in die falschen Hände gelangen. Jede dieser Frauen ist eine Tochter einer der großen Städte, die an der Donau liegen. Und jede Frau muss gefunden und unterrichtet werden.'"

Der Raum explodierte.

„Welche Städte?"

„Was für ein Mythos?"

John räusperte sich und hielt seine Hände hoch – es wurde sofort ruhig im Raum.

„Ich habe ein paar Jahre auf der anderen Seite verbracht, also ich bin sicher, dass ich etwas Licht in diese Geschichte bringen kann", sagte John leise.

„Mach das, Schatz, erzähl ihnen von dem Schöpfungsmythos", sagte Fiona müde. Es stand noch mehr in dem Brief, aber es war besser, dass sie diesen Teil als erstes hinter sich brachten.

„Als die Erde entstand", begann John und sie hörten alle aufmerksam zu, „da war nichts als Erde und Staub. Danu, die Göttin, ließ Wasser auf die Erde tropfen, um eine heilige Eiche zu bilden, aus der zwei Eicheln hervorkamen. Diese Eicheln – eine männlich und eine weiblich – verwandelten sich in Gott Dagda und Göttin Brigid. Ihre Aufgabe war, die Welt zu bevölkern. Daher schufen sie viele Kinder von Danu, die alle in vier Städten lebten, die am Ufer des inzwischen mächtigen Flusses lagen. Der Fluss ist jetzt bekannt als die Donau", sagte John und Fiona sah, wie sich ein paar Augen dabei weiteten. „Vier Städte – Falias, Gorias, Finias und Murias – liegen an den Ufern der Donau. Jede Stadt hat einen großen Schatz, den sie von Danu bekommen haben. Falias hatte einen Stein namens Lia Fail – auch bekannt als Stein des Schicksals."

Flynn fluchte durch den Raum.

„Das meinst du nicht ernst, oder? Ist das nicht der schottische Thron?"

„Es gibt mehr als einen Stein", sagte John gelassen und Flynn fluchte wieder. „Dieser Stein soll vor wahrer Freude schreien, wenn die Person, die der Führer sein soll, einen Fuß daraufsetzt. Er hat außerdem die wunderbare Gabe, dass er eine Art Lügendetektor ist. Gorias, die nächste Stadt, hatte als Schatz ein sehr mächtiges Schwert. Das Schwert wurde oft als Rächer bezeichnet und es leuchtete mit hellem Licht, wenn es dem richtigen Krieger gegeben wurde. Der berühmte Gott Lugh benutzte den Rächer in vielen Schlachten. Es vernichtete die Feinde in seinem

Weg, weil die Menschen von dem Leuchten wie gebannt wurden."

Der Wind draußen wurde heftiger, während es im Raum still blieb.

„Finias ist die nächste Stadt und erhielt einen magischen Speer – oft bezeichnet als der rote Speer. Er war bekannt dafür, dass er immer den Feind finden würde. Wenn er einmal herausgezogen war, konnte er nicht verfehlen, egal wo der Feind sich versteckte."

„Das ist doch unmöglich", sagte Aislinn mit weit aufgerissenen Augen.

„Und dann ist da die Stadt Murias mit dem immervollen Kessel. Es heißt, dass niemand unbefriedigt von ihm weggehen würde. Er könnte die ganze Welt ernähren, wenn es nötig wäre – aber er hat auch die Macht, die Wünsche oder Bedürfnisse der Menschen zu befriedigen. Es ist unglaublich gefährlich für jede dieser Waffen, in die falschen Hände zu fallen", sagte John. Die Flammen des Feuers spiegelten sich in seinen Augen wider.

„Also was ist passiert? Wie sind diese Waffen verloren gegangen?", fragte Keelin vorsichtig von ihrem Platz in einem Sessel, wo sie mit Baby Grace kuschelte.

„Die Göttin Danu hat ihre Kinder gebeten, zur Insel des Schicksals zu gehen. Auch bekannt als Inisfail", sagte John.

Flynn fluchte wieder und Keelins sah ihn verwirrt an.

„Die Insel des Schicksals, Innisfail oder, wie wir es kennen, Irland", sagte Flynn.

„Als die Kinder die Insel des Schicksals erreichten, gab es heftige Kriege zwischen Danus Kindern und denen ihrer Erdschwester. Letztendlich gewann Domnu, ihre

Schwester, und Danus Kinder wurden in die Hügel vertrieben. Sie sind das, was wir jetzt als Feen bezeichnen würden", sagte John achselzuckend.

„Also, em, es gibt wirklich Feen?", fragte Keelin. Ihr Blick ging durch den Raum.

„Ja, die gibt es", sagte Fiona. „Und dieser Brief bedeutet, dass wir die Frauen identifizieren müssen, deren Bestimmung es ist, diese Waffen zu führen und zu schützen – damit sie nicht in die falschen Hände geraten."

„Und was sind die falschen Hände?", fragte Cait.

John räusperte sich.

„Na ja, einfach ausgedrückt, sind die Kinder von Danu Kinder von Göttinnen und repräsentieren Licht. Die Kinder von Domnu kommen aus der Erde und werden von der Dunkelheit angezogen."

„Und es sieht aus, als müssten wir diese Schätze in der richtigen Reihenfolge finden. Hier ist ein Name", sagte Fiona und hielt das Papier hoch.

„Was ist er?", fragte Margaret.

„Clare MacBride."

In dem Augenblick, als sie die Worte aussprach, implodierte der Brief in einem prächtigen Lichtblitz und hinterließ nichts als eine Lage Staub auf Fionas Hose.

Und tausend unbeantwortete Fragen.

# DAS LIED DES STEINS

KAPITEL 1

„'Und ihr, Kinder Danus, sollt in das Land gehen, welches man Inisfail, die Insel des Schicksals, nennen wird. Es ist euer Schicksal, die Erde zu bevölkern und ihr die große Weisheit und Führung, die ihr euch unter unserer Obhut angeeignet habt, zu bringen'", intonierte Bianca, während Clare mit den Augen rollte und ihrer Mitbewohnerin zuzwinkerte, die gerade einer Gruppe eifriger Amerikaner eine mythologische Führung durch Dublin gab. „Seht nur, da geht sie hin, eine der großen Schönheiten der Kinder Danus. Eine lebende Göttin höchstpersönlich."

Die Gruppe drehte sich um und starrte Clare an, die an ihnen vorbeieilte und über Bianca den Kopf schüttelte.

„Ich bin genauso eine Göttin, wie du eine zarte Rose bist", schoss Clare zurück, und die Gruppe brach in Gelächter aus.

„Und so kamen die Kinder Danus auf die Insel des Schicksals, die man heute als Irland kennt und hielten in ihren Händen nichts als die vier Schätze, die sie vor denen schützen sollten, die entschlossen waren, eine Herrschaft der Dunkelheit über die Insel zu bringen."

Biancas Mythologiestunde verhallte hinter Clare, während sie eine Masse wilder, kastanienbrauner Locken unter einer Wollmütze unterbrachte und sich bereits auf ihr Dissertationsprojekt konzentrierte. Es war das letzte Stück Arbeit, das sie zu Ende bringen musste, bevor sie sich eine waschechte Doktorin nennen konnte.

Eine Person mit einem Doktortitel in Geologie ist nichtsdestoweniger eine Doktorin, erinnerte sie sich selbst, als sie durch die Glastüren des naturwissenschaftlichen Flügels des Trinity College trat.

Sie hatte Glück gehabt, dass sie in das Geologieprogramm eines so angesehenen Colleges aufgenommen worden war, und noch mehr Glück, dass sie ein Vollstipendium erhalten hatte. Ihre Eltern hatten sich verwundert die Augen gerieben und sich gefragt, was eine Bauerntochter aus der irischen Kleinstadt Clifden mit einem Doktortitel anfangen wollte.

Um Steine zu studieren, nicht mehr und nicht weniger.

Sie konnte immer noch ihren Vater sehen, wie er mit schlammverdreckten Stiefeln auf den Hof hinausschritt, sich bückte, einen Stein vom Boden aufhob und ihn gegen das Licht hielt.

„Das hier? Das ist es also, was du studieren willst? Und was gibt es da jetzt noch über sie zu lernen, bitte?"

Obwohl ihn ihre Entscheidung verwirrt hatte, war Madden MacBride schon bald dabei ertappt worden, wie er in Paddy's Pub, der von ihm bevorzugten Eckkneipe, mit seiner brillanten Tochter prahlte.

Clare erinnerte sich noch gut an die ersten Momente der Panik, nachdem ihre Eltern sie in der Stadt abgesetzt hatten. Ihr Truck hatte sich rumpelnd vom College entfernt und auffällig deplatziert neben den gepflegten Autos gewirkt, die die belebten Straßen Dublins verstopft hatten. Als sie an ihrer abgewetzten Jeans und dem verblichenen Button-Down-Hemd herabgeblickt hatte, war es ihr vorgekommen, dass sie wohl ganz ähnlich aussah wie der schäbige Truck, mit dem sie abgesetzt worden war.

Umso besser, wenn man im Dreck wühlen will, hatte sie sich gesagt, und war dann erhobenen Hauptes zur Wohnung gegangen, die sie mit einem Mädchen von einer Liste, die sie vom College erhalten hatte, mietete. Und obwohl sie im Laufe des Sommers ein paar Mal miteinander telefoniert hatten, hatte sie ein flaues Gefühl im Magen, während sie auf ihre neue Mitbewohnerin wartete.

Es hatte weniger als dreißig Sekunden und einen Blick auf die Tränen gebraucht, die über das Gesicht der pausbackigen Blondine liefen, und Clare hatte sich sofort mit Bianca verbunden gefühlt.

Seitdem hatten sie immer zusammengelebt und waren nun aufgestiegen zu einer etwas besseren Wohnung, einem etwas besseren Modebewusstsein und der Weltgewandtheit, die sich einstellt, wenn man sich schließlich als Erwachsener durch eine Stadt bewegt.

Bianca, die Geschichte mit Mythologie als Nebenfach studiert hatte, befand sich derzeit in einer einjährigen Debatte mit sich selbst darüber, ob sie ihre Promotion weiterverfolgen sollte oder nicht. In der Zwischenzeit arbeitete sie Vollzeit im irischen Nationalmuseum und Teilzeit als Touristenführerin für diejenigen, die den Drang hatten, etwas über die keltischen Mythen zu erfahren, die sich durch die reiche Geschichte Irlands zogen.

Obwohl Clares Stipendium die Studiengebühren abdeckte, brauchte sie immer noch etwas zusätzliches Geld für bestimmte lebenswichtige Dinge – wie die Kamera, auf die sie schon seit Ewigkeiten scharf war, oder ein komplettes irisches Frühstück nach ihren nächtlichen Streifzügen durch die Stadt mit Bianca. Clare stockte ihr Einkommen auf, indem sie ein oder zwei Abende pro Woche in einem Pub in der Nähe ihrer Wohnung arbeitete und ein paar Nachmittage pro Woche in einem örtlichen Kristallladen.

Kristalle waren schließlich auch Gestein. Geoden, um genau zu sein.

Clare zuckte zusammen, als sie an ihren Zweitjob dachte. Sie konnte nicht genau sagen, warum sie an einem sonnigen Herbsttag an dem Kristallgeschäft vorbeigekommen war, aber die hübsche Auslage mit den glitzernden Steinen war ihr ins Auge gefallen. Kunstvoll arrangiert auf verschiedenen Etagen von Türmchen aus

Acrylglas und mit feinem Schmuck und ein paar Büchern, die dazwischen verteilt waren, schaffte es die Schaufensterauslage, zugleich fantasiereich und geschmackvoll zu sein.

Unfähig zu widerstehen, war Clare hineingegangen. Ihre Haut vibrierte von der Energie, die von den Kristallen ausging, und das warme Licht und das strahlende Lächeln der Frau, die hinter dem Tresen stand, gaben ihr das Gefühl, wie zu Hause aufgenommen zu werden.

Es ärgerte Clare, dass sie bis heute nicht hatte herausfinden können, warum Steine mit ihr sprachen. Nun ja, sie sprachen nicht buchstäblich mit ihr, aber sie kannte jede ihrer charakteristischen Energien, wusste, was sie brauchten oder mit wem sie zusammen sein mussten, und konnte sogar mit einem flüchtigen Blick erkennen, woher sie kamen.

Sicher, zum Teil war das ein Ergebnis ihrer Ausbildung. Wozu hatte sie ein Geologiestudium absolviert, wenn sie nicht in der Lage war, einen Stein zu betrachten und sein Alter abzuschätzen? Aber die Energie und die Kraft der Steine? Nun, sie musste erst noch verstehen, wie sie das körperlich spüren konnte.

Nicht, dass sie es einem ihrer Professoren gegenüber erwähnt hätte. Eine Ausbildung in einem wissenschaftlichen Fachgebiet zu erhalten – vor allem wenn man eine Frau war – ließ nicht gerade Raum für Träumereien. Stattdessen hatte sie bewiesen, dass sie eine rationale, brillante und engagierte Wissenschaftlerin war. Einmal pro Woche unterrichtete Clare ein Seminar für Studienanfänger, das gut besucht war – auch wenn manche sagten, dass das an der attraktiven Dozentin lag.

Clare prustete bei dem Gedanken daran, während sie die Tür zum naturwissenschaftlichen Flügel aufstieß und dem Mädchen am Empfang zuwinkte.

Es spielte kaum eine Rolle, wie man aussah, während man knietief im Moor stand und Steine zur Analyse herauszog. Je eher ihre Studenten erkannten, dass das Aussehen in diesem Fachgebiet nicht unbedingt von Vorteil war, desto besser für sie.

„Hey Seamus", rief Clare dem Laboranten zu, als sie das kleine Labor betrat, das ihrem Fachgebiet zugeordnet war. Nicht, dass Gesteine und die Entstehung der Erde nicht ein interessanter Wissenschaftszweig wären – doch Clare wusste, dass die biomedizinischen Ingenieure und Chemiker im obersten Stockwerk des Gebäudes der Naturwissenschaften viel bessere Labore hatten, ganz zu schweigen von der besseren Finanzierung. Manchmal hatte sie das Gefühl, dass man ihre Abteilung in den hintersten Winkel des Kerkers verbannt hatte.

„Immer noch stürmisch draußen?", rief Seamus leichthin und steckte sich ein Pfefferminz in den Mund, während er seine drahtigen Arme vor der Brust verschränkte und sich im Stuhl zurücklehnte. Mit einer Körpergröße von über eins achtzig war er ein richtiger Schlaks und sein dunkler Haarschopf stand komplett zu Berge. Seine Schlankheit machte er durch einen mühelos lässigen Stil wett.

„Höchstens neblig, würde ich sagen. Bianca war mit einer Gruppe draußen, also nicht so schlimm", sagte Clare, während sie ihren Rucksack abnahm und ihn an die Lehne ihres Stuhls hängte.

„Ah, vielleicht sollte ich Hallo sagen", sagte Seamus,

wobei seine Wangen rot wurden. „Ist sie immer noch mit diesem Conor zusammmen?"

Clare blickte zu ihm auf. „Nein, sie hat ihn rausgeschmissen, nachdem er vor ein paar Wochen die ganze Nacht lang mit seiner Band unterwegs war."

Seamus richtete sich auf und seine Füße schlugen dumpf auf den Boden.

„Vielleicht sollte ich wirklich Hallo sagen. Einfach, du weißt schon, um uns auf den neusten Stand zu bringen", murmelte Seamus, während er sich seinen Mantel schnappte und fast im Laufschritt zur Tür ging.

Clare kicherte, während sie ihre Ohrhörer einsteckte und den Computer einschaltete.

Ihre Dissertation würde sich nicht von selbst schreiben.

Buch 1 - Das Lied des Steins

# NACHWORT

Irland hat einen besonderen Platz in meinem Herzen – es ist ein Land der Träumer und für Träumer. Es gibt nichts Schöneres, als es sich in einer Kneipe am Kaminfeuer gemütlich zu machen und einer Musiksession zuzuhören oder eine Tasse Tee zu trinken, während der Regen vor dem Fenster die Sicht vernebelt. Ich werde für immer von diesen felsigen Ufern verzaubert sein und hoffe, dass Ihnen das Lesen dieser Serie genauso viel Spaß macht, wie ich es genossen habe, sie zu schreiben. Danke, dass Sie an meiner Welt teilnehmen.

Ich bin überglücklich, dass meine Geschichten ins Deutsche übersetzt werden. Die Übersetzungen meiner Romane nehmen ein bisschen Zeit in Anspruch. Melden Sie sich also für meinen Newsletter an, um zu erfahren, wann das nächste Buch erscheint.

http://eepurl.com/hLxHBz

Ich hoffe, meine Bücher haben in Ihrem Leben ein wenig Zauber hinterlassen. Wenn Sie einen Moment Zeit haben, um mir davon etwas zurückzugeben, würde ich mich freuen, wenn Sie Ihren Freunden davon erzählen und eine Bewertung hinterlassen. Mundpropaganda ist die wirkungsvollste Methode, um meine Geschichten zu teilen. Danke schön.

# DIE INSEL DES SCHICKSALS

Buch 1 - Das Lied des Steins

Buch 2 - Das Lied des Schwerts

Buch 3 - Das Lied des Speers

Buch 4 - Das Lied des Schatzkessels

———

Jetzt verfügbar

Eine komplette Serie mit vier Romanen von

Tricia O'Malley

"Ein tolles Buch, es greift irische Mythen auf und verbindet diese mit einem spannenden undgefühlvollen Roman. Ich freue mich schon auf das nächste Buch dieser Serie" - Amazon Review

# GEHEIMNISVOLLE BUCHT

---

*Jetzt verfügbar

# BÜCHER VON TRICIA O'MALLEY

## ENGLISH EDITIONS

Tricia O'Malley has over 30 english speaking titles available in paperback, audio, e-book and Kindle Unlimited.

The Siren Island Series*

The Althea Rose Series*

The Isle of Destiny Series*

The Mystic Cove Series*

The Wildsong Series*

The Enchanted Highlands Series

*Complete Series

Love books? What about fun giveaways? Nope? Okay, can I entice you with underwater photos and cute dogs? Let's stay friends, receive my emails and contact me by signing up at my website

www.triciaomalley.com

Or find me on Facebook and Instagram.

@triciaomalleyauthor

# DANKSAGUNG

Ein tief empfundenes und herzliches Dankeschön geht an diejenigen in meinem Leben, die mich kontinuierlich auf diesem wunderbaren Weg als Autorin unterstützt haben. Manchmal kann dieser Job sehr stressig sein, daher ich bin dankbar für meine Freunde, die immer ein offenes Ohr haben und mir durch die kniffligeren Momente der Selbstzweifel helfen. Ein ganz besonderer Dank geht an The Scotsman, der an erster Stelle mein großartigster Unterstützer ist und es immer schafft, mich zum Lächeln zu bringen. Ein weiterer besonderer Dank geht an Ulrike Bartz und Annette Glahn für die Hilfe bei der Übersetzung dieses Buches. Ihre Liebe zum Detail und ihre sorgfältige Arbeit haben mein Buch zum Leben erweckt - danke!

Jedes Buch, das ich schreibe, ist ein Teil von mir und ich hoffe, dass Sie die Liebe spüren, die ich in meine Geschichten stecke. Ohne meine Leser bedeutet meine Arbeit nichts, und ich bin dankbar, dass Sie bereit sind, Ihre wertvolle Zeit mit den Welten zu teilen, die ich erschaffe. Ich hoffe, jedes Buch zaubert Ihnen ein Lächeln ins Gesicht und lässt Sie für einen Moment dem Alltag entfliehen.

Slainté, Tricia O'Malley